Thomas Lavachery

Bjorn aux armées

I. Le jarlal

Médium
l'école des loisirs
11, rue de Sèvres, Paris 6e

Du même auteur à *l'école des loisirs*

Collection MÉDIUM

Bjorn le Morphir
Bjorn aux enfers, tome I : Le prince oublié
Bjorn aux enfers, tome II : La mort du loup
Bjorn aux enfers, tome III : Au cœur du Tanarbrok
Bjorn aux enfers, tome IV : La Reine bleue

C'est l'aventure ! (recueil de nouvelles collectif)

Loi n° 49.956 du 16 juillet 1949 sur les publications
destinées à la jeunesse : septembre 2010
Dépôt légal : janvier 2011
Imprimé en France par CPI Firmin-Didot
à Mesnil-sur-l'Estrée (103450)

ISBN 978-2-211-20210-7

À ma petite sœur Mee-Kyong

Les mémoires d'un Viking

Le présent livre fait suite au Cycle des enfers, récit en quatre volumes dans lequel Bjorn le Morphir nous relatait son voyage souterrain au pays des morts. Avec l'aide de ses compagnons, Sigrid, Ketill le Rouge, Svartog-Longs-Bras et Daphnir, il était parvenu à arracher le prince Sven, héritier du trône fizzlandais, des griffes de la reine des enfers…

Le terme morphir *désigne une certaine classe de héros nordiques, la plus rare. Le morphir se distingue par l'évolution soudaine de son caractère et de ses aptitudes physiques : d'abord peureux et malingre, il se « lève » un beau jour pour devenir un guerrier d'exception.*

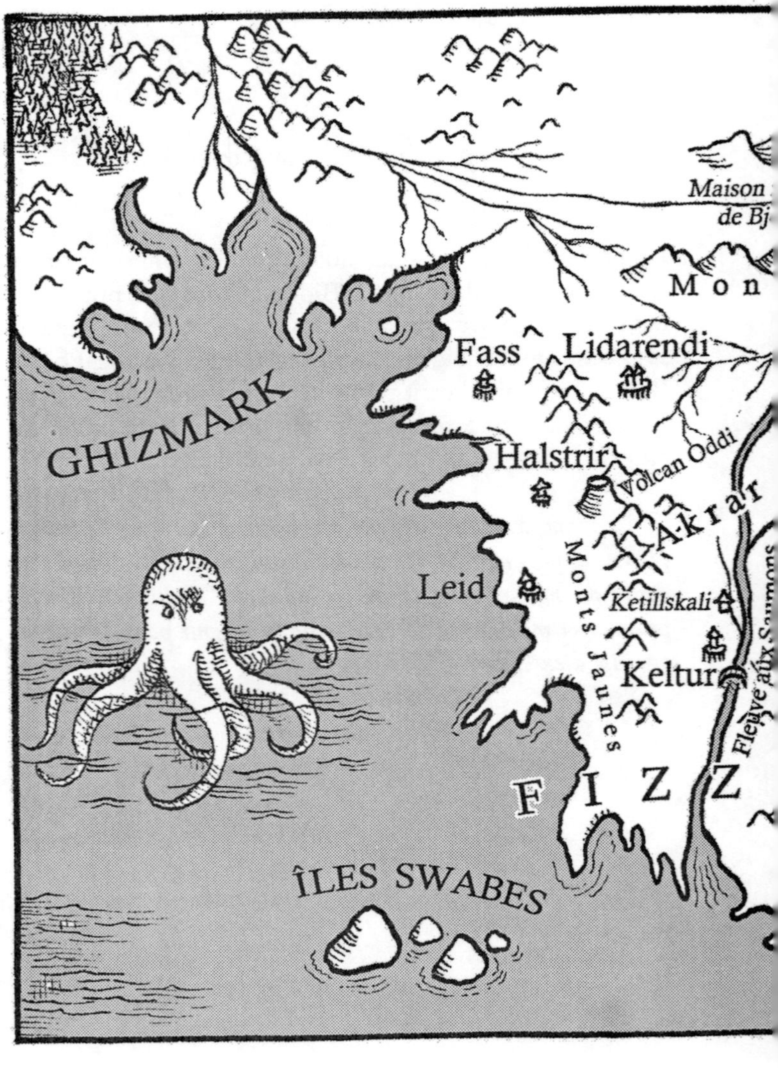

Maison
de Bj
Mon
Fass
Lidarendi
GHIZMARK
Halstrir
Volcan Oddi
Akrar
Leid
Monts Jaunes
Ketillskali
Keltur
Fleuve aux Saumons
F I Z Z
ÎLES SWABES

Tortuffel
SKUDLAND
Ranga
Mont Rafninn
Coupés
Koy
Havërr
Jofr
Hofn
Bringar
Jarnir
Collines
Grises
Sigluvik
Morphirskali
is d'Hallorm
BERGD
dala
Oseborg
A N D
ARLANDE
Burfeld

1
LA MAIN DE GODINN

Ce fut d'abord une période heureuse pour le royaume, pour ma famille, pour moi-même. Le roi Harald avait connu de graves problèmes de santé pendant que nous étions aux enfers ; sa mort avait été plusieurs fois annoncée, puis démentie. Il était resté des mois au lit, fiévreux, perclus de rhumatismes et de douleurs variées. Et puis, à l'approche de l'été 1067, il avait retrouvé des forces. Il se remit bientôt à gueuletonner, à chasser, à courir le guilledou. Le peuple cria au miracle, des messes furent données dans la grande église d'Updala, en remerciement de la providentielle guérison.

Lorsque mes compagnons et moi remontâmes des enfers, en décembre de la même année, c'était le plein hiver. Il n'était pas question d'entreprendre tout de suite le voyage jusqu'à la capitale, car le prince Sven, habitué aux chaleurs infernales, fragile comme un oisillon, ne l'aurait pas supporté. Dès lors, Harald dut attendre avril pour revoir le fils qu'il avait sacrifié jadis aux intérêts du royaume.

Sous la terre, Sven avait connu une vie de reclus, ne voyant personne que sa mère adoptive, Mamafidjar, qui le maintenait dans l'enfance. Après trente et une années passées dans la tour Fidjar, prisonnier de l'amour monstrueux de la reine des enfers (elle le battait), le prince Sven était un être craintif, inculte, mentalement mutilé.

Nous avions mis l'hiver à profit pour l'éduquer quelque peu. Étoffer son vocabulaire, lui apprendre les bonnes manières, la propreté… tout cela avait été fait avec une infinie patience par ma mère, le demi-troll Dizir, ma fiancée Sigrid, ma sœur Ingë… Je lui avais montré comment manier une épée et se tenir sur une selle, mon père lui avait enseigné les rudiments de l'écriture… En somme, nous avions commencé à faire du prince un homme civilisé.

Les progrès étaient spectaculaires, j'ose le dire, même s'il restait un long chemin à parcourir. Sven demeurait maladroit, bredouillant, et les conversations un peu compliquées lui passaient au-dessus de la tête. De surcroît, il lui arrivait souvent de bouder ou de pleurer pour des broutilles, comme un petit.

Dans ces conditions, j'appréhendais fort les retrouvailles entre le père et le fils. Harald attendait un héritier, un successeur digne de ce nom – quelle serait sa réaction devant un personnage tel que Sven ?

La rencontre eut lieu dans la chambre du roi, en présence de plusieurs seigneurs, dont notre ami Ghizur-Loup-Blanc. Elle se passa bien. Je pense que Harald ne s'était bercé d'aucune illusion. Il parut même étonné de voir Sven se tenir convenablement et répondre à ses questions dans un fizzlandais correct, quoique élémentaire.

– Vous avez fait du beau travail, Bjorn, me félicita-t-il, comme s'il était au courant de nos efforts pour éduquer le prince.

Sept jours plus tard, dans la Salle des cérémonies de la maison royale, Harald présenta son fils au royaume. Tout ce que le Fizzland compte de grands seigneurs et de nobles dames se trouvait réuni pour l'occasion. Mes parents étaient là, vêtus de leurs plus beaux habits, ainsi que le demi-troll Dizir et Lala, la sœur de ma fiancée.

Sigrid, en robe de velours, et Svartog, dans un sarrau de soie noire brodé, se tenaient avec moi au premier rang.

Le roi conta devant tous la naissance de son fils aîné, comment il l'offrit à Mamafidjar, reine des enfers, en échange d'une rente annuelle en or et en pierreries.

– Sans ces richesses, qui me servirent à lever des troupes, notre royaume serait aujourd'hui aux mains des envahisseurs, déclara Harald. Ce que j'ai fait, je l'ai fait pour notre bien à tous, en surmontant l'horreur que j'éprouvais naturellement. Jeter mon enfantelet dans la Grande Bouche fut bien l'acte le plus terrible qu'il m'ait été donné d'accomplir.

– Es-tu certain, ô Harald, que cet homme est ton fils, celui-là même que tu abandonnas autrefois dans les enfers ? s'enquit Ghizur-Loup-Blanc en désignant Sven.

Sur un signe du roi, Sven ôta sa tunique, découvrant son maigre torse aux yeux de l'assistance. Le roi indiqua une tache de naissance, dont la forme évoquait vaguement celle d'une main, placée sous le mamelon gauche. Les membres du Conseil des sages, Ghizur en tête, et d'autres hauts personnages vinrent observer le curieux dessin. Ensuite le roi souleva sa propre tunique, et les mêmes personnages purent voir une tache semblable sur le torse royal. Elle était un peu plus grande et positionnée carrément sur le mamelon, mais la ressemblance ne faisait pas de doute.

Ce symbole divin, appelé «main de Godinn», est la marque des rois fizzlandais. Depuis Igmund Ier, fondateur de notre dynastie, tous l'avaient porté sur l'une ou l'autre partie du corps.

L'examen comparatif des taches s'était fait sous la surveillance des hommes de la horde royale, qui maintenant invitaient les dignitaires à regagner leur place. Harald se rajusta avec le sourire ; il était d'excellente humeur.

Il attendit le silence pour ordonner à tous de s'agenouiller devant Sven, le prince revenu des enfers. Nous nous exécutâmes dans un grand bruissement d'étoffes. Le prince reçut cet hommage d'un air quelque peu inquiet. Il me chercha dans la foule et je lui souris, ce qui l'aida à reprendre contenance. Depuis que je l'avais sauvé des griffes de Mamafidjar, il existait entre nous une relation particulière. Sven me vouait une admiration et une confiance sans bornes et, de mon côté, j'éprouvais à son égard des sentiments quasi paternels.

L'ombre du prince Dar planait sur cette cérémonie. Lorsque nous nous fûmes relevés, un homme demanda la parole. Il se nommait Bardi le Borgne et possédait une réputation de bravoure. Harald le tenait en grande estime.

– J'ai une question à poser, ô notre roi, dit Bardi.

– Pose, mon ami, fit Harald avec bonhomie.

– Quand le prince Dar sera là. Je veux dire, quand il reviendra de son… de son voyage mystérieux. Que se passera-t-il ?

Dar avait disparu depuis des mois et personne, hormis mes proches et moi-même, ne savait ce qu'il était advenu de lui.

– Tu veux parler de ma succession, n'est-ce pas ? dit Harald.

Bardi hocha la tête.

– Sven est l'aîné, il est l'héritier légitime. Je m'étonne que tu puisses avoir le moindre doute à ce sujet, Bardi fils de Gaut.

– Il montera sur le trône, alors...

– Bien sûr ! s'agaça le roi.

Des murmures se firent entendre, preuve que Bardi avait mis le doigt sur une question sensible.

Tous les regards se portèrent sur Sven. Il n'est pas bien fier, notre futur souverain ! devaient penser la majorité des personnes présentes.

– Ne pourront-ils gouverner ensemble ? hasarda Bardi.

– Qui ça ? gronda Harald, feignant de ne pas comprendre.

– Sven et le prince Dar. Cela s'est vu par le passé, chez nos voisins...

Bardi faisait allusion à Hirr et Birr, deux frères qui régnèrent sur le Ghizmark dans les années 980. Hirr, l'aîné, était simple d'esprit, et c'est le cadet, Birr, qui tint seul les rênes du pouvoir.

Implicitement, Sven venait d'être comparé au roi Hirr, un demeuré. Harald pâlit ; je crus qu'il allait laisser éclater sa colère, mais il n'en fit rien.

– Deux rois sur un trône, c'est le meilleur moyen de provoquer la perte d'un royaume, déclara-t-il en prenant place sur son haut siège.

Il promena un moment son regard d'acier sur l'assistance, puis :

– Il est temps, à présent, de récompenser ceux qui ont accompli l'impossible. Et d'abord, le jeune guerrier de quinze ans qui a conduit l'expédition glorieuse… Viens à moi, chéri du destin, élu de Dieu ! Viens à moi, Bjorn fils d'Érik, le morphir !

2
LE PENDANGORGH ET LA FERME DE SIGLUVIK

Harald Ier avait toujours su se vêtir avec goût. Ses capes de soie levantine, aux couleurs subtiles, ses chemises de velours et ses manteaux de laine rare lui conféraient une noblesse tout en sobriété. Il ne portait qu'un seul bijou : une croix d'argent. À côté de lui, les autres souverains et la plupart des grands seigneurs, avec leurs ceintures d'or, leurs fibules superfétatoires, leurs bagues et leurs colliers sans nombre, paraissaient vulgaires

– La boîte, Glamr, dit le roi avec un geste élégant.

Un vieux serviteur apporta un objet qui ressemblait par la forme à un coffre miniature. Dedans se trouvait un collier constitué de pièces étrangères, saxonnes, franques et autres, coulées dans l'or le plus pur. C'était ce qu'on appelle un « pendangorgh », mot de langue ancienne qui signifie « insigne d'honneur ». Cette haute récompense ne se distribue pas à tour de bras, et les porteurs du pendangorgh se comptent sur les doigts de la main. Mon père ne l'a jamais eu, par exemple, cela malgré les immenses services qu'il a rendus au royaume.

Je m'agenouillai pour recevoir le prestigieux collier des mains du roi.

Lorsque je me relevai, ému, Harald me tendit un parchemin roulé, orné d'un ruban.

– Cet acte signé par moi t'institue propriétaire d'une terre au nord de Sigluvik. Connais-tu cette contrée ?

Qui ne la connaît ? Située au bord de la mer, sur la côte est, à une journée de cheval de la capitale, c'est une région souriante, faite de collines et de bois d'ormes, où les sources chaudes abondent. La plupart des hommes en vue y ont un domaine ou cherchent à en posséder un.

Harald poursuivit :

– Il y a une grande maison d'habitation sur ta nouvelle terre, Bjorn, ainsi que des bâtiments pour les bêtes et l'entreposage, un moulin à eau... Je t'offre également trente chevaux et autant de chèvres, cinq bœufs de trait et une basse-cour nombreuse. Vous n'aviez plus de demeure, ta famille et toi, depuis l'attaque de la neige. Eh bien, la chose est réparée !

C'était un cadeau d'une extrême valeur, qui nous propulsait au rang des familles les plus riches du royaume. Je remerciai avec émotion. Avant d'en terminer avec moi, le roi m'offrit encore une maison à Updala, près de la place du marché.

– Je veux que tu puisses résider à la capitale. Il y aura sûrement des périodes où je voudrai t'avoir sous la main, précisa Harald.

Ce fut ensuite le tour de Sigrid fille d'Ull. Ma fiancée reçut de l'or, des bijoux finement ouvragés et un coffre rempli de vêtements d'apparat, dont une robe en soie elfique. Sachant que Sigrid avait grandi sur un pauvre lopin de terre dans l'Aggafjord, le roi donna à ma fiancée un beau domaine près de Tortuffel.

– Ce n'est pas loin de la maison de tes parents, dit Harald. Ils ne seront pas dépaysés. La nouvelle demeure est entourée de riches pâturages. Les moutons qui s'y trouvent, une centaine de têtes, vous appartiennent ainsi que deux chiens de troupeau, douze chèvres, un bouc du Skudland et une basse-cour.

Ce don émut Sigrid aux larmes. Ses parents allaient enfin vivre dans l'aisance !

Vint le tour de Svartog-Longs-Bras, à qui le roi n'offrit aucune terre, mais qu'il remercia par deux cadeaux somptueux : un faucon dressé, oiseau de haute lignée, et un grand sac de cuir plein de monnaies précieuses et de pierreries. Svartog avait toujours été pauvre ; ce trésor fit de lui l'hirogwar le plus riche du pays après Benok l'armurier.

– Le faucon répond au nom de Sól, dit le roi. C'est le rapace le plus intelligent qui soit. Il t'accompagnera dans les airs, Svartog, mon ami.

Le lecteur n'ignore pas que le demi-hirogwar possédait une cape cerf-volant héritée de son arrière-grand-père, objet merveilleux grâce auquel il pouvait voler.

De manière fort injuste, le nom de Ketill le Rouge ne fut pas mentionné ce jour-là. Harald ne pardonnait pas à notre ami d'être resté aux enfers, préférant la compagnie de son fils mort au service du roi. Chaque fois que, par la suite, j'évoquais Ketill en sa présence, son visage se rembrunissait.

Afin de conclure dignement la cérémonie, le roi invita un garçon de sa lignée à réciter le *Poème du morphir*, œuvre du grand Égill-Pêcheur-d'Orques choisie en mon honneur.

La voix cristalline du jeune récitant prononça les mots célèbres dans un silence recueilli :

Ô morphir

Ton enfance a su faire
L'affaire des rieurs
Et bien pleurer ta mère
De honte et puis de peur...
Car ton cœur plein de failles
Scellait ton avenir.

Tout en écoutant, je me rappelai le jour lointain où, au premier étage infernal, Ketill le Rouge nous avait déclamé ce même poème d'une voix profonde, aux modulations subtiles, inégalables.

Ta jeunesse craintive
T'a maintenu sur la rive
Du grand fleuve Aventure
Tu vécus sans armure
Loin du bruit des batailles
Qu'allais-tu devenir ?

Mais quand tu t'es levé
Bien des hommes ont tremblé...

Le garçon approchait de la conclusion, quand une forme noire fit irruption dans la Salle des cérémonies.

– Salut la compagnie ! lança Hughinn, le corbeau parleur.

– Te voilà enfin, vagabond ! gronda le roi. Où étais-tu passé depuis trois jours ?

– J'avais à faire.

– Dis plutôt que tu contais fleurette aux jouvencelles, corbeau débauché que tu es !

– Eh bien oui, pourquoi le nier ? C'est le printemps, que diable ! J'ai beau avoir quelques plumes blanches, comme toi, ô mon roi, j'ai encore du goût pour les choses de l'amour. Comme toi, ô mon roi !

Hughinn tournoyait au-dessus des têtes ; son vol hystérique avait de quoi vous donner le tournis.

– Alors c'est lui, le nouveau prince ! croassa-t-il en allant vers Sven. Alors c'est lui, l'aîné, l'héritier... Quand Dar reviendra, il ne sera pas content, non, non ! Lui qui s'imagine sur le trône depuis l'enfance... Quelle déception !

Hughinn se posa sur l'épaule de Harald, avant de s'envoler presque aussitôt ; ses vieilles ailes battaient l'air avec bruit : « Flap ! flap ! flap !... »

– Bonjour, Bjorn ! lança-t-il en m'apercevant. Bravo pour ton exploit, fils ! Tu n'es pas un morphir pour rien. Gloire au vainqueur des enfers !

Surexcité, il retourna auprès de Sven, dont il effleura le crâne d'un coup d'aile.

– Voilà donc l'héritier. Il n'a pas fière allure, ma parole ! Torse creux, épaules étroites... Et cette blancheur de cierge... Brrrr, il me fait peur ! Serait-il malade, des fois ?

Sven n'avait pas l'habitude des oiseaux et en avait peur ; il se mit à pousser de petits gémissements.

– Il suffit ! tonna Harald en fondant sur Hughinn.

Ce dernier prit le large, et le silence tomba sur l'assemblée. Reprenant aussitôt contenance, le roi se tourna vers Bardi le Borgne.

– Toi qui possèdes la plus belle voix du royaume, voudrais-tu nous chanter quelque chose ?

Bardi s'inclina et, fier comme le dieu Raghorr, entonna un vieil hymne à la gloire du pays. Sa voix allègre, dénuée d'artifice, était faite pour détendre l'atmosphère.

Des sourires apparurent sur les lèvres ; bientôt, hommes et femmes, jeunes et vieux se mirent à chanter avec Bardi.

– La plupart d'entre eux espèrent ardemment le retour de Dar, pensai-je. Et nul doute qu'en secret ils désirent le voir régner un jour, plutôt que le pauvre Sven.

Seulement le prince Dar ne reviendrait pas, non, car je l'avais tué.

3
LA HAINE DE GUNNAR

Ah, respirer l'air pur, sentir la chaleur du soleil, admirer les étoiles, fouler l'herbe tendre des prés !... Après plusieurs mois passés sous la terre, je ne me lassais pas de ces plaisirs simples. Mais le plus grand bonheur était bien sûr de retrouver les miens, de revivre en leur affectueuse compagnie.

Ma mère n'avait pas pris une ride ; elle demeurait exactement la même, si ce n'est qu'elle avait un peu maigri. Mon père, en revanche, semblait plus vieux de dix ans. Il avait tendance à se tenir voûté en s'appuyant sur une canne ; ses paupières restaient mi-closes en permanence, comme celles d'un dormeur à peine réveillé. Sa voix, un peu sourde, ne claironnait plus des ordres à tout bout de champ.

Lorsque j'avais quitté Ingë, ma petite sœur, elle traversait une période de crise. Réfractaire à l'autorité, elle fumait la pipe, dansait dans les bouges de Koy, la ville des non-humains, lâchait des grossièretés plus souvent qu'à son tour. Tout cela à onze ans ! Mais, grâce à Dieu, cette période de débauche avait pris fin, et ma sœur était redevenue la fille raisonnable d'autrefois. La timidité de l'enfance, cependant, avait disparu pour toujours. Ingë était maintenant une personne sûre d'elle-même qui aimait mener son monde à la baguette. Ma mère avait d'ailleurs abandonné à son profit une bonne part de ses responsabilités. C'est Ingë qui, le plus souvent, commandait aux serviteurs, surveillait l'état des provisions...

Je me souvenais bien du visage ancien d'Ingë. Ses traits d'enfant, délicats, attiraient les regards. Mais la nature n'avait pas tenu ses promesses. Nez fort, bouche trop mince – on eût dit une petite balafre –, ma sœur n'était plus jolie. Ses yeux mauves, envoûtants, brillants d'intelligence, constituaient à présent son unique atout ; ils faisaient oublier le reste.

Lala, la sœur cadette de Sigrid, avait connu un développement inverse. Je gardais d'elle un souvenir assez flou, chose rare, car j'ai une excellente mémoire. Fillette insignifiante, sans charme particulier, Lala était devenue une vraie beauté. Ses cheveux soyeux, d'un blond cendré, pendaient plus bas que ses fesses. Son visage ovale semblait perpétuellement baigné d'une lumière spéciale, lunaire.

Elle était très grande, si bien qu'à quatorze ans elle en paraissait vingt. Jadis muette, comme Sigrid, elle pouvait maintenant parler de façon normale. Elle en profitait peu, contrairement à ma fiancée. Car Lala était une personne réservée et un peu étrange : rêveuse, absente, elle pouvait aussi se montrer attentive à la moindre inflexion de votre voix. Mon père pensait qu'elle aurait un destin à part ; il l'imaginait en devineresse, en magicienne – quelque chose d'approchant.

Le demi-troll Dizir s'était un tantinet empâté. Lorsqu'on lui en faisait la remarque, il se mettait à rire.

– Ze deviens cazanier avec l'âze, avouait-il de sa voix zézayante, typique des membres de sa race. Mon vieux corps azpire au repos.

Il puait toujours la rage et continuait de réchauffer la maison de sa gentillesse, de son amour pour ma famille. Il faisait tout pour rendre la vie de mon père agréable et vénérait maman presque autant que la Vierge Marie.

Depuis quelque temps, Hari le pêcheur tremblait des mains et des pieds, une maladie de la vieillesse qu'il appelait sa « danse de Saint-Guy ». Fatigué, amaigri, il n'en conservait pas moins sa vivacité d'esprit. Il racontait toujours ses longues histoires. Chose étonnante, Hari continuait de sculpter de merveilleux drakkars en réduction. Sa main tremblante se calmait dès l'instant où il se mettait à tailler le bois, retrouvant habileté et précision comme par enchantement.

Le lecteur se souvient que Drunn le berger fut attaqué par la neige maléfique. Empoisonné, il aurait pu succomber dans d'atroces souffrances. Il s'en était tiré grâce aux soins de ma mère et à la Providence. Seulement voilà, il n'avait plus été le même ensuite. Le personnage suffisant, traître à l'occasion, que nous avions connu s'était mué en un grand nigaud à peine capable de faire sa toilette. Drunn passait son temps à parler tout seul ou à fredonner.

Le jour de mon retour des enfers, j'avais été intrigué par l'absence de mon frère aîné, Gunnar. J'avais posé des questions qui étaient d'abord restées sans réponse. Je m'en rendis compte, prononcer le nom de mon frère créait une gêne.

C'est Ingë qui, un soir à table, me révéla que Gunnar m'en voulait d'être parti sans lui.

– Il pensait que la mission du roi t'apporterait la gloire et que tu désirais cette gloire pour toi tout seul, dit mon père.

– C'est faux ! m'exclamai-je. Je voulais seulement le préserver. Mourir aux enfers, j'y étais prêt ! Mais je ne voulais pas risquer la vie de Gunnar par-dessus le marché. L'idée que vous, mes chers parents, puissiez perdre vos deux fils en même temps… cette idée m'était insupportable !

– Nous comprenons cela, Bjorn, dit ma mère. Mais Gunnar ne voulait rien savoir. Il répétait que tu l'avais trahi. Tout ce que nous pouvions lui dire pour lui faire entendre raison ne servait à rien.

– Z'était comme de zouffler dans z'une flûte double-bec, soupira Dizir.

Je voulus alors savoir où se trouvait Gunnar.

– Nous l'ignorons, déclara mon père. Et nous ne ferons aucune recherche. Ton frère est parti sans un mot, avec une partie de nos économies en argent. S'il veut revenir dans sa famille, il devra s'excuser et réparer. Voler, ce n'est pas rien. Il nous a gravement déçus.

La disparition de Gunnar me rendait triste et inquiet. Mais je vivais dans l'idée que les choses ne pouvaient être très graves, et que la réconciliation entre nous viendrait bientôt.

Un soir à Updala, dans ma nouvelle maison près du marché, je m'attardais devant le feu, pensif. Lala se tenait à côté de moi, perdue dans je ne sais quel rêve. Je le croyais du moins, car elle se tourna soudain pour me dévisager.

– Bjorn… commença-t-elle.

– Oui ? l'encourageai-je.

– Gunnar… Il n'est pas simplement fâché contre toi, tu sais. Il ne s'agit pas d'une bouderie. En réalité, il te hait de toute son âme. À présent que tu es riche et couvert d'honneurs, il n'aura qu'un souhait…

– Lequel ?

– Ton frère voudra causer ta perte.

– Comment peux-tu en être si sûre ?

– Je le sais, c'est tout.

La franchise de Lala me parut déplacée ; je la ressentis comme une agression. Elle vit ma colère et s'empressa de s'excuser.

– J'aurais mieux fait de me taire, dit-elle en posant la main sur mon genou frémissant.

4
MORPHIRSKALI

Je m'installai dans ma ferme de Sigluvik dès la fin du mois d'avril. Le domaine avait appartenu à Hafkell, homme de renom qui avait trahi son pays en vendant des renseignements concernant la défense de nos côtes au roi Hakon II du Ghizmark. Hafkell, condamné à mort, fut exécuté par noyade tandis que son épouse et ses fils prirent le chemin de l'exil. Lorsque nous arrivâmes à Sigluvik, le départ des anciens propriétaires remontait à six mois.

Du temps de Hafkell, la ferme s'appelait Hafkellskali. Elle fut rebaptisée Morphirskali, la « Maison du morphir ».

Les bâtiments, maison d'habitation, étable, bergerie, laiterie, écurie, grange et pièces d'entreposage, étaient tous de fabrication récente. Les charpentiers n'avaient pas fait les choses à moitié, oh non ! Tous les murs, constitués d'une double épaisseur de rondins, étaient calfeutrés avec soin. Portes et fenêtres, mobilier, planchers – chaque élément témoignait d'un travail soigneux où les touches artistiques ne manquaient pas.

Je revois encore mon père, entouré de Dizir et de Hari le pêcheur, effectuant le tour du propriétaire. Il ne parlait pas, mais son silence en disait long. Ce n'est que le soir, assis à la table commune – somptueux meuble en bois de chêne –, qu'il exprima sa satisfaction :

– Le roi ne s'est pas moqué de toi, Bjorn. Cette ferme est un petit joyau d'architecture. Tout est bien pensé, il n'y a pas un coup de rabot en trop, pas un clou manquant. Le toit à lui seul est un chef-d'œuvre. As-tu observé la charpente, Hari ? L'agencement des poutres me fait songer à un beau et limpide poème.

– Exactement, acquiesça le vieux pêcheur.

– Et tous les zanimaux, des zétalons à la dernière des poules pondeuzes, zont de la meilleure qualité, déclara Dizir.

– Il y a tous les ustensiles de cuisine que l'on peut souhaiter, se réjouit ma petite sœur. J'ai compté onze chaudrons de tailles différentes.

– Je suis allé dans l'atelier, au fond de l'entrepôt, dit Hari. Les outils ne manquent pas : pincettes, marteaux, enclume et louche à couler le métal... tréfiloir... tondeuse à mouton... toutes sortes de limes et de couteaux... J'ai vu des instruments dont j'ignore complètement l'usage.

– Merveilleux ! s'exclama mon père.

Le port de Sigluvik se trouve à vingt minutes à cheval de Morphirskali. Ma mère s'y était rendue dans l'après-midi.

– On m'a montré une barque à voile qui appartient à notre domaine, annonça-t-elle. Elle est à nous ! J'ai toujours voulu sortir en mer pour pêcher la morue à la ligne. M'accompagneras-tu, mon bon Hari, pour me servir d'instructeur ?

– Avec plaisir, dit le vieux pêcheur, tandis que papa fronçait les sourcils, car cette idée de pêche au large ne lui plaisait guère.

– Nous serons heureux ici ! lança Ingë, les joues en feu (elle avait bu trois bols d'hydromel en l'honneur de notre installation).

– Morphirzkali ! Morphirzkali ! scanda Dizir, brandissant sa corne à boire.

Et nous tous de reprendre en chœur :

– Morphirskali !

– Aime pas ! glapit Drunn à ce moment.

Je pense que, à l'instar des enfants, il supportait mal les déménagements.

Svartog était à Koy, où il filait le parfait amour avec Maya, sa fiancée yus. Sigrid et Lala étaient parties dans l'Aggafjord pour prendre possession de leur nouveau domaine et y installer leurs parents. Je me languissais de mon amour et, pour tuer le temps, je m'employais à labourer les bonnes terres à seigle dont nous disposions. Dizir m'aidait dans ce travail harassant, et c'était l'occasion, pour nous deux, de retrouver la belle complicité d'autrefois.

– Tu m'as manqué, Bjorn, pendant tous zes mois ! me répétait le demi-troll. Ze me zentais comme orphelin de toi, tu zais. Et ze priais, ze priais la Vierze pour que tu reviennes zain et zauf de zette fichue mizion.

Le soir, après notre journée de labeur, nous partions au galop vers le nord. Nous laissions nos montures au pied des Collines Grises, dont nous gravissions les pentes en soufflant et en riant. Dizir me poussait, je le poussais en retour pour essayer de le faire tomber.

En chemin, nous croisions des gens en train de se baigner dans les nombreux trous d'eau chaude qui font la célébrité de ces collines. Des hommes et des femmes, nus comme des vers, laissant de côté toute pudeur, s'ébattaient joyeusement au milieu des vapeurs. Ceux qui me reconnaissaient me saluaient par des cris :

– Le bonsoir à toi, morphir !

– Gloire au vainqueur des enfers !

– Est-ce bien lui, Bjorn fils d'Érik, le morphir? demandait quelqu'un.

– Lui-même en perzonne ! répondait Dizir fièrement.

Parvenus enfin au sommet de la plus haute colline, là où personne ne se rend, nous commencions à nous déshabiller. C'était à qui serait nu le premier. Nous courions comme des fous vers une énorme cuve naturelle, et hop !... Plouf !

L'eau volcanique, bouillonnante, sentait vaguement le soufre.

– Coucou, monzieur Daphnir ! lançait Dizir.

Il était là, mon cher dragon, nous attendant depuis je ne sais quelle heure. Sa belle tête cornue, environnée de vapeurs claires, émergeait seule de l'eau.

– Je suis content de vous voir, prononçait-il d'une voix rauque. Content de vous voir.

Grand comme un cheval adulte, bien pourvu en griffes et en canines acérées, musclé en diable, Daphnir avait peu changé depuis notre sortie des enfers. Sa peau demeurait grise, de ce même gris souris qui colore la robe des dragons mornes. Daphnir n'était pas un morne, pourtant, mais un dragon noir – l'unique dragon parlant et le plus puissant de tous. Sa couleur changerait plus tard, dans les mois futurs.

Seuls ma famille et quelques proches étaient au courant de la véritable race de Daphnir. J'entendais garder le secret le plus longtemps possible, car je redoutais la convoitise des grands de ce monde. Qui peut savoir ce que les rois nos voisins, Hakon II et les autres, seraient capables d'entreprendre pour obtenir un dragon noir? Voilà ce que je pensais. Et j'imaginais même que Harald, qui m'avait offert Daphnir sans connaître sa race, pourrait me demander de le lui rendre.

En conséquence, mon dragon se montrait peu en public, et il n'ouvrait jamais la bouche en présence d'étrangers.

Je nageai jusqu'à lui, grimpai sur son dos et commençai à lui tirer les oreilles. Il rua, et je fus projeté vers l'avant: plouf! Je repartis aussitôt à l'attaque, tandis que Dizir prenait Daphnir à revers. Une belle bataille aquatique s'ensuivit, où je reçus force coups de patte, et le demi-troll aussi. Nous n'étions pas de taille, cela va sans dire! S'il avait voulu, Daphnir nous aurait facilement réduits en miettes.

Je connaissais parfaitement mon dragon; je me rendais bien compte qu'il jouait pour nous faire plaisir. Le cœur n'y était pas, et je savais pourquoi. La perte d'Invincible, son compagnon de jeu, son compère dragon, l'attristait au plus haut point. Je suis sûr qu'il songeait parfois à descendre dans la Grande Bouche pour aller le retrouver aux enfers, au risque de périr brûlé dans les flammes commandées par Mamafidjar.

– Mââââââw!

– Tu l'as amené! m'exclamai-je.

– Oui, dit Daphnir. Il s'ennuie tout seul à la maison. Il s'ennuie beaucoup.

Wulf, mon chat des enfers, nageait dans ma direction, tenant dans la gueule un crabe d'eau douce. Les chats infernaux n'ont pas peur de l'eau, contrairement à leurs cousins de la surface du monde.

Je pris Wulf dans mes bras et embrassai son front mouillé. Il ronronnait et grognait tout à la fois, à cause de la proie entre ses dents.

– Un message est arrivé de Koy ce matin, se rappela Daphnir. Svartog se marie bientôt. Il se marie, Svartog.

Un large sourire s'épanouit sur la trogne du demi-troll Dizir.

– Bon zang ! s'écria-t-il. Un mariaze ! Muzique, boizons à volonté ! Danzer zusqu'aux petites z'heures du zour !... Quand partons-nous, Bjorn, mon garzon ?

– Nous n'avons pas fini les labours, dis-je. Et qui se chargera des semailles ? Il y a trop de travail ici, Dizir. Tu restes et j'irai seul.

C'était comme si je l'avais frappé d'un coup de massue. Je vis mon Dizir pâlir, se décomposer, et je n'eus pas le cœur de prolonger la plaisanterie.

– On engagera des gens pour aider les parents pendant notre absence, va.

– Z'est vrai ? Ze peux venir, alors ?

5
LA PLUS BELLE FILLE DU PAYS

Il me fallut batailler ferme pour convaincre ma petite sœur de nous accompagner à Koy. Elle prétendait avoir trop de travail à la maison. Laisser les parents se débrouiller sans elle lui semblait impensable.

– Mais enfin, ils ne sont pas grabataires, arguai-je. Maman est encore très capable de tenir un ménage.

– Elle devient fort distraite, dit Ingë. Hier, elle a oublié de nourrir les poules.

– C'est parce que tout repose sur toi aujourd'hui. Quand tu seras partie, elle redeviendra plus responsable. Elle ne pourra plus se permettre d'être étourdie.

– Hum, fit ma sœur, dubitative.

Elle consentit pourtant à partir, sans beaucoup d'enthousiasme. Je la revois encore sur sa petite jument du Skudland, l'air préoccupé, renfrogné même, tandis que nous quittions Morphirskali. Mais son humeur changea graduellement à mesure que nous nous éloignions de la ferme. Elle se mit à rire aux plaisanteries de Dizir, à goûter le parfum de la campagne, à causer de tout et de rien comme un véritable moulin à paroles. Ça me faisait plaisir de la voir détendue, pour une fois.

– Merci de m'avoir emmenée, Bjorn ! dit-elle alors que, vers midi, nous traversions la grande forêt du Midfjord.

Dizir montait une vieille rosse, une lourde jument qui mordait tout le monde, homme ou bête, hormis son maître. J'ignore vraiment ce qu'il lui trouvait, car en plus d'être laide et méchante, elle n'avançait pas.

En quittant Havërr, Gunnar avait emmené Finn, le pur-sang que m'avait offert le roi en 1066. Inutile de dire que j'en voulais à mon frère de ce vol. Je pensais souvent à Finn, espérant que Gunnar le traitait dignement. Privé de mon fidèle destrier, je l'avais remplacé par Stavig, l'étalon noir de Ketill le Rouge. Cette bête piaffante demandait beaucoup d'attention et de savoir-faire au cavalier qui la montait. Par son caractère fougueux et susceptible, Stavig me rappelait Ketill.

Au soir de notre deuxième jour de voyage, nous fîmes halte à Hofn, au logis de Ghizur-Loup-Blanc. Le maître de maison était absent, mais non sa fille Helga, qui rentrait juste de la capitale. Elle nous accueillit civilement, nous offrit un repas plantureux, servi par une cuisinière à la moue méprisante.

– Ze détezte zes filles de Hofn, me glissa Dizir à l'oreille. Plus prétenzieuzs que des reines. Vois comme elle nous regarde : ne dirait-on pas que nous zommes des crottes zur le bord du chemin ?

Pendant que nous nous gavions de viande et de galettes de seigle, Helga grignotait quelques légumes choisis.

Je n'avais pas vu la fille de Ghizur depuis deux ans. Avec ses yeux verts ravageurs, son teint de lys, elle possedait un charme hors du commun. Il me sembla que sa beaute s'était encore accrue. Oui, le visage de Helga avait atteint un équilibre, une perfection qui me laissèrent pantois.

– Z'est délizieux, zézaya Dizir entre deux bouchées. Merzi, dame Helga, pour ze zubstanziel repas.

Helga se contenta d'un sourire. Se tournant vers moi, elle me contempla longuement sans rien dire, un peu comme font les acheteurs de chevaux quand ils évaluent les qualités d'un animal.

Elle s'essuya délicatement la commissure des lèvres avec un carré d'étoffe, puis:

– T'ai-je félicité pour ton voyage infernal? Non, je crois. Quel exploit! Les générations futures parleront encore de toi, pour sûr! Les poèmes à ta gloire fleurissent déjà, le savais-tu?... Tu as dû rencontrer de ces monstres, sous la terre... J'en frémis rien qu'à l'idée!

Elle parlait d'un ton badin, un tantinet railleur, qui énerva ma sœur.

– Ce que Bjorn a accompli, personne n'aurait pu le faire, dit Ingë. Il a risqué mille morts pour rendre Sven à son père.

– Parlons-en, de l'héritier! fit Helga. Je l'ai vu plusieurs fois à la maison royale. Il n'est pas bien fier. Bjorn est plus large et costaud que lui, et il a la moitié de son âge. Et surtout, ce Sven n'a pas l'air futé.

– Le prince a vécu trente et une années dans...

– Je sais, je sais, m'interrompit Helga. Prisonnier dans la tour Fidjar. Solitude, humiliations... Je le plains de tout cœur.

Elle nous dévisagea l'un après l'autre.

– Penser qu'il sera un jour roi me fait peur, dit-elle sur un ton subitement grave. Beaucoup de gens sont inquiets pour l'avenir.

– Comment va ton père ? demandai-je pour changer de sujet.

– Il a des soucis. On a observé des mouvements suspects aux frontières de l'Ouest. Il est possible que Hakon II prépare quelque chose. Mon père en a parlé au roi à maintes reprises, mais Harald hausse les épaules. Il est tout entiché de son nouveau fils et ne s'occupe que de lui, de son éducation.

– Que rizquons-nous ? intervint Dizir. Notre armée est la meilleure du Nord. Qu'il y vienne, Hakon, et nous zaurons le rezevoir !

– Nos frontières et nos côtes sont mal gardées, révéla Helga. Nous n'avons pratiquement plus d'armée permanente. Il y a du laisser-aller, oui, du laisser-aller.

– Hakon n'ozera zamais ze mezurer à Harald Ier. Notre roi est le plus grand des chefs de guerre, bon zang ! Hakon a une frouze bleue de lui.

– Puisse Dieu t'entendre !

– Nous partons tôt demain, dis-je en me levant.

Trois chambres avaient été préparées pour nous, mais nous n'en utilisâmes que deux, car Ingë et moi voulions dormir ensemble. Très proches durant l'enfance, nous nous étions quelque peu éloignés l'un de l'autre, principalement en raison de la place prise par Sigrid dans ma vie. Ce voyage était pour nous l'occasion de nous retrouver.

Nous nous couchâmes en riant, soufflâmes nos bougies.

– Retire tes pieds de mes jambes ! intimai-je.

– J'ai toujours froid aux pieds et toi tu es chaud comme un dragon.

– Retire-les !

– S'il te plaît !

– Bon.

J'avais l'impression d'avoir deux morceaux de glace contre les mollets ; c'était on ne peut plus désagréable mais je décidai d'endurer le supplice.

Nous gardâmes le silence un moment, heureux d'être là, l'un près de l'autre. Dans la chambre à côté, Dizir faisait grincer son lit.

– Elle en pince pour toi, dit Ingë.

– Qui ça ? demandai-je.

– Helga, la sublime Helga !

– Mais non !

– Si, si.

– Tu divagues. Elle a un prétendant. J'ai entendu dire qu'elle va bientôt se fiancer.

– Avec qui ?

– Njall le Hardi.

– Le chef de la horde ?

– Oui.

– Le connais-tu ?

– Un peu. C'est un homme brave, franc comme l'or. Helga ne pourrait pas mieux tomber.

– N'empêche, c'est toi qu'elle aime.

– Jamais de la vie !

– Tu fais beaucoup d'effet aux filles depuis ton retour des enfers, mon frère. Ton charme de morphir est…

– Est-ze qu'on pourrait avoir le silenze ! grogna Dizir de l'autre côté du mur. Ze voudrais dormir, moi !

Ingë pouffa, et je crus entendre son rire d'enfant, si communicatif.

– Lala aussi a un faible pour toi, murmura-t-elle.

– Lala ! m'exclamai-je.

– Zilenze ! beugla Dizir.

– Elle ne le montrera jamais, chuchota Ingë. C'est un secret bien caché au fond de son cœur. Pourtant, moi, je sais qu'elle a un faible pour toi. Je vois tout ! J'ai un don pour renifler l'amour, hi ! hi !

Ses pieds tiédissaient ; elle les retira pour les ramener sous ses fesses. Ingë dort toujours avec les jambes complètement repliées.

Je saisis un pot d'eau fraîche posé sur un tabouret et bus plusieurs longues gorgées.

– Donne m'en un peu, souffla Ingë.

– Et toi ? fis-je en lui passant le bol. Est-ce que tu as un soupirant ?

– Non. Les garçons ont peur de moi. J'ai trop de caractère.

– Sigrid a également du caractère, et je l'adore. Je suis fou d'elle...

– Sigrid est très jolie, observa Ingë d'une voix sans timbre.

– Toi aussi tu es belle.

– Menteur.

– Si tu n'étais pas ma sœur, je serais amoureux de toi, assurai-je en l'embrassant sur le front.

Ingë m'agrippa pour me serrer fort, presque à me faire mal. Elle se pressa longtemps contre moi, sans rien dire, comme si j'avais été je ne sais quelle planche de salut. Et je réalisai que ma petite sœur, sous sa force apparente, avait conservé une part de fragilité enfantine. Je ne l'en aimai que plus.

Nous partîmes au petit matin, comme annoncé. C'était la dernière étape de notre périple.

Ingë se tenait bien droite sur sa jument; Dizir, en arrière, souriait à l'idée des réjouissances à venir. C'était un fêtard dans l'âme, notre demi-troll.

J'aurais voulu faire un crochet par Havërr, afin de saluer Tétoune, la femme troll qui avait réinvesti les lieux avec sa famille depuis notre départ. Tétoune fille de Bazir était une personne remarquable, grande joueuse de flûte et spécialiste incontestée des mœurs dragoniennes; je l'appréciais beaucoup. Mais il se faisait tard, et nous étions fourbus, impatients d'arriver. Nous prîmes le plus court chemin vers Koy.

– Ze n'ai zamais zazizté à un mariaze hirogwar, avoua Dizir en poussant sa rosse afin de venir à ma hauteur. À quoi za rezemble ?

– À un mariage viking, répondis-je, ignorant que Svartog préparait tout autre chose.

6
L'HIROGWAROUM

Avec l'argent du roi, Svartog avait acquis une étroite demeure à un étage, coincée entre deux bâtisses larges et imposantes. Quand je lui demandai pourquoi son choix ne s'était pas porté sur un logis plus confortable, il me déclara n'avoir pas besoin de plus.

– Le trésor royal, je l'emploie à bien autre chose qu'à mon confort personnel, dit-il. J'ai acheté une deuxième maison, Bjorn. La plus belle de toutes ! Six étages, des caves profondes et une façade ornée. Elle est sur la place du marché.

Cette autre maison abritait une école, des ateliers divers, des salles de cérémonie... C'était une sorte de temple de la culture hirogware, baptisé « Hirogwaroum ».

Le peuple hirogwar, dans sa rage d'assimiler nos coutumes vikings, a perdu l'essentiel de ses traditions au cours des derniers siècles. Cette perte de racines, d'identité, est regrettable. Les hirogwars d'aujourd'hui en souffrent beaucoup.

Aux enfers, Svartog avait eu l'occasion de rencontrer de nombreuses âmes anciennes, des hirogwars du temps jadis qui l'avaient renseigné sur les vieilles coutumes oubliées à la surface du monde. Il avait tout noté avec frénésie, caressant le projet d'écrire plus tard un *Livre des hirogwars*.

L'ouvrage était à présent achevé, à peu de chose près. Le texte de Svartog comptait pas moins de huit cents pages de parchemin, couvertes d'une écriture serrée. Il en existait déjà six exemplaires, cela grâce au travail incessant des copistes engagés par notre ami.

Le *Livre des hirogwars* comprenait des renseignements sur les anciens dieux, le mariage, les rites funéraires, les cérémonies de passage à l'âge adulte, la politesse, l'hospitalité, les vêtements, les armes… De nombreuses chansons y figuraient, ainsi que des poèmes dans la vieille langue hirogware. La section consacrée à cette dernière, constituée d'un dictionnaire et d'une grammaire, faisait trois cents pages à elle seule. Svartog était de loin le meilleur connaisseur de la culture de son peuple. Son prestige, au sein de la communauté hirogware, dépassait maintenant celui de l'armurier Benok.

À l'Hirogwaroum, Svartog-Longs-Bras enseignait. Les hirogwars de tous âges venaient boire à la source de son savoir. Tout se faisait en langue hirogware ; on ne parlait que des usages hirogwars, de la cuisine hirogware, de la médecine hirogware… Et si l'on faisait de l'humour, c'était de l'humour hirogwar !

Svartog désirait bien sûr que son mariage respectât scrupuleusement les traditions en la matière. Et il voulait me faire participer au rituel, car, disait-il, j'étais « son meilleur ami, son sauveur, son frère ». Je devrais pour cela porter un habit hirogwar et apprendre une série de gestes et de paroles sacrées.

– Acceptes-tu, Bjorn ? s'enquit-il avec anxiété.

– Évidemment, répondis-je.

À partir de là, je consacrai mes matinées à l'apprentissage de mon rôle. Je dois avouer que ce petit travail me parut vite fastidieux, d'autant que Svartog se révéla un professeur exigeant, soucieux du moindre détail. Nous eûmes quelques frictions.

Quel bonheur c'était lorsque, la matinée finie, je retrouvais ma liberté ! Avec Ingë et Dizir, nous allions dans les gargotes, visitions le marché couvert. Nous ne nous lassions pas d'arpenter les rues grouillantes de monde et d'animaux (phoques hurleurs, furets et autres bergers trolls). À Koy, les gens parlent haut, s'apostrophent, se tirent par la manche ; les uns transportent d'étranges outils, les autres cuisent des aliments en pleine rue. Les odeurs se mêlent en se faisant la guerre : viande grillée, cuir, résine, soufre, bois brûlé, métal fondu... Le sol tremble par endroits, des vapeurs sortent des ateliers souterrains. Il y a une atmosphère spéciale dans la ville des non-humains, un je-ne-sais-quoi d'enivrant. On se sent comme porté par la frénésie d'activités qui la caractérise. Oui, Koy est un lieu à part. Updala, en comparaison, paraît somnoler. Tout y est pesant, conventionnel – et tant pis si je ne fais pas plaisir à tout le monde en écrivant cela.

Svartog manquant de place pour nous loger, Dizir et moi dormions chez Benok, tandis qu'Ingë avait pris ses quartiers chez des trolls qu'elle avait connus dans sa période tumultueuse.

J'avais retrouvé l'ancienne chambre de Sigrid, avec le lit à rideaux, la tapisserie montrant Snorri le Morphir face à Mamafidjar... L'arc en fer de ma fiancée était resté là, dans un coin sombre. Tous les soirs, avant de souffler mes bougies, je lui jetais un coup d'œil amical.

Benok et son épouse, Mamabok, m'avaient accueilli à bras ouverts. Ils faisaient tout pour m'être agréables, me choyaient comme un fils. Je trouvai à l'armurier un petit air préoccupé, mais je n'y prêtai pas trop attention.

Dans la grande maison aux sept étages, je retrouvai Hiro, le jeune dessinateur de décorations pour lames d'épée et fers de hache, Oumir, le demi-troll testeur d'armes, Sigoune, la femme troll, et bien d'autres encore. Tous manifestèrent une grande joie à me revoir.

– Et Zigrid ? me demanda Oumir la première fois qu'il me vit. Quand arrive-t-elle en ville ?

– Bientôt.

– Ze zerai heureux de la zerrer dans mes bras. Quelle fille, n'est-ze pas ? Quelle guerrière !

La demeure du plus grand armurier du royaume était une véritable ruche ; parmi les gens qui y dormaient, y mangeaient, tous ne travaillaient pas pour le maître, loin s'en faut ! Car Benok était une sorte de père des pauvres ; il accueillait sous son toit les hirogwars vagabonds, estimant que sa richesse devait servir à aider les plus démunis.

Chez Benok se rencontraient également des artisans de renom, des savants et penseurs divers. Des réunions informelles avaient lieu tantôt sur la terrasse dite « des combattants », au dernier étage, tantôt dans l'une ou l'autre salle à boire de la maison. J'y assistais souvent, par plaisir. On parlait de tout dans le logis de l'armurier : du prix du seigle, des dernières trouvailles en matière d'art céramique, du traitement de la rougeole, de poésie, des courants marins… Nulle part ailleurs je n'avais côtoyé autant de personnes intelligentes, aux compétences à la fois variées et pointues. Je fis la connaissance d'Aymarok, l'hirogwar savant, qui s'employait à trouver de nouvelles façons de sécher les aliments ; je m'entretins longuement avec le demi-troll Fouagir, forgeron de haute classe, inventeur de plusieurs alliages...

Jaglavok, demi-hirogwar minuscule (il avait la taille d'un enfant de sept ans), venait de temps en temps. Il ne payait pas de mine, dans son habit rapiécé, une pipe jaune soudée au bec. Couturier le jour, il passait ses nuits à rédiger un traité sur l'art de la guerre. En sa jeunesse, il avait beaucoup voyagé dans les steppes de l'Est. Il avait vécu chez les Volougs, les Toundours et les Bhirgides, peuples nomades aux aptitudes guerrières reconnues, et qui ont su brillamment « penser la guerre ». J'aurais aimé converser avec lui, mais il me tourna le dos chaque fois que j'essayai de l'approcher. C'était en fait un personnage désagréable, ne daignant parler qu'aux rares personnes qu'il jugeait dignes de sa haute intelligence.

Un matin, dans les tout premiers jours de mai, Benok entra dans ma chambre alors que je m'habillais. Son crâne chauve d'hirogwar brillait comme un galet poli, et il sentait la violette. La mine grave, il me demanda si j'accepterais de rencontrer le jour même certains de ses amis.

– Nous voudrions t'entretenir de questions ayant trait à la sécurité du royaume, annonça-t-il.

– Bien sûr, dis-je en enfilant mes bottes. Ce matin je vois Svartog, comme tu le sais. Mais après...

– Mes amis sont ici. Ils t'attendent. Je me suis permis de faire porter un message à Svartog-Longs-Bras pour lui annoncer que tu arriverais en retard.

7
DES SIGNES ALARMANTS

Benok possède une petite pièce dans les caves, un endroit paisible où il aime à se retirer pour rêver devant une tapisserie montrant un paysage de montagne. C'est là qu'il m'emmena. Des hirogwars et des trolls nous y attendaient, serrés les uns contre les autres sur des tabourets et enveloppés dans une épaisse fumée de pipes.

Benok me présenta les personnages présents. Il n'y avait parmi eux aucun artisan, pas le moindre savant – seulement des chefs de quartiers, des guerriers. Je fis la connaissance de Gengizmir le troll, ancien compagnon d'armes de mon père. Il s'était illustré en 1038, lors de la guerre contre les Vorages, et de nombreuses fois ensuite. Gengizmir ne faisait pas son âge ; on devinait un corps musclé, bien entretenu, sous l'épaisse tunique gaufrée. Il portait des bottes de cuir poussiéreuses et de terribles éperons.

– Bjorn filz d'Érik ! me lança-t-il en se levant pour me donner l'accolade. Ze zuis zheureux et honoré de te connaître enfin. Ton père est mon ami, tu le zais ! Z'est un homme de bien et un grand guerrier. Perzonne plus que lui ne méritait d'engendrer un morphir.

Benok me fit asseoir sur un siège, et je me retrouvai au centre de tous les regards, curieux de ce qui allait suivre.

Les murs en pierre de froid, cette roche tendre et poreuse qui rafraîchit l'air, évitaient à la pièce surpeuplée de devenir étouffante. Quant à l'odeur des trolls, elle se trouvait bravement combattue par celle du tabac.

– Pendant que j'y pense, voici ton épée de jeunesse, dit Benok. Je l'ai réparée moi-même. Elle est comme neuve.

Il me tendit ma Mordeuse, que je retrouvai avec l'émotion qu'on imagine. Le manche en os, sculpté d'un guerrier en armure, avait été poli avec soin.

– La lame me paraît plus courte que dans mon souvenir.

– Je ne l'ai pas raccourcie d'un quart de pouce, assura Benok. C'est toi qui as grandi !

– Zolie petite arme, commenta Gengizmir. Il ne te rezte plus qu'à avoir un filz pour la lui offrir.

Je déposai Mordeuse à mes pieds et attendis la suite. Benok décrocha une pipe de son meuble de fumeur, la bourra, l'alluma avec les gestes du spécialiste.

« Puf… puf, puf. »

– Nous t'avons fait venir, Bjorn, parce que la situation aux frontières est préoccupante, déclara l'armurier.

– Je sais qu'il y a des mouvements suspects à l'ouest, dis-je. Et je sais que Harald ne leur accorde pas l'attention souhaitée.

– Aux dernières nouvelles, le roi a envoyé une troupe à la frontière. Ghizur-Loup-Blanc l'a persuadé de le faire.

– Quelques dizaines de guerriers et z'est tout. Ze n'est pas zuffizant ! s'indigna Gengizmir. Et puis l'attaque viendra auzi par la mer, or nos drakkars zont dizperzés en dépit du bon zens. Il faut conztituer une flotte dare-dare !

– Qui plus est, le Ghizmark n'est pas notre seul sujet d'inquiétude.

Un hirogwar costaud, arborant cotte de mailles et bracelets de force, prit la parole :

– En Arlande, les hommes en âge de se battre ont quitté les fermes. Et les drakkars de l'île convergent vers l'ouest. Ils seront bientôt tous en face de nos côtes.

– Nos espions au Skudland parlent d'une mobilisation discrète, mais certaine, ajouta Benok.

– Une coalition, prononçai-je. Les trois royaumes contre nous… Le roi est-il au courant de ces faits ?

– Bien zûr ! m'apprit Gengizmir. Il répète à qui veut l'entendre que les gezticulations de nos voizins ne l'imprezionnent pas.

– Harald a simplement demandé à l'armée permanente – à ce qu'il en reste – de se tenir prête à toute éventualité, m'informa Benok. C'est dérisoire. Il faut sans attendre décréter la mobilisation générale. Chaque homme, chaque troll, chaque hirogwar de ce pays doit décrocher son épée du mur et rejoindre sa centaine.

La centaine, je le précise pour l'étranger qui lirait ces lignes, est un corps de troupe composé de cent guerriers issus d'un même quartier, d'un même village.

– Ghizur et le Conzeil des zazes préconizent la mobilization, mais le roi ne veut rien entendre, déplora Gengizmir. « Arrête donc de t'affoler comme une vieille femme », voilà ze qu'il a dit à Ghizur-Loup-Blanc !

– Qu'attendez-vous de moi ? demandai-je après un silence.

– Que tu persuades le roi d'ordonner le branle-bas général, pardieu ! dit Benok. Nous voudrions que tu enfourches Stavig et que tu fonces à bride abattue à la capitale.

– Tu es Bjorn le Morphir, le héros qui a rendu Zven à zon père, fit valoir Gengizmir. Harald t'eztime pluz que n'importe qui. Il t'écoutera !

De cela, je n'étais pas si sûr ; car Harald Ier, le plus têtu des hommes, ne suivait les conseils que s'ils s'accordaient avec ses propres vues.

8
DES SONS DE TROMPE

Je me rendis en hâte à l'Hirogwaroum pour prendre congé de Svartog et lui annoncer que je ne serais pas présent à son mariage, qui devait avoir lieu le surlendemain. Mon ami était occupé ailleurs, mais je tombai sur Maya, sa fiancée. Je l'avais très peu vue depuis mon arrivée, car elle passait son temps aux confins de la ville, dans les quartiers en construction. Koy ne cesse de s'étendre ; il y a de nouveaux habitants qui s'installent pratiquement tous les jours. En 1067, une seconde enceinte était en cours d'édification.

Maya, comme la plupart des femmes yus, était une bâtisseuse. Spécialiste de la taille des pierres, elle s'y connaissait dans bien d'autres domaines. C'est ainsi qu'elle devint la grande conseillère des ouvriers de Koy – lesquels, pourtant, ne manquaient pas de savoir-faire. Elle leur donna la recette du betom, cette fausse pierre constituée d'argile pilée, de sel, de sable noir et d'eau ; elle leur enseigna comment façonner de grandes plaques de verre transparent pour remplacer les vessies de porc aux fenêtres… Bref, elle fit grandement progresser l'art des bâtisseurs, tant et si bien que les non-humains en vinrent à la vénérer presque à l'égal de son fiancé. Lorsque les gens la voyaient dans la rue, ses outils accrochés à la ceinture, ils l'apostrophaient joyeusement, lui touchaient l'épaule ; certains allaient même jusqu'à lui baiser la main.

– Bonjour, Bjorn ! fit Maya en m'apercevant.

Ses beaux yeux mauves, en amande, se plissèrent de joie. Elle vint à moi pour m'embrasser.

– Comme je suis heureuse de te voir !

– Et moi donc ! Tu te fais rare, ma chère.

Nous nous trouvions dans une grande pièce claire de l'Hirogwaroum, l'endroit où allait se dérouler le mariage. Une corniche courait tout le long des murs, portant des chandeliers à sept branches. J'avisai une petite estrade nouvellement construite, sur laquelle on avait installé un pot à feu en bronze et des vases de libation.

– Comment me trouves-tu ? demanda Maya. C'est mon vêtement pour le grand jour.

Elle portait une robe de lin clair, plissée dans le bas, d'une absolue simplicité.

– Il y a un capuchon, dit Maya en se retournant. Je devrai le mettre pendant la première partie de la cérémonie. C'est Svartog qui me l'ôtera en prononçant je ne sais quelles paroles sacrées.

– Elle te va très bien, cette robe. Dis-moi, Maya, n'es-tu pas ennuyée de te marier comme une femme hirogware, sans que les coutumes yus ne soient en rien prises en compte ?

– Svartog est si heureux, si excité. Et tous les hirogwars de ce pays attendent notre mariage avec un tel… Enfin, tu vois ce que je veux dire.

– Mais toi, es-tu heureuse ?

– Oui… Oui ! J'aime Svartog-Longs-Bras plus que mon âme. Devenir une femme hirogware est aujourd'hui mon plus cher désir.

Ému, je l'attirai à moi et l'embrassai sur les deux joues.

– Svartog a bien de la chance, dis-je.

– Holà ! Holà ! gronda ce dernier, qui arrivait justement. Je m'absente un quart d'heure et qu'est-ce que je trouve à mon retour : le morphir en train de bécoter ma fiancée !

Ma petite sœur entra derrière le demi-hirogwar, toute barbouillée de couleur.

– Qu'est-ce que tu as sur la figure ? m'inquiétai-je.

– C'est Gigoune, mon amie troll. Celle qui n'a qu'une oreille, précisa Ingë. Elle a reçu une boîte de maquillage et nous nous sommes amusées.

– Tu empestes le tabac.

– Je refume un peu, avoua Ingë avec un large sourire.

Svartog était plié en deux, penché au-dessus d'un coffre ouvert. Il en retira une petite pile de vêtements, qu'il m'apporta.

– Tes habits pour le grand jour, annonça-t-il. Essaie-les !

Je pris les vêtements et les déposai sur un siège. Sans préambule, j'annonçai à Svartog et à Maya que je devais partir dans l'heure, en donnant bien sûr les raisons de ce départ précipité. Le demi-hirogwar pâlit.

– Ce n'est pas de chance, se désola-t-il en s'asseyant par terre, à côté d'un siège vide.

Sa mèche blonde tombait devant son œil gauche, telle une larme de cheveux. D'un geste machinal, il sortit la pipe que Ketill avait sculptée pour lui dans les enfers

– On va reporter la cérémonie, décida-t-il.

– Cela me semble peu réaliste, intervint Ingë. La moitié des hirogwars du pays est déjà en route.

– Il y en a qui viennent du Skudland, dit Maya.

– La guerre peut éclater, observai-je. Reporter le mariage, c'est risquer de ne pas le célébrer du tout… avant longtemps.

Svartog se releva pour aller prendre du feu dans le pot en bronze.

– L'absence de Ketill, c'était déjà triste, soupira-t-il. Si toi, Bjorn, tu n'es pas là… Quelle malchance, quelle fichue malchance !

L'air malheureux, il tira sur sa longue pipe, sans grand résultat ; le tabac refusait de brûler. C'est alors qu'un son de trompe retentit dans la ville, immédiatement suivi par un autre, plus proche : « Muuuuuuuuugh ! »

– Un incendie ! supposa Ingë.

– Ou autre chose, dit Svartog en courant à la fenêtre.

9
GUERRE ! GUERRE !

Je me frayais un passage dans les rues bondées ; Ingë, sur mes talons, peinait à me suivre. Les sons de trompes continuaient à retentir à intervalles réguliers, s'ajoutant au vacarme des cloches d'église (à Koy, la communauté chrétienne est moins nombreuse qu'ailleurs dans le pays, mais elle est tout de même importante).

Un faucon royal était venu annoncer l'ordre de mobilisation générale, rendant mon ambassade auprès du roi inutile. Nous avions dit au revoir à Svartog et à Maya, sans savoir quand nous les reverrions.

Des groupes se formaient et se déformaient sans cesse pour commenter la grande nouvelle. Des chariots obstruaient les rues, abandonnés par leurs propriétaires. C'était un véritable vent de folie qui soufflait sur la ville ! Et les phoques hurleurs, contaminés par l'atmosphère, couraient comme des fous, sans but, en poussant leurs cris tonitruants. L'un d'eux se jeta entre mes jambes, et je manquai m'étaler de tout mon long.

– Quel délire ! commenta Ingë derrière moi.

Je sentis sa main se glisser dans la mienne.

Nous étions parvenus dans la rue des Chaudronniers,

lorsqu'une voix cria mon nom. Je reconnus Flossi, le Viking-sans-Famille, le seul humain à vivre à Koy en permanence. C'était un bon ami de mes parents (surtout de ma mère) et, du temps où nous vivions à Havërr, il nous faisait de fréquentes visites.

Flossi, véritable montagne d'homme, portait son éternel casque à cornes; ses joues rubicondes évoquaient deux braises ardentes.

– Bonjour, morphir ! tonna-t-il. Quel plaisir de te voir ! Tu es en ville depuis des jours, il paraît, et tu n'es même pas venu toquer à ma porte. Pas bien, ça !... Et voilà mademoiselle Ingë ! Qu'est-ce que tu as sur la figure, dis-moi ? Si ta mère te voyait ainsi, peinturlurée comme une diablesse, je pense qu'elle serait mécontente. Mais on ne lui dira rien, va !

« Muuuuuuuuuuugh ! »

– Encore cette trompe ! grogna Flossi. Ils nous cassent les oreilles, bon Dieu !... Alors, mon Bjorn, c'est la guerre ! Des tas d'exploits en perspective pour des gaillards dans notre genre.

– La mobilisation n'est pas la guerre, observai-je. Nos ennemis peuvent encore renoncer.

– C'est vrai. C'est vrai... Hakon II, ce pleutre, pourrait rentrer dans sa coquille comme un bernard-l'ermite. J'espère qu'il n'en fera rien !

Sur ce, Flossi nous dit adieu et partit rejoindre sa centaine. Mais il revint bientôt sur ses pas.

– Comment va Asdis ? demanda-t-il d'une voix timide.

– Maman va bien, répondis-je.

– Tant mieux. Mille fois tant mieux ! Car c'est une femme qui... enfin... j'ai pour elle respect et admiration, bredouilla le colosse tout en fouillant dans le sac de peau qu'il portait en bandoulière.

Il finit par mettre la main sur ce qu'il cherchait.

– Pour ta mère, dit-il en me passant un petit objet en métal. Un cadeau. Dis-lui que Flossi pense à elle… avec respect et admiration. Adieu, Bjorn ! Adieu, Ingë !

Flossi avait toujours eu un faible pour maman, à qui il offrait régulièrement de petits présents dont elle n'avait que faire : caillou peint, dent de narval…

– Qu'est-ce que c'est ? s'enquit Ingë en regardant l'objet dans ma main.

– On dirait une fibule saxonne.

– Elle est toute tordue.

– Flossi a dû s'asseoir dessus.

Nous prîmes à gauche, dans une rue étroite qui sentait le cuir bouilli. Nous n'avions pas fait dix pas que Gengizmir, entouré de plusieurs trolls en armes, déboucha d'une rue adjacente. Leurs éperons teintaient sur le pavé, et ils arboraient les mines les plus réjouies du monde.

– Morphir ! s'exclama Gengizmir. Alors, qu'en dis-tu ? Le roi z'est rendu à la raison zans ton aide ! Nous zallons à la guerre !

– La mobilisation n'est pas la guerre, fis-je remarquer.

– Oh, il n'y a pas de doute à avoir sur la zuite des événements. Hakon II a envoyé un courrier à notre roi. Ze matin même ! Et zais-tu ce que dizait le mezage ? « Tu vas bientôt mourir, vieille bête, et ton royaume zera à moi. » On ne zaurait être plus clair, ha ! ha ! Hakon veut en découdre. Il n'a plus peur de notre Harald.

– La guerre ! beuglèrent les amis de Gengizmir en levant leurs masses d'armes.

– La guerre ! La guerre ! reprirent les gens dans la rue.

Je sentis la main d'Ingë serrer la mienne ; cette ferveur belliqueuse ne lui plaisait pas, et à moi non plus.

– Où vas-tu prézentement, morphir ? demanda Gengizmir. À la capitale, je zuppoze ?

– Je pense rentrer chez moi, à Sigluvik, pour intégrer ma centaine. C'est la première fois que…

– Ta zentaine ? Foutaize, mon garzon ! Ze gaze que le roi t'appellera auprès de lui. Car z'est là ta plaze. Il te donnera un commandement, pour zûr !

Ayant dit, Gengizmir me planta là.

– Guerre ! hurla-t-il en s'en allant. Mort aux zennemis du royaume, ha ! ha ! ha !

– Guerre ! Guerre ! Guerre ! scanda la foule.

Je savais par ouï-dire que Gengizmir était un troll sombre dans la vie ordinaire ; on le disait fatigué, malheureux en ménage. Voilà qu'à l'approche des batailles il retrouvait gaieté et jeunesse.

Dans la rue aux Forges, où habite Benok, des enfants couraient en tous sens, poursuivis par des chiens ; leurs parents n'avaient qu'un mot à la bouche, « guerre », qu'ils prononçaient avec une sorte de gourmandise. Les seules figures graves que j'entrevis appartenaient à de vieilles personnes. Il me fallut jouer des coudes et des épaules pour progresser dans cette cohue. Ceux qui me reconnaissaient me tapaient dans le dos, me félicitaient à l'avance des exploits que, selon eux, je ne manquerais pas d'accomplir.

Un demi-hirogwar toucha le manche de Tyrfing, mon épée de morphir.

– Pour me porter chance sur le champ de bataille ! dit-il.

Tenant toujours ma sœur par la main, je me rapprochais de la maison de Benok. Mon regard fut attiré par une silhouette massive qui émergeait de la foule. C'était Dizir ; il devait se tenir sur un tonneau ou quelque chose comme ça.

M'apercevant, il agita les mains avec frénésie.

– Bjorn ! cria-t-il. Dé… êche-toi !… grid… là… vec… ze… eurt !

– Quoi ? Que dis-tu ?

– Viiite ! Zigrid est là avec une femme qui ze meurt !

10
L'ACCIDENT

Sur la gauche de la maison de Benok, un vaste portail donne accès aux écuries, situées à l'arrière. Nous empruntâmes cette entrée à la suite de Dizir pour parvenir dans une cour carrée, au sol de terre battue. Il y avait là un attroupement.

Lala, qui devait guetter notre arrivée, courut vers nous.

– Un accident ! dit-elle. La jument de Sigrid a renversé une vagabonde.

Ma fiancée avait récemment jeté son dévolu sur une jument baie appelée Freyja, l'une des bêtes que j'avais reçues du roi. Grande et puissante, Freyja se montrait parfois nerveuse et difficile à contrôler. J'appris plus tard ce qui s'était passé.

Sigrid et Lala, entrées en ville, avaient été aussitôt reconnues et saluées. Les gens s'écartaient sur leur passage. Ma fiancée allait au trot devant sa sœur, quand une femme s'était littéralement jetée dans les pattes de Freyja. La jument, malgré un écart, l'avait heurtée de plein fouet et ensuite foulée aux sabots. L'accident s'était produit dans la rue aux Forges, à quelques pas de chez Benok.

La femme avait été transportée dans la cour de l'armurier, où un docteur hirogwar s'était occupé d'elle. Par malheur, l'inertie de la blessée, l'insensibilité de ses membres ainsi que l'aspect de son œil laissaient peu d'espoir.

– Sigrid est désespérée, dit Lala en m'attirant vers le fond de la cour. Elle ne cesse de demander après toi. Elle prétend que... que tu peux retenir les âmes!

Aux enfers, j'avais effectivement sauvé la vie de Svartog en empêchant son âme de fuir, exploit réalisé au prix d'une lutte affreuse, entre toutes mémorable.

Sigrid, agenouillée près de la vagabonde, était blême. Son expression changea aussitôt qu'elle m'aperçut.

– Bjorn! s'exclama-t-elle. Elle va mourir. Toi seul peux agir. Ce que tu as fait pour Svartog, refais-le maintenant!

Un hirogwar appuyé sur une cane s'écarta pour me laisser passer. Je devinai qu'il s'agissait du médecin.

– Ne reztez pas touz agglutinés autour de zette malheureuze, gronda Dizir en repoussant les badauds. Laizez-lui un peu d'air, bon zang!

La mourante était une vieille femme humaine, vêtue de haillons. Des mouches de neige, attardées de l'hiver, bourdonnaient autour de son visage émacié, plutôt noble.

Elle respirait toujours; ses yeux grands ouverts, d'un gris tirant sur le vert, perdaient petit à petit leur éclat. Il ne restait plus qu'à attendre l'instant de la mort.

Accroupi, je guettais la sortie de l'âme tel un archer l'envol d'une perdrix. Autour de moi j'entendais les respirations, quelques chuchotements...

– Est-il possible que tu puisses... commença le médecin, s'adressant à moi.

– Oui, fit Sigrid d'un ton péremptoire. Un morphir peut tout!

Mamabok arriva sur ces entrefaites, apportant à boire. Elle fit mine de s'approcher de la vagabonde, mais Sigrid la rembarra :

– Laisse-la tranquille !

– C'est de l'eau coupée de lait. Je suis sûre que…

– La malheureuse est aux portes de la mort. Elle n'a plus besoin de rien, assura le médecin.

Il emmena Mamabok à l'écart ; nous lui en sûmes gré. Les minutes s'écoulaient lentement. Sigrid se tordait les mains à côté de moi, tendue à l'extrême.

Enfin, la femme expira. Je scrutai l'espace au-dessus d'elle. Ne voyant rien venir, j'avançai les mains à la manière d'un aveugle. Mes paumes en alerte ne sentirent rien, pas le moindre frémissement d'air.

Sigrid me regardait avec une angoisse qui, bientôt, se mua en reproche.

– Alors ? dit-elle.

– Rien pour l'instant.

Je restai en faction un long moment encore, sachant que c'était peine perdue. L'âme avait dû filer sous mon nez.

Je me relevai ; Sigrid me retint par la manche.

– Où vas-tu ? Je veux que tu la sauves !

– Je ne peux pas, dis-je. Il semble que je ne possède plus les pouvoirs que j'avais aux enfers.

– Ressuscite-la, je t'en prie !

– Ce n'est plus qu'un corps vide. Désolé, mon amour.

– Je savais bien que c'était impossible, marmonna le médecin hirogwar en prenant le chemin de la sortie.

Mamabok voulut consoler Sigrid, qui la repoussa. Ma fiancée rentra dans la maison sans regarder personne.

– Elle pense que c'est sa faute, se désola Ingë.

– Pourtant ce n'est pas le cas, déclara Lala. Cette femme a surgi de la foule comme une biche apeurée.

– Une pauvre créature, soupira Dizir en nous rejoignant. L'azitazion, le beuglement des trompes… Tout zela a dû lui tournebouler l'ezprit. Z'est la première victime de la guerre.

Les rebuffades de ma fiancée avaient mis Mamabok dans tous ses états. La pauvre dame errait dans la cour comme une âme en peine.

– Elle ne m'aime plus ! Elle ne m'aime plus ! répétait-elle.

– Je vais voir comment va Sigrid, annonçai-je. Vous trois, occupez-vous de Mamabok. Rassurez-la. Dites-lui que…

– Que Zigrid l'aime touzours, qu'elle était zeulement bouleverzée…

– C'est ça, approuvai-je, souriant malgré moi. Tu es le plus précieux des trolls, Dizir.

11
LE PRESSENTIMENT DE LALA

Je trouvai Sigrid assise sur le lit, en train de caresser son arc en fer.

– Comme il est petit, observa-t-elle. J'ai l'impression qu'il a rapetissé depuis la dernière fois que je l'ai tenu dans mes mains.

– C'est toi qui as grandi, dis-je.

Je m'attendais à ce qu'elle soit encore sous le coup de l'émotion, peut-être en pleurs… Je me trompais. Ma fiancée arborait une expression sereine et quelque peu martiale.

– Ça va ?

– Très bien. Quelle histoire j'ai faite pour cette mort ! Je me suis donnée en spectacle et je m'en excuse. Des morts, il y en aura bientôt beaucoup d'autres. Ici ce n'était qu'un accident, demain je tuerai volontairement, par devoir. La guerre demande un sang-froid sans failles. Je serai à la hauteur.

Son petit air farouche eut le don de me séduire.

– Viens là, fis-je en ouvrant les bras.

Je la serrai contre mon cœur. Bien des fois, après un incident pénible, bouleversant, ma fiancée s'était blottie dans mes bras. Elle se laissait aller, fondait comme une petite fille ; et moi je la réconfortais. Mais la Sigrid que j'enlaçais aujourd'hui n'avait rien d'une enfant, non. C'était une jeune femme sûre d'elle-même, qui s'était rassérénée sans mon aide.

Nous nous embrassâmes longuement, les yeux ouverts.

– Que voulais-tu dire en parlant de tuer volontairement ?

– Que je vais rejoindre une centaine. Je vais faire la guerre, Bjorn, que cela te plaise ou non.

Les centaines féminines étaient rares, à l'époque, et seulement constituées de femmes non mariées et sans enfants.

– Et toi, mon amour, tu vas à Updala, je suppose ?

– À Sigluvik, pour rejoindre ma centaine, répondis-je.

– C'est idiot. Le roi t'appellera sûrement auprès de lui. Tu recevras un commandement.

– S'il m'appelle, je demanderai que tu serves à mes côtés.

– On verra, fit Sigrid, à qui cette idée ne semblait plaire qu'à moitié.

Elle alla s'étendre sur le lit. Un jeune furet s'y trouvait déjà, roulé en boule.

– Allez, ouste ! gronda ma fiancée en chassant l'animal. Je suis exténuée. Nous avons fait la route pratiquement sans étape. Lala avait un de ses pressentiments et elle voulait être en ville au plus vite.

– Tu veux dire qu'elle avait prévu les événements, la mobilisation ?

– Elle se figurait qu'il allait t'arriver quelque chose, à toi. Mais elle n'était pas très sûre. Ses visions sont confuses. Ma pauvre petite sœur vit dans l'angoisse de l'avenir. Il y a toujours une catastrophe qui s'annonce. Le don de voyance n'est pas chose enviable, oh non !

Sigrid bâilla.

– Donne-moi deux heures de sommeil, mon amour. Ensuite nous partirons, toi pour Sigluvik, moi pour Jarnir. J'ai ouï dire qu'une centaine féminine va se former dans ce village.

Elle ferma les yeux. J'allai doucement m'allonger à côté d'elle.

Je scrutai ma fiancée à la recherche d'un signe d'émotion. Pas le moindre frémissement sur la mer blanche de son front ; les paupières, les lèvres, toutes les parties du visage adoré étaient paisibles. Une figure de pierre, pensai-je, déçu.

L'idée que Sigrid envisageait sereinement de faire la guerre sans moi me troublait au plus haut point. J'avoue que j'étais jaloux de sa force, de son indépendance. M'aimait-elle encore, pour chercher à vivre loin de moi les jours graves qui s'annonçaient ?

– Je t'aime, murmura Sigrid dans un demi-sommeil.

Elle avait lu dans mes pensées, ma parole !

– Et maintenant va-t'en, mon amour. Je sais que tu me regardes et ça m'empêche de dormir.

– Moi aussi je t'aime, dis-je en obéissant.

J'allai trouver Lala pour lui dire que nous partions d'ici deux heures, et qu'elle ferait bien de prendre un peu de repos. Ensuite, comme je n'avais pas envie de rester au milieu du monde, je décidai de monter à la terrasse des combattants.

Ce lieu riche en souvenirs – j'y avais affronté Svartog en combat singulier – est un vaste espace dallé, entouré d'une balustrade et recouvert d'un toit. Des guerriers experts y testent à longueur d'année les armes sorties des forges de Benok.

Pour lors, la terrasse était presque vide. Seuls quelques enfants hirogwars, penchés au-dessus du vide, s'amusaient du spectacle de la ville en émoi. Ils se poussaient du coude, riaient, se gaussaient des gens dans la rue. Leurs cris et leurs moqueries se perdaient dans le vacarme des cloches et des sons de trompe, dont je me demandai à quoi ils pouvaient bien servir encore.

– Le morphir ! s'écria une fillette.

Les enfants lâchèrent aussitôt la balustrade pour venir m'entourer.

Hiro se trouvait parmi eux.

– Est-ce qu'il y aura la guerre pour de bon, Bjorn ? interrogea-t-il.

– Nous verrons. Je pense que oui, malheureusement.

– Combien de mille morts c'est qui vont mourir ? demanda un petit bonhomme enturbanné.

– On ne le sait pas à l'avance, Inok, dit un garçon avec agacement.

Ils se turent et, à leur façon de me regarder, je sus qu'ils avaient une requête à me faire. Hiro, le plus hardi de la bande, parla au nom de tous :

– Quels monstres as-tu combattus aux enfers, Bjorn ? Raconte-nous…

– Oh oui, oh oui ! s'exclamèrent les autres en battant des mains.

– Est-ce que tu as vu des griffons, dis ? demanda la fillette qui m'avait aperçu d'abord. Des macrobes, des infernautes, des tyburons volants ?

– Et Mamadji… Mamafja… Mamafoufjar ? articula Inok, suscitant les rires.

– Mamafidjar, reine des enfers, était gravement blessée quand j'ai quitté son royaume, révélai-je. J'ignore si elle vit toujours. Quoi qu'il en soit, ce n'est pas une si mauvaise personne. Elle n'est pas aussi méchante qu'on le prétend.

Je m'assis par terre, adossé à un pilier ; les enfants s'accroupirent pour faire cercle autour de moi.

– Quant aux infernautes, leur réputation est complètement injuste. Ce sont de généreuses créatures, ce sont mes amis. Sans leur aide, il est probable que je ne serais pas ici en ce moment.

– Et les griffons ? s'enquit Hiro.

– Nous en avons vu et combattu. Mon dragon Daphnir a même mangé un jeune griffon.

– Ha ! ha ! ha ! s'esclaffèrent les enfants.

– J'ai failli être avalé par une baleine-ours, dont la gueule puait le chou. Nous avons échappé de justesse à l'ogoujon, aux aplatisseurs de tout, aux ours à dents de sabre… Un jour, au deuxième étage infernal, nous eûmes, Svartog et moi, à affronter des hérons de fer, au bec en forme d'épée. Nous nous trouvions en haut d'une dune lorsque deux de ces créatures…

– Est-ce que Sigrid était là aussi ? me coupa une fillette au visage tatoué. Et Poundoum ?

Poundoum, mot du dialecte hirogwar, signifie « fessier ». C'était le surnom que les gens de Koy donnaient à Ketill le Rouge, en référence à son plantureux arrière-train.

– Non, dis-je. Seulement Svartog et moi… Les hérons approchèrent de nous d'un pas décidé. Leur bec était long et tranchant ; à sa base, il y avait un bout de corne qui ressemblait à la garde d'une épée…

Et je racontai en détail notre duel contre les hérons de fer, comment nous avions frôlé la défaite et la mort, et de quelle façon, grâce à la clairvoyance de Svartog, j'avais pu finalement trancher le cou d'un ennemi, provoquant la fuite du second. Cet épisode était bien fait pour passionner des enfants qui, habitant chez Benok, assistaient tous les jours aux combats des testeurs d'armes.

– Alors c'est fini ? demanda Inok. Les héros sont morts maintenant.

– Pas les héros, les *hérons*, corrigea la fillette tatouée.

– Encore une histoire ! Encore une histoire ! demandèrent les enfants en chœur.

– Plus tard, dis-je, car Lala venait de mettre le pied sur la terrasse.

D'aussi loin que je la vis, je lui trouvai un air étrange.

– Tu devrais te reposer. C'est une longue chevauchée qui nous attend.

– Je sais, soupira Lala en regardant les petits hirogwars retourner à regret vers la balustrade.

La chevelure défaite, elle clignait des yeux comme une chouette en plein jour.

– Je me suis réveillée en sursaut. Mon cœur bat plus vite qu'un cœur de chat, et je suis tout en sueur.

Elle prit ma main et la posa sur son front, fort moite en effet.

– J'ai un peu la nausée. C'est encore ce pressentiment. Il me martyrise l'esprit et le corps. J'en ai assez, Bjorn, d'être ce que je suis. Je voudrais être comme tout le monde.

Elle était au bord des larmes.

– Tu penses que la guerre est certaine ?

– Elle l'est ! affirma Lala. Mais ce n'est pas de la guerre qu'il s'agit. Il se trame quelque chose d'autre… Ou plutôt, cette chose… elle est déjà accomplie.

– Quoi ? Quel genre de chose ?

Elle ne répondit pas. Telle une somnambule, elle marcha vers le bord de la terrasse.

Lala s'agrippa à la balustrade et se mit à scruter l'horizon. À partir de là, je fus incapable de tirer d'elle le moindre mot. Immobile, le visage figé dans une espèce de grimace, elle était presque laide.

– Des faucons ! Des faucons messagers !

C'était la voix de Hiro. Le gamin pointait le doigt vers le sud. Lala courut rejoindre les enfants ; je la suivis sans me presser, comme pour nier le fait que moi aussi, à présent, j'étais habité par une désagréable intuition.

Les faucons approchaient de la ville, battant fréquemment des ailes. Et bientôt, d'autres oiseaux surgirent – minuscules points dans un ciel clair, dépourvu de nuages. Cinq… Sept… dix… Leur nombre me donna la chair de poule.

– Il y a aussi des pigeons boréals, annonça Hiro. Ils viennent sûrement d'Updala.

– Je le savais, proféra Lala, avant de retomber dans son mutisme.

– J'en compte quinze, dit la fillette tatouée.

– Il y en a encore qui arrivent, s'écria Hiro. La guerre est déclarée, pour sûr !

– Combien c'est qui vont mourir ? demanda Inok.

Les premiers oiseaux avaient atteint leur destination ; nous les avions vus disparaître derrière les toits. Les autres continuaient leur progression qui, à mesure qu'ils approchaient, semblait s'accélérer. Un pigeon volait droit vers nous ; je distinguai bientôt la petite poche de cuir sous son ventre : dedans se trouvait un bout de parchemin plié, porteur du message annonçant la guerre, du moins je le croyais.

Le pigeon entra dans la maison de Benok par une petite ouverture spéciale située au troisième étage. Tandis que Lala, hagarde, semblait incapable de faire un mouvement, je courus vers l'escalier. Je dévalai les étages en bousculant du monde, en enjambant des corps endormis – chez Benok, les invités font la sieste partout et à n'importe quelle heure.

La guerre... Était-ce bien d'elle qu'il s'agissait ? Je ne pouvais m'empêcher de songer à la phrase de Lala : « Il se trame quelque chose d'autre. »

J'entrai dans le pigeonnier comme une furie ; Benok s'y trouvait déjà, avec Dizir et quelques autres. Leur expression à tous me terrorisa.

12
ONZE COUPS DE POIGNARD

Ils étaient là, dans l'âcre odeur de la fiente, serrés l'un contre l'autre et, pour les plus grands, pliés en deux à cause du plafond bas.

– C'est terrible, prononça Aymarok, l'hirogwar savant.

– Que se passe-t-il, bon sang? m'énervai-je.

– On nous a assassiné notre roi!

Voyant que je restais sans réaction, incapable d'assimiler vraiment la nouvelle, Benok me tendit le morceau de parchemin qu'avait apporté le pigeon messager.

– C'est mon cousin Zamurok, d'Updala, qui me l'a envoyé, dit-il.

Le message portait ces lignes, tracées d'une main tremblante:

Harald Ier est mort ce matin, percé de onze coups de couteau par un ennemi du royaume. L'avenir est sombre, mon cousin, et j'ai peur!

Ton dévoué

Zamurok fils d'Olaf

Le roi vivait entouré de la horde, composée de quarante guerriers d'exception, entraînés, dont le souci constant était de protéger leur souverain. Comment cet « ennemi du royaume » avait-il pu l'atteindre et lui porter onze coups de couteau – *onze*, par tous les dieux ! –, la chose me paraissait inconcevable.

– Sait-on de quelle façon… Je veux dire : a-t-on des précisions ?

Benok secoua la tête ; accablé, il s'assit sur un tabouret. Derrière lui, une dizaine de pigeons roucoulaient dans leurs niches, insouciants. Dizir pleurait ; Benok, Aymarok et tous les hirogwars présents n'étaient pas loin d'en faire autant.

Au Skudland et en Arlande, les non-humains n'étaient que tolérés ; au Ghizmark, ils avaient connu les pires persécutions. Il en allait tout autrement chez nous, au Fizzland. Harald avait favorisé l'accession des trolls et des hirogwars à la propriété, et veillé à ce qu'ils soient représentés dans les Assemblées de province et les Assemblées de village. On comprend, dès lors, pourquoi notre roi occupait une place de choix dans le cœur des habitants de Koy.

La rumeur qui, un instant auparavant, montait jusqu'à nous avait fait place au silence. La ville se taisait, frappée de stupeur.

– Ils savent, dit Benok.

Les sons de trompe s'étaient tus ; les cloches des églises aussi, avant de se remettre à sonner sur un timbre différent.

Chacun de nous évitait le regard des autres ; nous avions besoin de rentrer en nous-mêmes pendant un moment. Ensuite seulement, il nous serait possible de reprendre contenance, de nous parler à nouveau.

C'est dans cette ambiance lourde et recueillie que Sigrid fit irruption dans la pièce. Presque au même instant, un pigeon argenté entra par une minuscule fenêtre, faisant tinter une clochette au passage.

– Un nouveau message, dit Benok.

– Mais que se passe-t-il ? s'enquit Sigrid.

Je me penchais vers elle pour lui communiquer l'affreuse nouvelle, lorsque Benok s'écria :

– Il vit ! On le croyait mort, et il vit !... Il a même parlé et demandé à boire du petit-lait.

– Est-ce Dieu possible ? souffla Aymarok. Survivre à onze coups de couteau...

– Dieu, Zézus-Chrizt et la Vierze Marie l'ont protézé ! se réjouit Dizir. Alléluia !

Radieux, il releva la tête sans plus penser au plafond.

– Aïe ! fit-il en se cognant le crâne. Zaleté de poutre ! Ha ! ha ! ha !

– Ne nous réjouissons pas trop vite, tempéra Aymarok. Certes, le roi est vivant. Mais pour combien de temps ?

Cette réplique pessimiste entama à peine notre espoir. Sigrid, ignorant toujours ce qui s'était passé, trépignait à côté de moi.

Je la mis au courant en quelques mots, puis j'annonçai mon départ immédiat pour la capitale.

– Va, fit Benok. La place du morphir, à cette heure, est auprès de son roi.

– Oui, approuva Aymarok. Et tu lui diras de vive voix combien les habitants de Koy sont indignés, bouleversés, anéantis...

– Tu lui diras que nous l'aimons ! ajouta un hirogwar dodu, essuyant une larme.

C'était un orfèvre marié à une cousine de Benok.

– Ze t'accompagne, Bjorn ! annonça Dizir.

– D'accord, dis-je. Mais alors tu laisses ta bourrique à l'écurie. Je ne tiens pas à arriver à Updala pour Noël.

Me tournant vers Benok, je lui demandai s'il consentait à nous prêter un cheval.

– Bien sûr, dit l'armurier. Que l'ami Dizir fasse son choix parmi mes meilleures bêtes.

Sigrid courut prévenir Lala tandis que j'allais chercher Ingë. Une demi-heure plus tard, nous étions tous les cinq hors de la ville, galopant dans la vive clarté du soir. Le demi-troll restait derrière, légèrement à la traîne, boudant parce que je l'avais forcé à troquer sa rosse pour un fringant étalon.

13
UN REMPLAÇANT POUR LE ROI

Nous ne nous octroyâmes que de courtes haltes, et cela le moins souvent possible. Le lendemain, dans la soirée, nous étions parvenus à la hauteur de Bringar, le village où naquit Grettir le Fort, compagnon de Snorri le Morphir. Nous mîmes pied à terre près d'un ruisseau joli, au lit parsemé de pierres rondes. Les bêtes s'abreuvèrent, nous de même, et Dizir distribua le pain salé. Il était de nouveau tout sourire, les bouderies, chez lui, ne durant jamais bien longtemps.

Un homme âgé et son petit-fils sortirent d'un bois tout proche, portant chacun un fagot. Nous les hélâmes ; Ingë les invita à s'asseoir près de nous et offrit au vieux un peu d'hydromel.

– Merci, dit l'homme en s'essuyant la barbe. Il est bon.

– As-tu des nouvelles de la capitale, l'ami ? s'enquit Dizir. Le roi, Dieu le protèze, est-il touzours de ze monde ?

– Oui. Il souffre le martyre, à ce qu'il paraît, mais il vit. Celui qui l'a agressé s'est évanoui dans la nature. Il a fait son coup aux yeux de tous, en pleine Salle des cérémonies.

– Dans la Salle des cérémonies ! m'exclamai-je, incrédule.

– Véridique. Et les hommes de la horde ont été incapables de le contenir. Quelle honte pour eux !… L'agresseur portait un masque de la Saint-Magnus, une figure de diable, et un galurvol. Tandis qu'il frappait le roi, il riait à gorge déployée. Un démon, pour sûr ! Un fils de Belzébuth…

La Saint-Magnus, dont j'ai maintes fois parlé, est une fête proprement stupide. Des hommes coiffés d'un chapeau à cornes rouges, le galurvol, et affublés (parfois) de masques grimaçants, poursuivent les enfants en poussant des cris de putois, dans le but d'éprouver leur courage.

Le vieux loucha vers notre gourde d'hydromel.

– Sers-toi, l'ami, l'encouragea Lala.

Le jeune garçon ne cessait de me dévisager. Tout rougissant, il me demanda si je n'étais pas Bjorn fils d'Érik. Comme j'acquiesçais, le grand-père manqua s'étrangler.

– C'est toi, Bjorn le Morphir ?

– Z'est lui-même en perzonne, confirma Dizir fièrement. Tu as devant toi le vainqueur des zenfers, vieil homme. Le héros qui a tiré le prinze Zven des griffes de Mamafidzar. Et voizi Zigrid, fianzée du morphir, qui elle auzi a fait le voyaze infernal.

– D'où me connais-tu ? demandai-je au garçon.

– Je t'ai vu un jour à la capitale, il y a près de deux ans.

– J'étais à Updala pour rencontrer le roi, dis-je en me levant. C'est à ce moment qu'il m'a envoyé aux enfers. Je n'en menais pas large, à l'idée de descendre au fond de la terre.

– Mais tu as réussi ! Tu as réussi !

Ayant dit, le vieux se précipita pour me baiser la main,

un geste qui me valut pas mal de moqueries ensuite, quand nous eûmes repris la route.

Nous entrâmes dans la province du Midfjord, avec ses fermes nombreuses, ses troupeaux de bœufs à bosse, ses douces collines, ses bois sans âge... Ingë saisissait chaque occasion de m'attraper la main pour y déposer un baiser, Sigrid et Lala me parlaient avec une déférence outrée. Je riais de bon cœur, mais pas Dizir, qui jugeait ce petit jeu déplacé.

– Bjorn est un morphir, oui ou non ? grondait-il. A-t-il zauvé Zven, oui ou zut ? Moi ze trouve normal et zuztifié que le bon peuple lui manifezte du rezpect. Qu'on lui baize la main ou les pieds, ze n'est que zuztize !

Nous atteignîmes Morphirskali le sixième jour de mai, épuisés, les membres fourbus et le fessier endolori. Un groupe de jeunes trolls, presque des enfants, étendait du fumier sur les pâturages ; je me présentai à eux et ils me saluèrent joyeusement :

– Zalut à toi, Bjorn fils d'Érik !

– Z'est un honneur de travailler zur le domaine du morphir, les garzons, dit Dizir. Zoyez-z'en dignes !

Il n'y avait que Daphnir, Wulf et Drunn le berger à la maison. Mon père se trouvait à la capitale, où il s'était rendu dès l'annonce de l'agression sacrilège.

– Ta mère est en barque avec Hari, m'apprit Daphnir. Ils pêchent la morue, la morue tricolore.

Lala et Ingë allèrent dormir sans prendre la peine de se débarbouiller ni de changer de vêtements. Dizir voulut faire le tour du domaine avant de prendre le moindre repos.

– Tous les zanimaux vont bien, annonça-t-il quand il revint. Il y a zuste le bouc noir qui a l'œil coulant. Faut zurveiller za… Ah, et nous zaurons un poulin d'izi deux zours.

Sigrid, après une courte toilette, avait rejoint son lit. Assis à la grande table, j'attaquais mon troisième bol de gruau. Wulf ronronnait sur mes genoux; Daphnir avait posé sa tête sur mon épaule, laquelle ployait sous le poids. Dans un coin de la salle, Drunn jouait au yoyo.

– Il faudra lui donner un bain, à zet animal, maugréa Dizir en s'asseyant à l'autre bout de la table.

Il parlait du berger.

– Tu es z'exzténué, Bjorn. Tu devrais zaller faire une zieste.

– Toi, en revanche, tu as l'air frais comme une rose. Quel est ton secret, ô Dizir?

– Les trolls zont plus réziztants que les zhommes.

J'entendis rentrer mère et Hari au moment où, couché à côté de Sigrid, je fermais les yeux. Je me relevai sans bruit. Maman courut à moi pour m'embrasser. Elle avait les joues roses et une démarche sautillante de jeune fille. Sa nouvelle passion pour la pêche lui faisait du bien. Hari aussi me parut transformé: rajeuni de dix ans.

– On ne nous a pas laissés prendre la mer, raconta maman. Une voile ennemie a été aperçue ce matin à l'horizon.

– Les chozes ze prézizent, grogna Dizir.

Ma mère apporta un bol de petit-lait à Drunn, qui se mit à boire bruyamment.

– Et le roi? demandai-je, espérant qu'ils eussent pu glaner des nouvelles fraîches à Sigluvik.

– Il souffre le martyre, dit Hari d'un ton sombre.

– Oui, je sais.

– Il va nommer un jarlal.

– Z'est la meilleure choze à faire, estima Dizir après un silence.

Lorsque le roi est en incapacité de régner et qu'il n'y a pas de prince pour le remplacer, c'est le Conseil des sages qui gouverne, cela jusqu'à ce que le souverain se rétablisse ou qu'on lui trouve un successeur. C'est la procédure en temps de paix. En période de guerre, un roi malade ou blessé peut décider de nommer un remplaçant. Celui-ci, appelé *jarlal*, concentrera dans ses mains les pouvoirs politique et militaire pendant toute la durée du conflit. Il sera intronisé lors d'une cérémonie solennelle qui fera de lui le chef temporaire de tous les Fizzlandais.

Hari prit place sur son siège attitré, dont il agrippa les accoudoirs pour faire cesser le tremblement de ses mains.

– La question, à présent, c'est *qui*, dit-il. Quel jarlal pour notre royaume en péril ?

– Ghizur-Loup-Blanc ! m'exclamai-je, car c'était pour moi l'évidence.

– C'est l'avis de ton père, intervint maman. C'est ce que nous espérons tous.

– Mais il y a d'autres candidats sérieux sur la liste, révéla Hari. Bardi le Borgne, pour commencer. Le roi l'a toujours aimé. Il le préfère à Ghizur, même s'il sait que Ghizur est plus intelligent et plus sage. Et il y a encore Skeggo fils de Ram, Vestmarr la Dent... tous grands guerriers et hommes d'expérience. Non, vraiment, les candidats ne manquent pas.

– Aucun d'eux ne vaut Ghizur-Loup-Blanc ! affirmai-je.

– Je suis bien de ton avis. Seulement il a perdu de son prestige le jour où il a refusé d'affronter le prince Dar en duel, laissant un jeune garçon se battre à sa place – un garçon nommé Bjorn.

– Je ne me suis pas battu à sa place, protestai-je. C'était mon duel ! Il s'agissait de récupérer Xar…

– Peu importent les circonstances. Cette fois-là, Ghizur a failli à sa réputation, et son image s'en trouve ternie à jamais.

– Ce n'est pas juste !

Hari fit entendre un petit rire sec, puis :

– Pour moi, Harald choisira Bardi.

– Ze parierais plutôt pour Veztmarr, opina Dizir. Rappelez-vous : il a zauvé la vie de Harald à la bataille de Ztengud.

Je me reposai pendant trois heures après cette conversation. J'aurais encore dormi trois heures de plus, je gage, si Hari ne m'avait réveillé.

– Un message est arrivé, m'annonça-t-il. Le roi se sent expirer et il te demande, Bjorn. Il te faut partir prestement !

14
LES ZHOMMES D'ÂZE MÛR

Nous eûmes, Sigrid et moi, une discussion précipitée au cours de laquelle j'essayai de la persuader de m'accompagner à Updala. Elle refusa, car elle persistait dans son intention de rejoindre au plus vite une centaine féminine.

– C'est toi que le roi demande, pas moi, fit-elle valoir avant de me pousser hors de la chambre.

Elle m'embrassa sur le seuil de la maison, me caressa les cheveux tout en plongeant son regard dans le mien. Le sourire qu'elle m'offrit, si beau, fit apparaître la petite fossette que j'aime tant, juste sous l'œil gauche. Nous nous quittâmes sans un mot.

Je pris le chemin de la capitale, escorté du seul Dizir. J'avais laissé Stavig à l'écurie et je montais un jeune étalon plein d'entrain. Le pays résonnait de sons de trompe, nous croisions des hommes en armes aux abords des villages, sur les chemins forestiers, dans les collines – partout. Sur les visages farouches de ces guerriers se lisait une excitation contenue. L'envie d'en découdre était de loin plus forte que la peur.

Nous atteignîmes Updala dans la nuit. Il fallut palabrer plusieurs minutes à la porte nord pour obtenir le droit d'entrer. Dizir eut le tort de s'énerver, ce qui retarda encore notre admission.

– Mais z'enfin, z'est Bjorn fils d'Érik, le morphir ! Ne le reconnaizez-vous pas ?

– Non, grognèrent les hommes de garde.

– Honte à vous ! Ignorants, ânes bâtés ! Quand le roi zaura que vous retenez ze fier garzon à la porte, il vous fera battre !

Une fois dans la ville, je me rendis à la maison royale pour annoncer mon arrivée. Ensuite, nous gagnâmes ma demeure près du marché, celle que m'avait offerte Harald. La nuit était fort claire ; pourtant il y avait de nombreux flambeaux plantés dans le sol, un peu comme si les habitants cherchaient à chasser jusqu'au moindre coin d'ombre. Des guerriers portant casque et cotte de mailles sillonnaient la ville en menant grand bruit. Nous en croisions à chaque coin de rue, qui nous dévisageaient avec suspicion. Ils nous obligèrent plusieurs fois à décliner nos noms et à expliquer pourquoi nous circulions à cette heure en dépit du couvre-feu.

Souvent, dans un groupe, un homme finissait par me reconnaître :

– C'est le morphir ! C'est lui !

Alors toute difficulté s'évanouissait.

À Updala, la plupart des maisons n'ont pas d'étage ; leurs toits, couverts de chaume, sont tellement bas qu'on y grimpe sans échelle. Pour qui s'en revient d'un séjour à Koy, la capitale, grand corps trapu, ne peut que décevoir.

Mon père s'était installé dans ma maison avec quelques amis, anciens compagnons d'armes. Malgré l'heure tardive, ils devisaient autour d'une table, en vidant des cornes d'hydromel. Ils nous accueillirent par des exclamations gutturales, propres à effrayer les pires démons nocturnes. Tous connaissaient Dizir, avec qui ils partageaient maints souvenirs.

– Salut à toi, demi-troll ! lança un homme grisonnant, large comme un ours. Amène ici ta face grêlée !

– Pas trop près ! s'écria un gaillard chauve. Sa puanteur risquerait de faire tourner ma boisson.

– Ferme-la, Jokall ! gronda Dizir. Tu pues bien pluz que moi !

– Ha ! ha ! ha !... Ho ! ho ! ho !

Mon père rit de bon cœur avec les autres. Le buste droit, les épaules rejetées en arrière, Érik fils de Sigur se tenait comme un jeune homme. Il était métamorphosé. Une petite flamme allègre brillait au fond de son œil quand il me présenta à ses amis, dont certains m'avaient connu enfant. Les vieux guerriers me saluèrent avec chaleur. Mon statut de morphir et mes exploits glorieux comptaient moins pour eux que mon sang : j'étais le fils de leur compagnon Érik, l'homme qu'ils vénéraient le plus après Harald.

C'est mon père qui, selon eux, aurait mérité de devenir jarlal. Mais ils savaient bien qu'Érik n'avait aucune chance, ayant depuis longtemps perdu la faveur royale. Ils misaient donc sur Ghizur-Loup-Blanc, qu'ils estimaient.

La veille, Harald avait accordé un entretien aux candidats ; quelques minutes seulement pour chacun d'eux. Et qui avait bénéficié du moins court des tête-à-tête ? Ghizur ! C'était mieux qu'un présage : un signe vraiment encourageant.

Apprenant que j'allais être reçu par Harald, mon père et ses amis se montrèrent intrigués. Étais-je moi aussi, malgré mon jeune âge, mon inexpérience de la guerre, candidat au poste suprême ?

– Impossible, décida mon père. Il doit s'agir d'autre chose.

– Moi ze dis que z'est pozible, le contredit Dizir. Après tout, Bjorn…

– Ne dis pas de bêtises ! gronda Érik, forçant le demi-troll à se taire.

La nuit fut joyeuse ; aucun de ces anciens ne semblait touché par la tension qui régnait à l'extérieur, dans les rues. Ils me racontèrent leurs souvenirs de guerre et de pillages en terre saxonne. Ils m'apprirent des chansons grivoises. Et pour ce qui est de lever le coude, ils ne s'en privaient pas, oh que non !

Je me sentais heureux parmi eux, à partager leur virile complicité.

Mon père m'apparaissait sous un jour nouveau : il se montrait détendu, enjoué. Lui qui riait rarement s'esclaffait à la moindre saillie ! Xar la Somptueuse, son épée géante, était appuyée contre le mur, à deux pas de lui. Il ne cessait de lui jeter des regards.

– Il lui fait les yeux doux, pensai-je.

Je remarquai alors que Jokall le Chauve caressait le manche de sa hache, tandis que Dizir, à l'aide d'un bout de cuir, frottait amoureusement la lame courbe de son épée de troll. Et je songeai au célèbre poème :

Il ne peut rien y faire
À l'approche de la guerre

Le combattant préfère
À son épouse chère
À son amour de chair
Le fin tranchant de fer
De son arme si fière.

Le matin était proche quand nous nous couchâmes. Il n'y avait que deux lits dans la pièce commune ; mon père en prit un, et je laissai le second à Jokall, le plus âgé de la bande.

Il faisait chaud comme dans une tanière de fauve. Allongé sur une somptueuse peau noire, cadeau du roi, je ne tardai pas à m'endormir en dépit des ronflements qui montaient de toute part. Le commentaire de Dizir fut la dernière chose que j'entendis :

– Les zhommes d'âze mûr ont zouvent le nez obztrué.

15
LE RIRE PERSISTANT

Une quinzaine de membres de la horde, tunique bleu et or, pantalon damassé, ceinture d'argent, scramasaxe (épée courte) au côté, se tenaient dans l'antichambre royale. Les uns, assis sur des banquettes, conversaient à voix basse, les autres étaient en faction devant les portes. Sous leur apparence tranquille, on sentait beaucoup de nervosité. Ils nous saluèrent, Dizir et moi, en évitant nos regards ; et je compris sans peine la raison de cette timidité. Ces grands guerriers avaient honte, oui, car ils s'étaient montrés incapables de protéger leur souverain.

Le chef de la horde, Njall le Hardi, sortit sans bruit de la chambre du roi et vint jusqu'à nous. Grand, plutôt mince, il se distinguait par sa toison abondante, d'un blond doré. On parlait beaucoup de lui, dans le pays, pour dire qu'il avait comblé dans le cœur du roi le vide laissé par Ketill le Rouge.

– Le roi vient d'avaler un peu de lait et il a besoin de quelques minutes pour récupérer. Manger est pour lui un calvaire. Ses boyaux sont…

Njall ne termina pas sa phrase. Il semblait perdu, anéanti ; son beau visage, creusé par la fatigue et l'angoisse, faisait peine à voir.

– Comment zela z'est-il pazé ? demanda Dizir. Comment un zeul homme a-t-il pu parvenir juzqu'à notre zouverain et le frapper de onze coups ?

J'en voulus à Dizir de sa curiosité, la jugeant cruelle. Cependant, Njall se montra tout disposé à nous raconter l'événement. Je réalisai bientôt que cela lui faisait du bien.

– Nous étions tous là, les quarante hommes de la horde, commença-t-il tandis que nous passions dans la Salle des cérémonies.

Le vaste lieu était vide. La lumière entrait par les fenêtres hautes, éclairant l'impressionnante charpente et le haut des tapisseries. Njall ouvrit la porte principale, à deux battants, derrière laquelle se tenaient des gardes.

– On y voit mieux comme ça, dit-il.

Il entreprit alors de nous donner la position de chaque guerrier le jour de l'agression. Untel était là, chargé de surveiller cette zone ; Untel se tenait ici, gardant cette porte, et ainsi de suite. Une énumération fastidieuse qui avait pour but de nous montrer le caractère irréprochable du dispositif.

– Z'est ezactement comme za que j'aurais plazé mes zhommes, si j'avais zété à ta place, déclara Dizir à la fin ; et je mesurai à l'expression de Njall combien cette remarque lui faisait plaisir.

– Il y avait beaucoup de monde ce jour-là, dit le chef de la horde. Le roi et le Conseil de justice se réunissaient pour juger certaines affaires graves, meurtres, enlèvements de femmes... Les gens entraient uniquement par la porte principale. C'était un flot continu de curieux ; il y avait beaucoup de vieilles gens, je me souviens.

Njall fit une pause, avant de poursuivre :

– C'est Svarr fils de Guut, Dieu ait son âme, qui l'a vu en premier. L'homme portait une longue tunique noire ; elle lui descendait jusqu'aux mollets. Il avait un masque de diable et un galurvol – rien de discret ! Mais il ne cherchait pas à se fondre dans la foule, car il n'en avait pas besoin… Svarr a poussé le cri du coucou, pour nous alerter tous, puis il s'est avancé vers l'homme afin de lui barrer le passage. Il était mort avant d'avoir ouvert la bouche. Cela s'est passé ici, dit Njall en indiquant l'endroit.

Sur le plancher poli, on voyait une tache sombre : la trace du sang de Svarr fils de Guut.

– Svarr s'est affaissé sans bruit et personne, à ce moment, ne s'est rendu compte de rien parmi les visiteurs.

– Poignardé, ze zuppoze ?

– Ouvert du nombril à la base du cou, révéla Njall.

Après Svarr, deux guerriers avaient entouré l'homme masqué ; eux aussi furent saignés en une seconde. Il y eut alors des remous dans la foule ; quelqu'un cria.

– L'instant d'après, ils étaient six autour de lui. Six des meilleurs guerriers du Fizzland… Eh bien, il les a eus en un tour de main ! D'où je me trouvais, sur l'estrade, à côté du roi, je n'ai pas vu grand-chose. Je peux seulement dire que l'homme semblait doté de huit bras au lieu de deux. La vitesse de ses mouvements… bon Dieu, je n'ai jamais rien observé de tel ! À un moment donné, il s'est élevé au-dessus des têtes : un vrai saut de carpe. L'éclat de son poignard à cet instant, je l'ai encore dans l'œil.

Njall resta silencieux, hanté par le souvenir.

– Maintenant c'est la débandade, continua-t-il d'une voix sourde. Les gens hurlent en courant vers la porte ; il y en a qui se cachent derrière les piliers. L'homme approche de l'estrade et nous formons un écran devant le roi. Il s'est immobilisé un instant pour brandir une chose grimaçante. Je crois d'abord que c'est son masque, qu'il l'a ôté... C'est la tête de Sighvar le Bon, mon meilleur ami. Il l'a tranchée, pardieu, en plein milieu de cette salle ! Et il a fait ça tellement vite !

– Jézus, Marie ! prononça Dizir.

– Nous étions un mur humain, compact, infranchissable. Et pourtant il s'est glissé entre nous, comme une satanée anguille ! Il n'avait pour ainsi dire plus de consistance. Je suis l'un des seuls à l'avoir touché ; ma main s'est refermée sur son épaule alors qu'il s'apprêtait à frapper Harald – il m'en a coûté quatre doigts, ajouta Njall en levant sa main bandée, raccourcie.

Ayant suivi le même chemin que le tueur, nous nous trouvions à présent sur l'estrade royale. Le haut siège avait été repoussé contre le mur du fond. Par terre, sur le plancher, les taches sombres se chevauchaient. Une odeur salée, rappelant celle du varech, flottait dans l'air, et j'entendais comme une voix lointaine, irréelle.

– Qu'est-ze que zela ? demanda Dizir. On dirait un rire.

– C'en est un, affirma Njall. Celui de l'homme au masque. Ce rire hante nos murs. Il nous nargue. À cause de lui plus personne n'ose venir ici.

Impassible, Dizir s'accroupit pour toucher le sol.

– Du zel, fit-il en léchant ses doigts.

– Il en a laissé partout où il est passé, nous apprit Njall.

– Mais de quelle zorte de créature z'azit-il donc ? Homme ou bête ? Bête ou démon ?

– Je l'ignore. Nous savons en revanche qui l'a envoyé. Il a abandonné son poignard dans… dans la poitrine du roi. Une arme ghizoise, portant le blason de Hakon II.

Alors que nous digérions cette information, un serviteur royal se présenta. Il resta sur le seuil de la porte pour annoncer que Harald était prêt à me recevoir.

Nous quittâmes la Salle des cérémonies, laissant derrière nous le rire démoniaque.

– Ah, si tu avais été là, Bjorn ! soupira Njall un peu après, alors que je m'apprêtais à entrer seul dans la chambre de notre souverain. J'y pense tous les jours. Tu es un morphir. Peut-être que toi, tu aurais pu t'interposer.

16
JE DIS LA VÉRITÉ AU ROI

J'attendais dans un coin de la pièce, tout contre une riche tapisserie montrant une flotte de drakkars en pleine mer. Le roi, perdu dans son vaste lit, regardait droit devant lui. Trois membres du Conseil des sages, dont Ghizur-Loup-Blanc, lui parlaient à voix basse.

À côté de moi, appuyé sur une canne, se tenait Einar le Savant, médecin royal, inventeur du verre qui grossit les choses et ami d'enfance de mon père.

– L'ennemi a débarqué à l'ouest, souffla Einar à mon oreille. Leid et Halstrir sont tombés déjà, et Fass n'est pas loin d'être pris.

Fass : ce nom fit battre mon cœur, car c'est le village où est née ma mère.

Ghizur, penché au-dessus de Harald, avait légèrement haussé le ton.

– Il le presse de décider, murmura Einar.

– Décider ?

– Il faut que le roi nomme le jarlal aujourd'hui, ce matin. La guerre est là ! Nous avons besoin d'un chef, sans quoi… Pour un homme tel que Harald, renoncer au pouvoir n'est pas chose aisée. Il doit se faire violence.

Le roi congédia les membres du Conseil. Ghizur, en quittant la chambre, me fit un signe de tête amical.

– Bjorn, prononça le roi. Viens, approche. Je suis heureux que tu sois là.

La figure du roi, crispée, amaigrie, était un masque de souffrance. Je devinai la lutte terrible que cet homme menait contre la mort.

On disait souvent que mon père et le roi se ressemblaient ; je n'étais pas de cet avis. Mais ce matin-là, pour la première fois, la ressemblance m'apparut – une circonstance qui m'émut au plus haut point. Je me jetai au chevet de Harald, saisis sa main inerte et y déposai un baiser. J'étais en larmes.

– Tu m'aimes donc, morphir ? articula le roi. Peu de gens m'aiment. On me respecte, oui. On me craint. Mais rares sont ceux qui me portent vraiment dans leur cœur… Njall est de ceux-là. Il me chérit de toute son âme. Le pauvre… il s'en veut tellement.

– Reprends ton souffle, ô mon roi ! supplia Einar.

– Regarde cet enfant, ce fier morphir. Il pleure. Mon état le bouleverse. N'est-ce pas merveilleux ?

Le vieux médecin administra au roi quelques gouttes d'un liquide opaque.

– Je ne sens plus du tout mes jambes.

– Je le sais, ô mon roi.

– Est-ce le signe que je vais bientôt passer ?

Einar se contenta d'un sourire qui se voulait rassurant ; il tâta le front royal, avant de s'éloigner pour nous laisser seuls.

Le roi m'indiqua un tabouret à côté de son lit.

– J'ai peu de temps, commença-t-il. Voici ce qui me préoccupe à l'heure de quitter ce monde. Dar, mon fils

Dar… je pensais qu'il reviendrait en entendant qu'une guerre se prépare. Tu sais comme il aime les batailles et la gloire. Il n'est pas revenu. Bon. Mais il rentrera bien un jour au bercail.

À bout de souffle, le roi fut forcé de s'interrompre. Un sifflement ténu sortait de ses narines dilatées.

Il poursuivit :

– Il rentrera, et alors, si notre royaume n'est pas tombé aux mains de l'ennemi, il voudra le pouvoir. Rien ne l'arrêtera. Il tentera d'éliminer le jarlal. Sans doute y parviendra-t-il. Puis il s'en prendra à…

– À Sven. Tu crains qu'il ne s'en prenne à Sven, c'est cela ?

– Il voudra l'égorger de sa main, je ne me fais aucune illusion. Pour protéger Sven, il n'y a que toi, morphir. Tes pouvoirs seuls peuvent contrer Dar. Jure-moi… Jure-moi sur ta vie que tu défendras ce pauvre Sven. Un jour, il fera un bon roi.

Je gardai le silence, en proie à des sentiments contradictoires. Mon instinct me soufflait de ne rien révéler du sort de Dar, mais mon émotion, ma pitié pour Harald me poussaient à tout lui dire.

– J'aime Sven, dit le roi. Il est mon enfant. Je mourrai en paix si tu…

– Le prince Sven ne risque rien ! affirmai-je. Dar est mort aux enfers, et c'est moi qui l'ai tué.

L'expression du roi se durcit, avant de se détendre rapidement. Il ne me demanda aucun détail, ne me reprocha pas d'avoir gardé le secret si longtemps. Fut-il surpris d'apprendre que le prince s'était rendu sous la terre ? Il n'en laissa rien paraître, en tous les cas.

– Si tu l'avais connu *avant*, prononça-t-il après un long silence.

Et il ferma les yeux pour mieux accueillir les images.

– Il promettait tellement ! Beauté sans égale, intelligence, talent inné pour les exercices du corps. Il montrait même quelque aptitude pour la poésie… J'étais fier, et tout le pays avec moi. Hakon Ier m'enviait, lui qui n'a engendré que de pâles créatures, des fils et des filles ordinaires.

Un sourire flottait maintenant sur les lèvres royales.

– Dar était… magnifique ! dit-il en détachant chaque syllabe.

Ses paupières se rouvrirent soudain ; sa respiration se fit moins bruyante et sa tête roula doucement sur le côté.

– Il dort, souffla Einar.

– Pourtant il a les yeux ouverts.

– Harald dort toujours ainsi, depuis le jour de son couronnement, à ce qu'il prétend.

Nous nous assîmes sur une banquette étroite pour attendre le réveil du roi. D'après Einar, ce ne serait pas long. La chambre, plongée dans la pénombre, sentait le renfermé ; j'aurais aimé ouvrir grand les portes pour laisser entrer l'air et la lumière. Derrière les murs, dans les coursives, on entendait bouger les hommes de la horde.

– J'ai entendu, chuchota Einar. Ainsi, tu as occis le prince Dar.

– Il le fallait. Je n'avais pas le choix.

– Tu ne dois pas en dire plus. J'étais au courant de son cas. Tu as bien agi, j'en suis certain. Mais je ne sais pas si tu as bien fait de parler au roi.

Le regard d'Einar, fixé sur le mourant, était chargé d'effroi.

17
LA MAISON EST CERNÉE

Nous nous étions dit au revoir, pensant tous les deux qu'il s'agissait d'un adieu. Harald m'avait remercié une dernière fois de lui avoir rendu Sven. Évoquant mon avenir, il avait eu cette formule: «Puisse-t-il être aussi glorieux que ton jeune passé.» J'avais quitté la maison royale le cœur lourd, certes – mais en même temps je me sentais heureux d'avoir livré mon secret.

Le soleil brillait sur la ville. Le mot *jarlal* était sur toutes les lèvres. Qui prendrait les rênes du royaume, la question hantait les esprits; et chacun, du grand seigneur au dernier des vagabonds, avait son favori.

Alors qu'Updala ressemblait à une fourmilière en ébullition, j'étais d'humeur flâneuse. Je pris des chemins détournés pour gagner le marché, où j'achetai de la viande sous l'œil vigilant de Dizir, qui vérifia la fraîcheur de chaque morceau. Je voulais, avant de rejoindre ma centaine, offrir un plantureux repas à mon père et à ses compagnons.

Dizir partit à la maison avec la viande, tandis que je m'attardais aux étalages des artisans. J'acquis un collier de coquillages pour Sigrid, et un nouveau fourreau de cuir pour Tyrfing, qui en avait bien besoin. Je venais de quitter le marché quand je sentis un poids léger sur mon épaule.

– Hughinn ! m'exclamai-je.

L'odeur âcre du corbeau envahit mes narines.

– J'ai vu Einar. Il m'a dit ce que tu as fait. Quelle folie, Bjorn ! Quelle effroyable sottise !

– Je ne comprends pas. De quoi parles-tu ?... Ah, ça y est ! La mort de Dar. Tu penses que je n'aurais pas dû...

– Tu as commis l'erreur de ta vie, mon pauvre !

– Le roi a très bien pris la chose. Il m'a approuvé, car j'ai agi pour le bien du royaume.

Les gens nous observaient ; la présence du célèbre Hughinn leur inspirait respect et curiosité. Je pressai le pas, peu soucieux de poursuivre cette conversation dans la rue.

– Tu es naïf, croassa le corbeau à voix basse. Moi, je connais le roi. Il y a deux Harald, figure-toi ! Le premier, lucide, sait que Dar devait disparaître. Mais le second est un père adorateur de son fils cadet, le trésor de sa vie. Celui-là aimait Dar en dépit de tout et il ne te pardonnera jamais de l'avoir supprimé. Jamais, tu m'entends !

– Tu déraisonnes.

J'entrai chez moi en bousculant Jokall le Chauve, qui s'apprêtait à sortir.

Hughinn le corbeau était un être exceptionnel à plus d'un titre : doté de la parole et d'une intelligence humaine, il se distinguait aussi des autres oiseaux par sa longévité. Car il était né en 1031, soit deux ans avant le couronnement de Harald. Il avait fréquenté mon père à l'époque où celui-ci faisait partie des favoris.

– Érik ! s'exclama-t-il. Comme je suis heureux de te voir là ! Tu connais Harald, tu l'as assez pratiqué. Tu pourras m'aider à convaincre ton fils…

– Le convaincre de quoi ? demanda mon père.

Hughinn quitta mon épaule pour aller se poser sur la table, face à Érik.

– Il a révélé au roi ce qu'il fallait taire.

– De quoi s'agit-il ? s'enquit Jokall, revenu sur ses pas. Qu'est-ce que tu as raconté à Harald, jeune homme ?

Les compagnons de mon père étaient là au complet, attendant ma réponse.

– Eh bien, parle, nigaud ! s'impatienta Hughinn.

Je m'assis sur un siège, croisai les jambes et, affichant le plus grand calme, je dévoilai à ces hommes ce que mon père et Dizir savaient depuis des mois : le prince Dar était descendu aux enfers pour éliminer son frère, son rival, et j'avais contrecarré ses plans de la façon la plus définitive.

– Tu as tué Dar… proféra Jokall.

– Tu l'as avoué à Harald ? dit Érik, visiblement inquiet.

– Oui. Il avait peur que Dar ne revienne et ne se débarrasse de Sven. J'ai voulu le rassurer afin qu'il puisse s'en aller en paix dans l'autre monde.

– Bon zang de bonzoir ! jura Dizir.

– Tu n'aurais jamais dû faire ça, dit mon père.

– Ha ! triompha Hughinn. Tu vois, morphir : tout le monde est de mon avis.

Jokall le Chauve se pencha vers moi ; les mains appuyées sur les accoudoirs de mon siège, il me dévisagea avec gravité.

– Comment a réagi le roi ? demanda-t-il.

– Bien, affirmai-je. Il a été soulagé.

– Bien sûr ! railla Hughinn. Et il t'a remercié de ton dévouement. Mais à l'heure qu'il est, tu peux être sûr qu'il te prépare une surprise de sa façon. J'ignore s'il voudra donner quelque apparence de légalité à ton assassinat, mais je suis certain d'une chose : tes heures sont comptées.

– Le corbeau a raison, dit mon père en se levant. Il faut fuir. Selle les chevaux, Dizir, nous partons !

– À tes zordres.

– Attendez ! fis-je. Vous vous trompez. Harald n'a rien contre moi, au contraire…

Hughinn clopina jusqu'au bord de la table ; la tête de profil, il me fixa de son gros œil noir, étincelant.

– Sais-tu qui a informé Dar de ton voyage aux enfers ? As-tu seulement réfléchi à cela, morphir ? Personne, hormis Harald, Ketill et toi, ne connaissait l'existence de Sven. Qui a parlé, selon toi ? Qui a mis le prince Dar sur ta route ?

– Ketill le Rouge avait son idée là-dessus. Il pensait que le traître, c'était toi !

Hughinn battit des ailes avec force.

– Je connais l'existence de Sven depuis seulement un mois.

– Que tu dis !

– C'est le roi lui-même, pauvre sot, qui a vendu la mèche ! Il me l'a avoué très récemment… À peine t'avait-il envoyé aux enfers qu'il a regretté son geste. Sa raison et son amour pour Dar se sont toujours combattus – et maintenant encore, j'en suis convaincu !

– Il faut quitter la ville, Bjorn. Allons, debout ! ordonna mon père en me secouant.

– Trop tard, dit Jokall.

Il regardait au-dehors par la porte entrebâillée.

– Par-derrière ! gronda Érik.

– Il y a des zhommes tout autour de la maizon ! annonça Dizir en revenant de l'écurie.

Je me levai d'un bond. Je sentis sur ma cuisse la chaleur de Tyrfing, qui passait à travers le cuir du fourreau tout neuf.

– Elle sent l'imminence du combat, pensai-je.

Je rejoignis Jokall le Chauve et, me haussant sur la pointe des pieds, regardai par-dessus son épaule.

– Les membres du Conseil des sages sont présents, murmura-t-il. Regarde, voilà Ghizur. Il tient un parchemin. Un acte d'accusation, je suppose.

– Il y a des hommes de la horde, dis-je. Njall le Hardi est là, sur la gauche.

– Ne t'expose pas, Bjorn, s'alarma mon père. Une flèche pourrait t'atteindre !

Je me tournai vers lui ; entouré de trois compagnons, armés comme lui, il se tenait prêt à repousser les assaillants. Dizir et deux vieux guerriers gardaient l'autre porte, l'épée brandie. Sur le moment, je fus incapable d'apprécier à sa juste valeur l'attitude des amis de mon père, qui se préparaient à défier l'autorité royale pour me protéger au risque de leur vie.

– De ze côté-zi, les zhommes du roi nous tournent le dos, nous informa Dizir. Comme z'ils défendaient la maizon au lieu de vouloir y entrer.

Hughinn fut près de moi en trois coups d'ailes.

– Je sors, annonça-t-il.

Jokall hésita un instant, avant de pousser légèrement la porte.

– Je reviens tout de suite, croassa le corbeau.

Il y avait maintenant une petite foule rassemblée devant la maison, maintenue à distance par des archers royaux et les hommes de la horde. Hughinn vola vers Ghizur-Loup-Blanc, qui étendit le bras pour le recevoir.

Le père de Helga, chevelure immaculée, costume d'apparat, jetait régulièrement des regards dans notre direction. Sa physionomie impassible ne laissait rien deviner quant au sort qui m'était réservé.

Peu de temps après, Hughinn revint à toute vitesse ; il inclina les ailes pour entrer sens heurt par la petite ouverture. Jokall ferma la porte derrière lui.

Le corbeau, posé sur le dossier de mon siège, poussa un cri d'oiseau : « Krââââh ! »

– Est-ze que tu as perdu ta langue, par hazard ? demanda Dizir.

– Alors ? s'impatienta Jokall. Que raconte l'ami Ghizur ?

– J'espère que tu leur as dit, à tous ces gars, que nous sommes déterminés, gronda mon père. S'ils veulent arrêter mon fils, le sang coulera, par ma barbe !

Hughinn se gratta le jabot ; une plumette tomba en tourbillonnant.

– Je déteste ça, me tromper, soupira-t-il. Décidément, Harald me surprend toujours, même après tant d'années de vie commune.

Nous étions suspendus à son bec, situation que Hughinn savoura encore un instant.

– Rengaine ton épée, Érik fils de Sigur, dit-il enfin. Et toi, morphir, tu peux sortir sans crainte. Parole de corbeau !

18
GLOIRE ET HUMILIATION

Je clignais des yeux dans la forte lumière de ce début d'après-midi. Mon père, Dizir et les vieux guerriers se tenaient à mes côtés, en alerte. Je croisai le regard de Njall, qui me sourit.

Ghizur s'avança et, s'arrêtant à trois pas de moi, déroula un parchemin portant le sceau royal.

– Bjorn fils d'Érik, petit-fils de Sigur, arrière-petit-fils de Thorodd, par la volonté souveraine de Harald Ier, fils d'Érik le Noir, petit-fils de Hallorm, arrière-petit-fils d'Ingmund, tu seras fait jarlal du royaume. La cérémonie d'intronisation aura lieu demain, huitième jour du mois de mai, en la grande église d'Updala.

Les hommes de la horde tenaient des boucliers en losange, qu'ils choquèrent avec force, produisant un bref vacarme.

– Acceptes-tu l'honneur qui t'est fait ? m'interrogea Ghizur. Porteras-tu la tunique d'or du jarlal, Bjorn fils d'Érik ?

Et comme je restais sans voix, stupéfié par la tournure que prenaient les événements, Dizir me donna une bourrade discrète.

– Réponds, zacrebleu, dit-il entre ses dents.

– J'accepte, articulai-je.

Ghizur posa un genou à terre, aussitôt imité par tous les guerriers présents. Seul mon père marqua un temps de retard, tellement ce qui arrivait lui semblait incroyable.

Les hommes de la horde m'entourèrent, me séparant du même coup d'Érik et des autres. Je traversai la ville sous bonne escorte, tandis que les Updalois affluaient de partout, muets comme des tombes.

Njall marchait devant moi.

– Tu vas m'avoir sur le dos jour et nuit, Bjorn, me prévint-il par-dessus son épaule. Je serai ton garde du corps personnel.

– Et le roi, qui le protège ?

– J'ai recruté des hommes pour remplacer blessés et disparus. Nous sommes de nouveau quarante. Aujourd'hui, vingt sont attachés à ta personne pendant que les vingt autres veillent sur Harald. Demain, après la cérémonie, toute la horde entourera le jarlal.

– Mais…

– Ne t'inquiète pas pour le roi. Il aura d'autres protecteurs, m'apprit Ghizur en venant à ma hauteur. Les grands seigneurs du royaume nous attendent dans la Salle du Conseil des sages, ajouta-t-il. Il faut prendre des décisions sur-le-champ.

J'acquiesçai d'un air grave, martial, pour essayer de cacher mon émotion. Jarlal, j'allais devenir le jarlal du royaume à quinze ans ! Cette idée me paraissait absurde et effrayante. Au lieu de me sentir grisé, j'aurais payé cher pour me trouver ailleurs, à des lieues de la capitale.

Je songeai à Sigrid. Ah, elle serait bien étonnée en

apprenant la nouvelle ! J'aurais voulu qu'elle soit là ; avec elle à mes côtés, je me sentais plus fort, plus sûr de moi.

Ghizur devina mon trouble.

– Tout ira bien, Bjorn, dit-il d'un ton paternel.

Il ne semblait pas m'en vouloir de lui avoir ravi – bien malgré moi – le rôle qu'il méritait assurément. Ghizur-Loup-Blanc m'aimait toujours, je le sentais. Je lui en sus gré, même si le ton protecteur qu'il venait d'adopter m'avait déplu.

L'enceinte de la maison royale était en vue. Hughinn le corbeau, parti en avant, la survola à tire-d'aile.

C'est à ce moment que, de la foule silencieuse, monta un premier cri :

– Jarlal !

Ce fut comme un signal qui libéra les Updalois :

– Bjorn le Morphir, gloire, gloire !

– Jarlal, ô jarlal !

– Hourra pour le nouveau guide !

– Hourra pour le zarlal !

– Ils t'aiment déjà, se réjouit Njall en passant sous le portail.

Quelques instants plus tard, je pénétrai dans la Salle du Conseil. Il y avait beaucoup de monde à l'intérieur, si bien qu'on avait dû rajouter des sièges autour de la longue table. Bardi le Borgne, Skeggo fils de Ram, Vestmarr la Dent, l'évêque Grund… tous les grands dignitaires du royaume m'attendaient.

Je m'assis en bout de table, sur le haut siège de Harald. Les membres de la horde se postèrent le long des murs sans fenêtres, décorés d'épaisses tapisseries, et leur présence fit encore grimper la température.

La conversation débuta, bruyante. Ces hommes d'expérience, riches, au prestige établi, parlaient fort, ponctuaient leurs discours en tapant du poing sur la table. Ils se coupaient la parole, se chamaillaient comme des loups autour d'un morceau de viande.

Aucun d'eux ne faisait attention à moi. Seul Ghizur eut la bonté de me demander mon avis sur l'une ou l'autre question; les autres m'écoutèrent sans m'interrompre, mais leur attitude montrait le peu de cas qu'ils faisaient de mes propos. Il faut dire que, intimidé, je n'avais pas grand-chose d'intéressant à dire. Mon intelligence était comme pétrifiée, et de toute façon je n'avais aucune expérience de la guerre et très peu de notions stratégiques. Je devais donner un piètre spectacle!

Plus d'une fois, mon regard tomba sur une petite sculpture de dragon, en pierre noire du Midfjord, qui trônait au milieu de la table. J'espérais vaguement qu'elle m'inspirerait, m'aiderait à retrouver un peu d'aplomb, mais rien de tel ne se produisit.

Bardi, Skeggo, Vestmarr et les autres semblaient se disputer, et pourtant, à ce que je compris, ils étaient d'accord sur l'essentiel: il fallait séparer l'armée en trois parties égales. Quinze centaines iraient couper l'avancée de Hakon II – d'après les estimations, l'affrontement aurait lieu au nord des montagnes, du côté de Lidarendi. Quinze centaines monteraient dans l'Aggafjord pour attendre l'armée skudlandaise, tandis que les quinze dernières centaines défendraient la côte est contre la flotte arlandaise.

– Et nos navires? demandai-je. Est-ce qu'ils...

– Ils agiront, me coupa Vestmarr la Dent, homme au regard vitreux.

C'était une rebuffade et je sentis le rouge me monter aux joues.

Après un silence, Ghizur me demanda si la constitution des trois armées me semblait judicieuse. Si tel était le cas et que j'avalisais le plan, les dispositions pourraient être prises sans attendre. Il avait parlé lentement, en détachant chaque mot, comme si j'avais été un enfant.

Un vieux serviteur royal entra à ce moment pour m'apporter un message.

– Quelle est ta décision, Bjorn fils d'Érik ? me pressa Vestmarr la Dent.

Je l'ignorai ostensiblement. J'ouvris le message, qui disait ceci :

Sors de cette salle immédiatement. Dis-leur que le roi veut te voir et fiche le camp de là, par tous les dieux !

Hughinn

19
LA NICHE SECRÈTE

Entouré de Njall et de ses hommes, je suivis le vieux serviteur jusque chez le roi. Hughinn m'accueillit d'un « Salut morphir ! » et demanda à ce qu'on nous laisse seuls.

– Njall, tu peux rester, croassa le corbeau.

– Trop aimable, fit mon garde du corps.

Il existait, dans la chambre du roi, une niche secrète permettant à Hughinn de voir et d'entendre ce qui se passait dans la Salle du Conseil des sages. Il me la montra et en expliqua la fonction, puis vint se poser sur le lit royal, tout près de Harald endormi.

– Tu sais écrire ? demandai-je, songeant au message reçu dans la Salle du Conseil.

– C'est Glamr qui m'a prêté sa main, dit-il en désignant le vieux serviteur. Bon sang, Bjorn, tu t'es laissé mener par le bout du nez ! Cette bande d'infatués essaie de nier ton pouvoir, ne le voyais-tu pas ?

– Si, répondis-je. Mais... je n'ai pas trouvé le moyen de... Je ne suis pas de taille. Je n'ai pas l'étoffe d'un chef et je ne connais rien à la guerre.

– Kraaaah ! s'emporta Hughinn. Je ne veux pas entendre ce genre de phrase. Harald ne dirait jamais une chose pareille ! Un roi, un jarlal, un chef digne de ce nom doit toujours donner l'impression d'être à la hauteur.

– Mais...

– Il n'y a pas de « mais » ! Il faudra que tu tiennes ces gros chiens en laisse, que tu les domptes. Le maître de ce pays, c'est toi, Bjorn fils d'Érik, et personne d'autre ! Ainsi l'a voulu Harald.

Le roi émit un soupir rauque ; je me demandai s'il entendait ce que nous disions.

Hughinn se gratta le jabot, en proie à ce qu'il appelait ses « démangeaisons estivales ».

Se tournant vers Njall, il lui ordonna de retourner dans la Salle du Conseil pour annoncer que la réunion était ajournée.

– Ils vont hurler, prévins-je. Il y a urgence et les décisions concernant l'armée doivent être prises maintenant.

– Qu'ils hurlent, on s'en fiche ! Tu as besoin de reprendre tes esprits. Njall, dis-leur que Bjorn fils d'Érik est retenu auprès du roi, qui a d'importantes recommandations à lui faire. Ça va les rendre jaloux !... Et Njall, mon ami, mets-les dehors avec tout le respect dû à leur rang. S'ils veulent poursuivre leur petit conseil de guerre sans Bjorn, qu'ils le fassent dans la rue ou dans une quelconque gargote.

– À tes ordres, maître corbeau.

Njall partit remplir sa mission le sourire aux lèvres ; il ne lui déplaisait pas, visiblement, de congédier tous ces grands seigneurs.

Le visage de Harald, grisâtre, avait pris un aspect minéral. N'était le bruit ténu, irrégulier, qui montait de sa poitrine, on aurait pu le croire défunt.

Hughinn se pencha pour poser la tête sur la main exsangue de son roi.

– Tu l'aimes, n'est-ce pas ?

Le corbeau émit un petit rire.

– Égoïste, partial, menteur, méchant à l'occasion… Ah, ce n'est pas un saint, notre Harald ! Mais vois-tu, Bjorn, je ne l'ai jamais connu médiocre. Et je l'ai aimé, oui, malgré ses défauts. Il aura été toute ma vie.

Einar le Savant entra pour examiner son patient. Quand il eut fini, je demandai si je pouvais rester seul un moment.

– Bien sûr, mon fils, croassa Hughinn.

Il quitta la pièce derrière le médecin, et j'ai encore dans l'oreille, tant d'années après, le bruit ouaté de ses ailes dans le lourd silence de la chambre royale : « Flap… flap… flap… »

La porte s'était refermée. Envahi par une soudaine fatigue, je m'affalai sur un siège. Je demeurai ainsi, prostré, l'esprit vide, pendant un long moment.

Je me souviens que j'étais indifférent à la présence du roi ; c'est à peine si je jetai un regard à son profil d'aigle, à la forme vague de son corps sous la couverture.

Dans la pénombre, je commençai à rassembler mes esprits, à mobiliser mon sang.

Je me levai ensuite pour arpenter la pièce. Je crois bien que je parlais tout seul, en proie à cette sorte d'excitation qui, chez moi, suit les moments d'abattement.

Je parvins à me calmer graduellement. Lorsque Einar pointa son nez, j'étais installé devant le pupitre royal, en train d'écrire un message à Svartog.

20
LA TUNIQUE D'OR

On n'avait plus intronisé de jarlal depuis sept décennies. La manière dont la cérémonie devait se dérouler n'était dès lors pas très claire, et c'est Ghizur-Loup-Blanc, avec l'aide de l'évêque Grund, qui en régla à la hâte tous les détails.

La grande église d'Updala est certainement le plus beau bâtiment jamais érigé par des Vikings. Haute et svelte, elle est comme une magnifique prière de bois lancée vers le ciel. Certains la comparent aussi à quelque soulèvement aigu de la croûte terrestre, sous la pression des laves incandescentes.

Ses murs extérieurs sont décorés de sculptures élégantes. J'aime surtout le portail nord, avec son décor d'animaux : biches aux jambes minces, à l'œil en amande, oiseaux en vol et serpents entrelacés.

En ce 8 mai 1068, dans l'église bondée, Harald se tenait sur un siège en pierre ; il était parvenu à l'extrême limite de ses forces et j'appris plus tard que des lanières cachées sous son ample habit le maintenaient en position assise. Il prononça les paroles qui faisaient de moi le jarlal du royaume, après quoi Ghizur lut un ancien texte qui précisait mes pouvoirs et mes devoirs. Le prince Sven et Njall le Hardi m'ôtèrent ma tunique et me passèrent celle du jarlal, vêtement elfique recouvert de feuilles d'or. C'est bien l'habit le plus raffiné qu'il m'ait été donné de porter ; il ne pesait guère plus sur ma peau qu'un souffle de vent.

Sven, heureux de me voir, me souriait perpétuellement. Nous allâmes ensemble près du roi, en nous tenant par la main, cela pour bien montrer que le prince héritier et le jarlal étaient dans les meilleurs termes. Je me mis à genoux. Sven ôta à son père l'anneau Lik, en os de rorqual, insigne du chef suprême, et me le passa au doigt. J'allais me relever quand Harald, d'une voix à peine audible, me demanda d'approcher.

– Ce n'est pas un cadeau que je t'ai fait, souffla-t-il. Pas un cadeau… Gouverner est un esclavage.

La cérémonie s'acheva par une messe. Mon père, debout au deuxième rang, était fier comme Raghorr. À côté de lui, Dizir souriait béatement ; il m'adressa un clin d'œil malicieux qui me fit du bien.

Pendant que l'évêque Grund accomplissait le rituel sacré de la messe, je sentais sur moi le regard glauque de Vestmarr la Dent, chargé de mépris. Je décidai d'abord de l'ignorer, mais bientôt, n'y tenant plus, je me retournai. Nos yeux se défièrent.

Je quittai les lieux, escorté par la horde au complet. Devant l'église, la foule attendait.

– Jarlal, ô jarlal ! cria-t-elle.

– Ils veulent me voir, dis-je. Et vous leur bouchez la vue à m'entourer de la sorte. Portez-moi un instant, afin que…

– Pour que tu sois exposé au tir d'un archer, gronda Njall. Pas question !

– JARLAL, Ô JARLAL !

Nous prîmes le chemin de la maison royale, à pied ; cette marche à travers les rues d'Updala ne plaisait guère à Njall, qui ordonna de presser l'allure.

Ghizur nous rejoignit en courant pour m'annoncer qu'un conseil de guerre aurait lieu dans l'heure à la maison royale.

– Pas maintenant, dis-je à travers le vacarme. On verra ça plus tard !

Il me toisa d'un œil sévère, pensant peut-être que repousser la réunion était une façon pour moi de marquer mon autorité. Or ma raison était tout autre : j'attendais Svartog.

Je tournai le dos à Ghizur et priai pour que le demi-hirogwar arrive bientôt.

Il était déjà là ! Venu de Koy en une nuit, par la voie des airs, grâce à sa merveilleuse cape, il m'attendait à la maison royale. Dès que je l'aperçus, arpentant un couloir à grandes enjambées, le buste en avant, ses bras interminables repliés dans le dos, mon cœur bondit.

– Tu n'as pas traîné ! m'exclamai-je.

– J'ai eu des vents favorables, ha ! ha !

Nous tombâmes dans les bras l'un de l'autre, comme si nous ne nous étions vus depuis des lunes.

– Félicitations, Bjorn. Jarlal ! C'est incroyable, inouï ! Je n'en reviens toujours pas, tu sais. Benok t'envoie ses hommages. Les non-humains sont aux anges. Ah, Bjorn, mon ami, mon frère !

– Est-ce qu'il est là ?

– Là-dedans, fit Svartog en indiquant une porte peinte qui donnait sur une salle de repos pour les serviteurs. Il a fait des manières. Trop occupé pour voyager, soi-disant. Un drôle d'asticot, je te jure ! Prétentieux comme pas un, imbu de sa minuscule personne. Ton nouveau statut ne l'impressionne pas le moins du monde… Le seul point positif, c'est qu'il est léger comme une plume. Je l'ai porté sur le ventre, dans un sac à grains, et j'ai à peine senti la différence.

Je remerciai mon ami, donnai des ordres pour qu'on lui prépare un repas royal et un bon lit. J'allais entrer dans la salle de repos, mais Njall m'en empêcha, voulant d'abord y jeter un œil. J'imagine qu'il fouilla le personnage qui m'attendait et inspecta la pièce dans ses moindres recoins.

– Tu peux entrer sans crainte, ô mon jarlal, annonça Njall le Hardi en reparaissant. Puis-je savoir qui est l'avorton à l'intérieur ? Il m'a manqué de respect.

21
JAGLAVOK

Assis nonchalamment sur une banquette, il avait allumé sa pipe de cuivre. Il portait un vêtement de jute qui lui descendait jusqu'aux chevilles. Ses pieds de demi-hirogwar, sans ongles, étaient nus, un détail qui me frappa. Je me rappelai ce que Benok m'avait dit un jour: «Jaglavok aime s'habiller comme un pauvre, mais il n'est pas pauvre du tout.»

Il était encore plus petit et menu que dans mon souvenir. Son turban énorme, couleur caca d'oie, lui donnait l'allure générale d'un champignon.

– Je te dois une expérience intéressante, Bjorn fils d'Érik. Voler, cela vaut la peine d'être vécu.

J'étais le jarlal du royaume, je portais la tunique d'or, et Jaglavok ne daigna pas se lever à mon entrée. Si Njall avait été témoin de cette impudence, je gage qu'il lui aurait frotté les oreilles!

– Ravi que le voyage t'ait plu.

Je poussai un siège et m'installai face à lui. Jaglavok tira sur sa pipe – «puf, puf» – tout en se grattant la plante du pied. J'ignore ce qu'il fumait, mais l'odeur était très puissante.

– Ton tabac empeste, observai-je.

– C'est du lichen. Une sorte qu'on ne trouve qu'à l'Est, en pays toundour. Du costaud. Une plante à pipe pour les adultes.

Considérant mon vêtement, il dit :

– C'est donc ça, la fameuse tunique d'or. On dirait une chemise de fille.

Je me forçai à sourire, il fit un rond de fumée ; les amabilités étaient terminées.

– La guerre est là, et j'ai besoin de conseils, dis-je.

Deuxième rond de fumée. Je crus voir Jaglavok hausser imperceptiblement les épaules.

– Tu as étudié l'art des batailles, tu es un spécialiste. Tu vas m'aider.

– J'ai peu de temps à te consacrer, déclara-t-il.

– Il ne s'agit pas de moi, mais du royaume, fis-je valoir. Ce royaume qui est la terre d'accueil des non-humains…

– Tu crois m'apprendre quelque chose ?

– Certes non. Cependant, ton attitude désinvolte (il sourit en entendant ce mot) pourrait faire croire que tu ignores la gravité de l'heure.

Troisième rond de fumée, suivit d'un quatrième, véritable chef-d'œuvre de circularité.

– Aide-moi, car c'est ton devoir en même temps que ton intérêt.

– Je suis étonné, dit Jaglavok. Les Vikings sont des guerriers réputés et craints à travers le monde. Tu as des hommes compétents autour de toi, ô jarlal : Ghizur-Loup-Blanc, Vestmarr la Dent… Ils ont gagné maintes batailles aux côtés de Harald. Et puis il y a ton père, fameux combattant, lui aussi. Grand pourfendeur de Vorages ! Il a sûrement de bons conseils à te donner.

Le contraste était tel entre ces éloges et le ton méprisant sur lequel ils furent prononcés que je ne pus me retenir de rire. En fait, je fus pris d'un fou rire énorme, « ketillien », qui libéra la tension accumulée des jours précédents.

– Tout va bien, seigneur jarlal ? s'enquit Njall en passant la tête.

– Oui, oui ! assurai-je. Apporte-nous à boire, mon bon. Bière au miel pour moi. Et pour toi, ô Jaglavok ?

– La même chose, dit le demi-hirogwar, souriant malgré lui.

À partir de là, nos rapports se détendirent. Jaglavok me considéra désormais avec une bienveillance amusée, et il consentit à me faire part de ses lumières.

Ô merveilleux pouvoir du rire !

Je lui parlai de la réunion de la veille, du plan proposé par les grands guerriers et dignitaires du royaume.

– L'armée coupée en trois. Que penses-tu de cette idée, Bjorn ? me demanda Jaglavok, son œil perçant posé sur moi.

– Si je t'ai fait venir, c'est justement parce qu'elle ne me plaît guère. Mon instinct me souffle qu'elle n'est pas bonne, qu'il ne faut pas diviser nos forces de cette manière.

– Bien ! fit Jaglavok. Un bon point pour toi et ton instinct. L'intuition est une des qualités qui font les bons chefs de guerre, ajouta-t-il.

– Quelles sont les autres ?

– Humilité, patience, roublardise, sang-froid, capacité à s'adapter aux circonstances, à tirer parti de l'imprévu… Il y en a tellement !

Jaglavok tenait de l'armurier Benok des informations toutes fraîches sur l'évolution de la situation. J'en avais d'autres, qui corroborèrent ou complétèrent les siennes. Deux heures durant, dans la petite salle de repos des serviteurs, nous échafaudâmes un nouveau plan de guerre. Je dis « nous », mais c'est bien sûr Jaglavok qui définit les grandes lignes de ce que j'allais présenter, avec sa bénédiction, comme ma stratégie personnelle.

22
LE DÉPART

Le roi reposait, tremblant, le visage crispé de douleur. Sven, assis à son chevet, lui tenait la main ; de temps à autre, il lançait vers moi un regard suppliant, comme si j'avais pu faire un miracle et guérir son père.

– Il y a une question que je me pose, demandai-je à Einar le Savant.

– Laquelle, ô mon jarlal ?

– Ce tueur au masque rouge, insaisissable, à l'agilité extrême… comment se fait-il qu'il ait porté onze coups au roi sans parvenir à le tuer ?

– C'est qu'il ne voulait pas tuer… du moins pas sur le coup.

– Que veux-tu dire, Einar ?

– L'homme connaissait bien le corps humain et son fonctionnement. Il n'a pas frappé au hasard, loin de là. Il voulait que le roi endure les pires souffrances avant de trépasser. La haine, une haine terrible, guidait son poignard.

– Je ne peux pas le croire.

– C'est pourtant la vérité.

Hughinn sautillait dans ma direction ; c'était rare de le voir par terre. Il leva la tête ; je baissai la mienne.

– Tu t'es montré impressionnant, tout à l'heure ! On aurait dit que tu avais gouverné toute ta vie ! Ils étaient sidérés, et moi je riais tout seul dans ma niche. La tête de Vestmarr quand tu lui as dit qu'il devait requérir la parole avant de parler ! J'ai cru qu'il allait te sauter à la gorge, ha ! ha !

Je venais de quitter la Salle du Conseil, où j'avais exposé mon plan. Ghizur, Vestmarr, Bardi le Borgne – tous avaient émis de sérieuses objections. Je les avais entendus avec patience, avant de lever la séance en déclarant qu'il serait fait selon mes vues, et pas autrement.

– Quel changement par rapport à hier ! poursuivit le corbeau. Est-ce la tunique d'or qui te rend si sûr de toi, ô jarlal ?

– Peut-être.

– La tunique ou alors l'anneau Lik, dit Einar. Ce bijou a certains pouvoirs. Un jour, il y a des années de cela, je l'ai ôté du doigt de Harald.

– Pourquoi ? demandai-je.

– Le roi s'était profondément entaillé l'annulaire, et Lik me gênait pour soigner la blessure. Bref, Harald s'est retrouvé sans l'anneau. Il m'a confié qu'il se sentait nu et comme diminué – ce sont ses propres paroles. Il a vite repris Lik et l'a glissé à son index. Pendant plusieurs heures après cet incident, je l'ai trouvé bizarre, désorienté.

– Hum, fit Hughinn. Je n'ai aucun souvenir de cette histoire.

Je pris congé d'eux, ainsi que de Sven, à qui je donnai l'accolade.

– Fais attention à toi, me supplia-t-il. Si tu meurs, je serai trop triste…

Je m'avançai vers le roi ; ses yeux bougèrent dans ma direction, mais sa tête ne fit aucun mouvement. Notre souverain était maintenant incapable de parler. Je me penchai pour déposer un baiser sur sa main froide.

– Au revoir, mon roi, murmurai-je.

Les commissures de ses lèvres frémirent imperceptiblement – était-ce un sourire ? Je présumai que oui, et souris en retour, du mieux que je pus, avant de quitter la chambre d'un pas résolu.

– Que les dieux t'accompagnent ! lança Einar dans mon dos.

Une heure plus tard, je me trouvais à la tête de milliers de guerriers, en route vers le sud.

Je montais Krorr, le dragon du roi, un griffes de trente ans passés, le plus grand dragon connu. Même Rooknir, la créature des enfers, ne l'égalait pas en taille. Krorr, robe brune, satinée, queue bifide pourvue de piques, crête transparente, avait acquis avec l'âge un excellent caractère ; il se laissait guider de bonne grâce, montrant une obéissance placide en toutes circonstances. Il faut dire qu'il avait eu, en la personne de Harald, un dresseur efficace.

Je n'avais jamais monté un dragon adulte (notre courte expédition sur le dos de Rooknir ne compte pas), et ce fut donc pour moi une expérience grisante. Guider un dragon se fait essentiellement par la voix, les rênes ne servant que dans les cas où les ordres risqueraient de ne pas être entendus : dans le vacarme d'une bataille, par exemple. « Hoogh ! » signifie « Avance ! », un cri que l'on répète une, deux, trois, voire quatre fois en fonction de la vitesse souhaitée. Pour ordonner le galop, il suffit de lancer : « Hoogh ! hoogh ! hoogh ! » et le dragon s'élance.

Voici les autres mots essentiels du vocabulaire utilisé dans cette équitation si particulière. Ils sont les mêmes partout dans le Nord, et tous les habitants de nos contrées les connaissent, même ceux qui n'ont jamais approché un dragon de près. Je les consigne ici pour le lecteur étranger, et aussi pour la postérité, car il se pourrait bien que dans un futur tristement proche il n'y ait plus un seul dragon sur la surface du monde. Tout ce qui les concerne, alors, risquerait bien de sombrer dans l'oubli.

Vocabulaire dragonnien :

Hoogh : avance
Raaag : ralentis
Raga : arrête
Tibitib : à gauche
Holo : à droite
Röm-röm : demi-tour
Wund : recule
Kvidaa : prépare ton vol
Hôllu : vole
Juup : saute
Huuf : du calme
Qadvaa : prépare ton feu
Vah : lance ton feu
Seggirkil : tue

Les jambes d'un homme ne peuvent s'écarter suffisamment pour enserrer le dos d'un dragon adulte, et c'est pourquoi l'animal porte une selle en forme de siège, fixée par de multiples lanières.

Installé sur ma selle-siège, un vent léger caressant ma figure, je sentais poindre en moi une exaltation toute neuve.

– Z'est quelque choze, hein, de chevaucher z'un griffe ! me lança Dizir.

Lui-même montait Gaefa, dragonne de même race, d'une agilité reconnue, qui avait appartenu au prince Dar.

– J'avoue que je suis conquis ! Et puis tout est beau, vu d'ici, ajoutai-je en désignant le paysage d'un geste large.

– Ze que z'aime, moi, z'est le bouillonnement intérieur de zes créatures. Le feu qui couve zous mon derrière, ze trouve za ztimulant !

Le corps puissant de Krorr produisit son bruit de forge – « Grôôô ! Grôghdôôô ! » –, comme pour illustrer les propos de Dizir.

Deux centaines d'hommes vinrent grossir nos rangs, arrivant d'un village côtier ; ils marchaient en bon ordre, portant des bannières aux couleurs de la province.

– Jarlal, ô jarlal ! lancèrent-ils en sortant leurs épées, qui étincelèrent au soleil.

Quelle magnifique journée c'était ! Le ciel, parsemé de rares nuages filandreux, était d'un bleu profond. Des oiseaux, hérons, canards colvert, mouettes, le traversaient en tous sens.

Svartog chevauchait à ma gauche, l'œil pétillant et la mine fleurie ; il semblait ne plus songer à son mariage ajourné. Sur son épaule, le faucon Sól sommeillait.

– Ils font la tête, dit le demi-hirogwar.

– Qui ça ? demandai-je en me penchant vers mon ami.

– Ghizur et ses amis.

Je jetai un coup d'œil en arrière. Les grands seigneurs du royaume avançaient côte à côte sur leurs fringants chevaux, l'air on ne peut plus renfrogné. Vestmarr la Dent ne cessait de cracher par terre tout en maugréant, tandis que Bardi le Borgne devisait avec Ghizur.

– Ils m'en veulent parce que j'ai permis à Dizir de monter Gaefa, un honneur qui aurait dû revenir à l'un d'eux.

– Je comprends un peu leur agacement. Faire passer un demi-troll avant leurs augustes personnes, il y a de quoi les rendre furieux. Ça va jaser dans le royaume, hu ! hu ! Mais je gage que l'humeur de ces messieurs vient aussi de ton plan de guerre, qu'ils désapprouvent fortement, n'est-ce pas ?

– Mon brave Zvartog, tu vas te tordre les vertèbres du cou à parler ainzi, la tête levée, s'inquiéta Dizir. Viens donc izi, avec moi : il y a fazilement la plaze pour deux.

Gaefa s'approcha du cheval de Svartog jusqu'à le frôler. Dizir se pencha pour tendre la main au demi-hirogwar ; l'instant d'après, ce dernier se retrouva perché sur la selle de Gaefa, ses longues jambes maigres pendant dans le vide. Le faucon Sól, qui s'était envolé, vint reprendre sa place sur l'épaule de son maître.

Placé derrière Dizir, collé à lui, Svartog aurait à supporter les effluves trolliens. Je ne pus m'empêcher de le plaindre mentalement.

– Njall m'a exposé ton plan dans les grandes lignes. Qu'en est-il exactement ?

Ayant dit, Svartog sortit sa pipe d'une petite besace qu'il portait en bandoulière. Il l'alluma, tira dessus avidement : « Puf! puf! puf! » On aurait dit un bébé tétant le sein de sa mère. Bientôt, l'odeur du tabac se répandit dans l'air pour combattre la puanteur émanant de notre cher Dizir, qui ne soupçonna rien de la manœuvre.

Svartog m'adressa un clin d'œil.

Je lui expliquai alors le plan échafaudé par Jaglavok.

23
KETILLSKALI

Avec la plus grande partie de notre armée, soit 3000 hommes, je partais à la rencontre de Hakon II. Nous allions attendre l'ennemi en terrain favorable, dans la plaine d'Akrar.

J'avais par ailleurs chargé Skeggo fils de Ram, le meilleur marin du royaume, de rassembler nos drakkars pour se porter au-devant de la flotte arlandaise.

– Combien de combattants as-tu donnés à Skeggo ? s'enquit Svartog.

– 900, parmi nos marins les plus aguerris.

– Avec ça il va pouvoir armer trente navires tout au plus. Or la flotte arlandaise en compte au moins le double.

– Nos drakkars zont plus petits, mais pour ze qui est de la maniabilité, de la viteze, ils zont imbattables, intervint Dizir. Et nos marins ne craignent perzonne à l'abordaze, pas vrai ? Le combat, inégal en apparenze, peut très bien tourner en leur faveur.

– Aux dernières nouvelles, les Arlandais sont toujours au port, dis-je. Car le roi Hur est au lit.

Hur Ier régnait sur l'Arlande depuis deux décennies. Il s'était soûlé pour fêter le départ de ses drakkars, et maintenant sa flotte se trouvait bloquée, rongeant son frein en attendant qu'il se remette.

– Ce retard est une chance inespérée, un signe du destin, affirmai-je.

– Sans doute, admit Svartog. Cependant, nous avons trois ennemis. Combien de guerriers seront envoyés à la frontière skudlandaise ?

En tant qu'habitant de Koy, Svartog se souciait particulièrement de cette frontière-là.

– Trois centaines, annonçai-je.

– Pardon ?

– C'est peu, j'en conviens. Il s'agira d'hommes d'expérience, avisés, habitués à donner des ordres. Ils ne seront pas seuls, car il y aura avec eux un bon millier de personnes, du moins je l'espère.

– Quelles personnes ?

– Des vieux, des femmes, des jeunes gens…

– Une fausse armée, prononça le demi-hirogwar, sidéré.

– Oui, et commandée par mon père.

Je m'apprêtais à en dire plus, lorsque Njall le Hardi, parti en avant, revint au galop avec des nouvelles.

– Quatre centaines nous attendent près de Keltur. C'est à une demi-heure d'ici.

Le chef de la horde vint placer son cheval à la droite de Krorr. Il était sombre. Pas à cause de l'imminence de la bataille – c'était l'homme le plus courageux du monde –, mais parce qu'il pensait à Harald agonisant dans sa chambre.

– Keltur… Ce nom me rappelle quelque chose, dit Svartog.

– La ferme de Ketill se trouve dans les environs, lui rappelai-je.

– C'est ça !

Svartog se frappa la cuisse, ce qui fit sursauter Sól. Il tira sur sa pipe et prit un air songeur. Une idée germait dans son esprit en même temps que dans le mien.

Je me tournai vers Njall :

– J'ai ouï dire que Herdis, l'épouse de Ketill le Rouge, vit dans un certain dénuement. Est-ce la vérité ?

– C'est un bruit qui court, en effet. Harald lui envoyait de l'argent quand vous étiez aux enfers, et puis il a cessé de le faire.

– Je vois.

Svartog et moi échangeâmes un regard. Ma décision fut prise à la seconde.

– Je vais me rendre à Ketillskali, déclarai-je. Svartog et Dizir m'accompagnent. Demande à Ghizur de prendre la tête de l'armée pendant mon absence.

Nous partîmes au galop, escortés par Njall et les hommes de la horde. Notre départ soudain attira tous les regards.

Sur la route, un peu avant le village, nous trouvâmes les 400 guerriers assis, attendant le passage de l'armée. Ils se levèrent avec ensemble pour me saluer :

– Jarlal, ô jarlal !

Barbes peignées et tressées, vêtements impeccables, armes rutilantes, ces recrues-là avaient fière allure. Bon nombre de trolls figuraient parmi elles, coiffés de leurs casques à pointes.

– Ils font plaisir à voir, tous ces gaillards ! me lança Svartog.

– Fizzland ! Fizzland ! beugla Dizir, un cri que reprirent quatre cents voix pleines d'ardeur.

Njall entra seul dans Keltur pour s'enquérir du chemin. De loin, nous vîmes des femmes et des enfants entourer l'étalon caparaçonné de notre ami. Une jeune fille indiqua l'ouest.

– Il faut suivre la direction du couchant jusqu'à une rivière, puis longer cette rivière vers la droite, annonça Njall une minute plus tard.

– Hoogh ! ordonnai-je, et Krorr s'ébranla, son corps lourd faisant trembler le sol.

C'était une région superbe, doucement vallonnée, où paissaient des moutons cornus, à toison épaisse. Ils allaient être tondus d'ici quelques jours, un travail que les femmes, cette année, devraient mener à bien toutes seules.

Nous aperçûmes un vieux pêcheur au bord de la rivière ; sa silhouette me rappela celle de mon cher Hari. L'homme, surpris par l'apparition de notre troupe imposante, nous contempla bouche bée.

– Est-ze que za mord ? cria Dizir.

Le vieux pêcheur balbutia quelques mots qui se perdirent dans le bruit de notre galopade ; nous étions déjà loin quand il songea enfin à nous saluer d'un geste timide.

La ferme de Ketill comptait une dizaine de constructions étirées, aux toits couverts d'herbe. Il y avait plusieurs enclos vides ; les rares bêtes visibles, chèvres étiques et volailles, circulaient en liberté entre les bâtiments.

La porte de la maison d'habitation s'ouvrit, livrant passage à un homme courbé, d'allure étrange. Il courut à nous en poussant des cris.

– Un bossu, dit Njall.

C'était Bolli, le frère aîné de Ketill le Rouge, un simple d'esprit. Je le voyais pour la première fois.

Je sautai en bas de Krorr et allai à sa rencontre.

– Le bonjour à toi, Bolli. Je suis Bjorn, un ami de ton frère. Un ami de Ketill !

Dans ses cheveux bruns, abondants, hirsutes, s'apercevaient quelques reflets roux. Lèvres charnues, front haut, pommettes saillantes, épaules larges et membres solides, les ressemblances avec Ketill étaient nombreuses.

À cinquante ans passés, Bolli avait conservé une voix et un vocabulaire d'enfantelet :

– Ketill pati ! articula-t-il. Il pati loin, loin en bas ! Plus jamais eveni !

Disant cela, il pointait le doigt vers le sol.

– Il reviendra un jour, affirmai-je.

– Nonononon ! fit Bolli en secouant la tête. Pati, jamais eveni ! Ketill est avé les âmes.

Une larme coula sur son visage tanné par le soleil.

– Z'est un Drunn numéro deux, observa Dizir, qui arrivait en tenant Gaefa par la longe.

– Je te salue, Bolli. Je suis Svartog-Longs-Bras, un grand ami de ton frère, comme Bjorn. Ketill nous a parlé de toi et nous sommes très honorés de te connaître.

Svartog fouilla alors sa besace, dont il sortit un petit poignard. Un cachalot sculpté en ornait le manche.

– Permets-moi de t'offrir ce modeste présent en gage d'amitié.

Bolli saisit l'objet et le contempla un instant sans mot dire. Ses grands yeux bleus, fort beaux, brillaient de satisfaction.

Il se tourna vivement vers la maison, nous montrant un arrière-train plantureux.

Deux femmes maigres se tenaient dans l'encadrement

de la porte. Bolli brandit le poignard et répéta au moins dix fois le mot « cadeau ».

– Ne te fais pas mal avec ça, maugréa l'une des femmes.

– Couteau pou moi ! Lui donne cadeau à moi pou toujough, dit Bolli en désignant Svartog.

– C'est dangereux.

Craignant sans doute qu'on lui confisque son bien, le frère de Ketill fila à toutes jambes. Il disparut derrière un gros orme et nous l'entendîmes prodiguer des mots doux à son poignard.

Je m'avançai vers les femmes, que rien ne différenciait, ni les traits, ni la coiffure, ni l'habillement. Ketill m'avait parlé de ses belles-sœurs jumelles ; il les détestait cordialement.

– Je suis Bjorn fils d'Érik, un ami de...

– Nous savons qui tu es, me coupa l'une des jumelles.

Le ton était abrupt, grossier même, mais je décidai de ne pas m'en formaliser.

– Je suis venu voir Herdis fille de Bodvar. J'ai à lui parler.

– Elle n'est pas là. Tu peux t'en aller avec toute ta troupe, dit l'autre jumelle en lançant un regard de mépris aux hommes de la horde.

Et je ne pus m'empêcher de l'admirer quelque peu. Car il en fallait de l'aplomb pour défier ainsi une quarantaine de guerriers accompagnés de dragons.

– Vous parlez au zarlal de ze pays, commères ! s'emporta Dizir. Je vous fouetterai de ma main zi vous ne changez pas d'attitude.

La menace n'effraya en rien les jumelles, qui croisèrent

les bras en même temps, en signe de défi. C'est alors que nous parvint la voix de Bolli :

– Pas vrai les sœurs ! Hegdis elle est là-dedans maison !

24
LA CABANE AUX TRÉSORS

J'étais entré en écartant les jumelles d'un geste impérieux.

L'intérieur, sombre, sentait le propre. Un feu de braises couvait dans l'âtre central, sous un petit chaudron. Herdis se tenait assise à la table, immobile, les mains posées sur les genoux.

J'allais m'avancer vers l'épouse de Ketill pour la saluer, quand Njall me retint par l'épaule.

– Il faut être prudent, dit-il en sortant son épée.

– Que crains-tu ici ? demandai-je sur un ton impatient.

– Il y a toujours à craindre.

Tandis qu'il inspectait la maison, ouvrant le grand coffre à vêtements, regardant derrière les tapisseries, j'observais Herdis. Sa beauté un peu triste évoqua en moi un souvenir. Le front bombé, laiteux, le rose léger des joues, le chignon, la douceur des traits… ce visage me rappelait celui de la Vierge tel que l'avait sculpté Ketill, un jour lointain, alors que nous traversions le troisième étage infernal.

– C'est bon, ô mon jarlal, déclara Njall.

Entendant mon titre, Herdis se leva vivement pour me faire une révérence, après quoi elle se rassit. Elle n'avait pas prononcé un mot. Ses sœurs vinrent se placer derrière son siège, avec dans l'œil une lueur féroce.

– Deux chiennes de garde, pensai-je.

– Je suis heureux et honoré de faire ta connaissance, Herdis fille de Bodvar, commençai-je. Mon ami Ketill m'a parlé de toi à maintes reprises et j'avais hâte de te rencontrer.

– Pfu ! lâcha l'une des jumelles.

Comme Svartog arrivait, je le présentai en précisant – ce que Herdis savait assurément – qu'il avait fait partie de l'expédition infernale.

– Bonjour, ô Herdis ! fit le demi-hirogwar avec chaleur. Ketill le Rouge nous a souvent...

– Ce nom ne doit pas être prononcé ici, dans cette maison, siffla une jumelle.

– C'est le nom d'un assassin ! dit sa sœur.

Yon, le fils de Ketill, était mort en mer et Herdis tenait son époux pour responsable de cet accident qui avait détruit leur couple.

– Ketill est mon ami. Je ne permettrai pas qu'on le traite d'assassin, gronda Svartog.

– Fourbe, volage, dépensier, ton ami est un être vil et détestable. Et il est l'assassin de son fils !

La jumelle qui avait parlé cracha par terre en signe de souverain mépris. Puis elle croisa les bras tout en bombant sa maigre poitrine.

Je sentais Svartog bouillir à mon côté ; il était à deux doigts de foncer sur ces deux harpies pour les traîner dehors en les tirant par les cheveux. Herdis, pendant ce temps, ne bougeait pas ; elle ne laissait paraître aucune émotion.

Le silence régnait maintenant dans la salle. J'appliquai l'anneau Lik contre mes lèvres, geste machinal qui deviendrait bientôt une habitude – un tic, dirons-nous.

Je sentais les traits de mon visage se durcir ; j'eus l'impression que de la boue séchait sur ma peau.

M'adressant aux jumelles, je dis :

– Sortez.

– Nous sommes chez nous ! firent-elles en chœur.

– Dehors ! prononçai-je.

J'étais calme, ma voix l'était également. Pourtant, quelque chose dans mon attitude dut impressionner les jumelles, qui baissèrent les yeux pour la première fois.

Elles sortirent l'une derrière l'autre, comme deux poules effrayées.

Plus tard, Svartog me dit qu'il avait presque eu peur, lui aussi.

– Tu avais l'air d'un ange, avec ta tunique d'or, tes cheveux bien peignés… Cependant, l'espace d'un instant, ton regard a changé. On aurait dit qu'il concentrait en lui toute la violence du monde. Brrr ! J'en ai eu la chair de poule, Bjorn, je te l'avoue. Et je n'ai pas été le seul, ha ! ha ! Quelle trouille elles ont eue, les deux mégères !

Herdis laissa partir ses sœurs sans réagir ; je crus même déceler chez elle une nuance de contentement – mais peut-être avais-je rêvé.

Je m'installai face à elle.

– Il faudra réparer ça avant l'hiver, dis-je, désignant un affaissement du plafond.

Ignorant ma remarque, elle se leva en faisant grincer son siège ; elle revint bientôt avec une cruche.

Herdis invita Njall et Svartog à prendre place à la table et servit à chacun un bol de bière.

– Ton époux est-il un assassin selon toi ? demandai-je à brûle-pourpoint.

Elle ne répondit pas. Au lieu de se rasseoir, elle s'appuya contre un pilier.

Herdis resta ainsi, à quelque distance de nous, le haut du corps noyé dans l'ombre. Elle était grande et frêle. Il n'émanait d'elle aucune haine, aucune rancœur perceptible – plutôt une immense lassitude.

– Ketill souffrait chaque jour, chaque instant de sa vie d'avoir perdu Yon, dis-je. Et il s'en voulait à mort.

– C'est bien vrai ! confirma Svartog.

– Il était si malheureux qu'il a mille fois songé à se tuer, oui, pour aller rejoindre Yon au royaume des morts. Il ne l'a pas fait, il n'a pas commis ce sacrilège, mais il a retrouvé son fils.

– Ils sont aux enfers tous les deux, réunis ! dit Svartog d'une voix émue. Les plus belles retrouvailles imaginables !... Ah, si tu les voyais, femme ! Comme il est beau à voir, leur bonheur d'être ensemble !

La silhouette sombre de notre hôtesse vacilla légèrement.

– Je le hais, murmura-t-elle. Je le haïrai toujours !

– Mais Ketill est innocent ! s'écria Svartog, indigné.

– Il a tué notre enfant.

– Mais non ! Jamais de la vie ! Il faut être bête et borné pour envisager les choses de cette façon. Et tu n'es pas bornée, Herdis, sans quoi Ketill ne t'aimerait pas, il ne t'aurait même jamais remarquée...

Il y eut un long silence après cela. Svartog tira sur sa pipe éteinte ; sa main tremblait de rage contenue.

– Pourquoi es-tu venu, Bjorn fils d'Érik ? demanda Herdis en sortant de l'ombre. Pour me parler de ton cher ami Ketill ? Je n'en ai cure, sache-le. Mon opinion est faite et ne changera plus... Je ne te retiens pas, jarlal !

J'ôtai alors mon pendangorgh. Les pièces d'or étaient enfilées sur un épais lacet de cuir, que je tranchai sous l'œil stupéfait de mes compagnons. Je prélevai une vingtaine de pièces sur les soixante qui constituaient le collier.

– Tu me fais un cadeau ? dit Herdis d'un ton hautain.

– Un cadeau ? fis-je. Non, non. Cet argent n'est qu'une petite avance sur ce que Ketill recevra un jour pour services rendus au royaume. Disposes-en à ta guise. Si tu veux le jeter dans un puits, libre à toi.

Je m'étais exprimé avec le plus grand détachement, et je sortis sans dire au revoir, suivi par Njall et mon bon Svartog.

J'ignorai les sœurs jumelles et me dirigeai vers l'orme pour prendre congé de Bolli. Il n'était plus là.

– Par là ! dit Dizir, occupé à brosser le flanc de Gaefa à l'aide d'une brosse en fer. Derrière l'étable.

Nous trouvâmes le bossu accroupi devant une tombe.

– Couteau qui coupe mais pas méchant. Bolli est ghand ; pas peugh du coupe.

– Qui est enterré là ? demandai-je.

– Pas méchant le coupe. Pou toujough, le cadeau.

– Bien sûr, le rassura Svartog. Il est à toi pour toujours. Dis-moi, Bolli, qui est dans la terre ?

– Maman. Elle pati dedans l'enfegh sur bateau des âmes. Elle avec Ketill main'nant.

Je demandai à quand remontait le décès.

– Tout de suite, répondit Bolli, ce qui, dans son esprit, voulait dire « récemment », ainsi que nous le comprîmes en le questionnant plus avant.

– Nous allons partir, dis-je. Mais nous reviendrons te voir, promis.

– Vous viens dans maison des animaux ! s'exclama Bolli. Vous veni, oui !

Tout excité, il nous entraîna vers une cabane construite en haut d'une butte, à l'écart des autres bâtiments. La porte en était fermée par une corde qu'il dénoua prestement.

– Ho ! ho !... Ho ! ho ! ho ! riait Bolli.

À l'intérieur, dans une douce pénombre, nous découvrîmes un troupeau d'animaux en bois, grandeur nature : cheval, chèvre, bœuf, renard, ours, perdrix... Sculptés avec art, peints avec le plus grand réalisme, ils avaient l'air vivant.

Bolli se jucha sur le dos du cheval, qui vacilla à peine, et se mit à crier :

– Hue, le dada ! Avance, sakebleu !... Voilà, on est pati ! Salut la compagnie !

« Sacrebleu ! », « Salut la compagnie ! », c'étaient là des expressions à Ketill ; les entendre nous emplit d'émotion, Svartog et moi.

Dizir nous avait suivis ; il caressa la tête du bœuf en bois.

– Ze zont des chefs-d'œuvre, zes zanimaux, admira-t-il.

– C'est Ketill a fait !

– Ton frère est un grand artizte, un zénie.

– Sont tous à moi. Cadeaux pou toujough... Hue, le dada ! Plus vite que ça, zut bon Dieu tonnerre !

Nous le laissâmes à sa chevauchée imaginaire, le cœur plein du souvenir de Ketill le Rouge.

25
LIDARENDI MENACÉ

Svartog aurait souhaité rejoindre sa centaine, mais je voulais le garder auprès de moi. Sa qualité de guerrier volant était bien trop précieuse. En quittant Ketillskali, je l'avais envoyé vers l'ouest, avec pour mission d'atteindre au plus vite les Monts Jaunes, distants de quelques lieues. Il lui fallait un endroit suffisamment élevé pour se jeter dans le vide et déployer sa cape cerf-volant. Sa mission était de survoler l'armée ennemie afin d'évaluer le nombre de guerriers dont disposait Hakon II.

– Prends garde aux flèches, hein ! lui avait recommandé Dizir. Les Ghizois ont quelques bons zarchers.

Le soir, notre armée établit son camp dans une plaine bordée d'ifs. Nous étions alors 3 500 et quelques. J'avais chargé Ghizur du ravitaillement, et je dois dire qu'il accomplit sa tâche à la perfection tout au long de la campagne. De nombreux chariots de nourriture suivaient nos troupes, et les guerriers, fourbus, reçurent leur ration en un rien de temps. Les femmes qui assuraient la distribution, Updaloises pour la plupart, alliaient rapidité et bonne humeur ; elles firent l'admiration de tous.

L'on monta une série de grandes tentes en peau, et quelques autres, plus petites, pour les chefs. Une partie des hommes alla passer la nuit au village le plus proche, investissant granges et étables, mais le gros de l'armée s'apprêta à coucher à la belle étoile.

Je pris mes quartiers sous une tente bleu et or que j'avais aidé à monter, afin de bien montrer à mes hommes que, tout jarlal que j'étais, je ne jugeais pas indigne de moi ce genre de travail.

Il était déjà tard quand, installé dans ma demeure de peau, je m'assis pour partager un plat de poisson séché, accompagné de gruau, avec Dizir et Jaglavok. Ce dernier m'accompagnait en tant que responsable de ma garde-robe : il époussetait mes vêtements, prenait soin de la tunique d'or, habit séculaire, d'une grande fragilité. Mais sa fonction n'était qu'une façade, son véritable rôle se situant ailleurs.

Dizir avalait goulûment, selon son habitude, tout en nous parlant de Gaefa, merveille de la nature, formidable arme de guerre.

– Za va chauffer zur le champ de bataille, ze vous le garantis ! Avec Krorr, ils forment un zacré duo, bon zang !

– Hakon II a aussi des dragons, rappela Jaglavok. Deux mirobolants qui valent bien nos deux griffes.

Svartog entra à ce moment. Épuisé, il se laissa choir sur un tabouret.

– Alors ? demandai-je.

– L'armée de Hakon est énorme, é-nor-me !

Il ne put en dire plus, car Njall fit irruption dans la tente, tenant trois ou quatre parchemins entre les doigts : des messages arrivés par faucon.

– L'ennemi a déjà contourné les Monts Jaunes. Les villages tombent les uns après les autres.

– Le pays est en flammes, là-bas, confirma Svartog d'une voix sombre.

– Ils égorgent les habitants. Les femmes et les enfants ne sont pas épargnés.

– Par la Zainte Vierge ! gronda Dizir.

Un homme de la horde se présenta pour annoncer Ghizur, Bardi et Vestmarr.

– Qu'ils entrent, dis-je.

Ils avaient fière allure, dans leurs cottes de mailles, portant casques et jambières de cuir. Je restai assis, me contentant de les saluer d'un signe. Ghizur-Loup-Blanc me demanda si j'étais au courant de l'avancée ennemie et des horreurs commises ; je hochai la tête.

– Lidarendi est menacé ! dit Vestmarr la Dent, dont c'était la ville natale. Ils y seront demain dans la soirée. Si nous forçons notre allure, nous pourrons arriver assez tôt pour sauver la ville.

– Nous la sauverons ! déclara Bardi le Borgne de sa belle voix profonde.

– Il faut lever le camp au plus tôt, d'ici deux heures. Les hommes sont assez frais pour se contenter d'un court repos.

Je pris une pomme dans un panier et commençai à la croquer ; ce faisant, je dévisageai les seigneurs l'un après l'autre.

– Nous ne porterons pas secours à Lidarendi. Nous ne le ferons pas, car ce n'est pas raisonnable.

– Comment ? Que veux-tu dire ? me demanda Ghizur.

Au lieu de répondre, je me tournai vers Svartog :

– Vous connaissez tous Svartog-Longs-Bras, au moins de nom.

– L'hirogwar volant, dit Vestmarr avec une nuance de mépris.

– Svartog vient de survoler l'armée ghizoise… Quels renseignements nous rapportes-tu, mon ami ?

– Rien de réjouissant, soupira-t-il.

Il se leva pour se servir un bol d'eau, qu'il but avec lenteur.

– Alors ? s'impatienta Vestmarr. Qu'est-ce que tu as vu ?

– J'estime qu'ils sont 8 000, peut-être plus. Au moins cinquante centaines de Ghizois, le reste est composé de mercenaires francs et saxons – pour autant que j'aie pu voir, car je volais haut afin de ne pas être aperçu. Ils ont trois catapultes et des chars par dizaines, d'un genre que je ne connais pas. C'est une armée disciplinée, qui progresse vite.

– La cavalerie est-elle importante ? demandai-je.

– Elle l'est.

– Minze alors ! fit Dizir.

Il y eut un silence ; les seigneurs échangèrent des regards.

– Lidarendi sera mis à sac si nous ne faisons rien !

– Je sais combien tu tiens à ta ville, Vestmarr, dis-je. Mais Lidarendi est sis au milieu d'une vaste plaine où l'ennemi pourra déployer son armée bien supérieure en nombre. Nous aurions tout à perdre à nous battre en ces lieux.

Sans que j'eusse besoin de le lui demander, Njall déplia une vaste carte de notre pays, qu'il posa à même le sol. Tous les hommes présents formèrent cercle autour du parchemin.

– Akrar, prononçai-je, indiquant l'endroit avec le doigt. D'un côté, les contreforts des Monts Jaunes, de l'autre, le

Fleuve aux Saumons. Entre les deux, une zone étroite, qui va en se rétrécissant – un entonnoir. C'est là, après avoir pris le temps de préparer le terrain en creusant des tranchées, en enfonçant des pieux, que nous affronterons Hakon. À la guerre, choisir son champ de bataille est l'une des clés du succès.

Entendant cette phrase, Jaglavok sourit – car, bien entendu, elle était de lui. Il se tenait dans un coin, frottant mes bottes de feutre avec l'air appliqué du parfait subalterne.

Vestmarr triturait nerveusement sa barbe.

– Alors tu abandonnes Lidarendi. C'est décidé…

– La ville et ses richesses, oui. Quant aux habitants qui n'ont pas encore fui, tu vas leur envoyer un message pour leur ordonner de partir. Ils te respectent ; ils t'écouteront.

– Certains resteront envers et contre tout, dit Ghizur.

– Ce plan est lâche ! gronda Vestmarr.

Un murmure approbateur accueillit ces propos.

Tandis que Njall repliait la carte, je passai machinalement l'anneau Lik sur mes lèvres.

– Que disais-tu de mon plan, Vestmarr ?

Je m'avançai vers lui et plongeai mon regard dans le sien. Il lutta, résista une pleine seconde, avant de baisser les yeux.

Il fut le premier à sortir.

Njall, Svartog et Dizir connaissaient la véritable fonction de Jaglavok. Quand les trois seigneurs eurent quitté ma tente, mon conseiller en stratégie critiqua mon attitude :

– Tu as du ressentiment envers ces hommes parce qu'ils t'ont d'abord contesté le pouvoir. Je comprends cela, mais tu devras apprendre à te montrer plus diplomate.

– J'ai essayé de les convaincre ! me défendis-je. Je leur ai expliqué nos raisons, qui sont évidentes.

– Tu leur as parlé de manière péremptoire, avec morgue ; ce n'est pas malin. Et puis tu as humilié ce Vestmarr « en faisant plier la lame de ses yeux », comme disent les poètes. Erreur ! Tu t'es fabriqué un ennemi dans tes propres rangs.

– Il me détestait déjà.

26
LE LUTTEUR ROUX

En campagne, le roi Harald avait l'habitude de se mêler à ses guerriers. Cet homme en général si froid changeait comme par magie, devenant familier et sympathique. Il plaisantait, chantait autour du feu, racontait ses souvenirs de batailles. Ainsi se faisait-il aimer, ainsi parvenait-il à créer une atmosphère de franche camaraderie, idéale dans une armée, pourvu que la discipline demeure intacte.

Pour suivre l'exemple de Harald, il me faudrait forcer ma nature. Certes, je n'étais plus timide comme au temps de mon enfance, loin s'en faut – mais je restais quelqu'un de réservé, sauf avec mes amis. L'idée de parcourir le camp pour taper dans le dos des hommes, lâchant ici et là une boutade virile, ne me souriait guère, je l'avoue. Pourtant, j'étais décidé à forcer ma nature.

Accompagné de Njall, de Dizir et de mes amis demi-hirogwars, Svartog et Jaglavok, je quittai ma tente en arborant un large sourire. La nuit claire était agréablement fraîche. Le camp gigantesque retentissait de voix, de rires, de hennissements. Mes narines furent assaillies par une odeur caractéristique, qu'on n'oublie jamais, l'odeur de l'armée : mélange de sueur, de fumée, de graillos, de cuir, de crottin…

J'allais au hasard, d'un groupe à l'autre ; les guerriers, jeunes et moins jeunes, m'accueillaient par de joyeuses exclamations. Je m'asseyais un moment parmi eux, m'enquérant de leurs noms et ascendance, demandant de quel village ils venaient. Au début, ma tunique d'or les impressionnait, et ils se montraient un peu embarrassés de ma présence. J'essayais d'être le plus naturel possible ; je buvais un coup, écoutant Dizir relater un ancien fait d'armes. Le demi-troll, à l'aise en toutes circonstances, parvenait à captiver tout le monde, et l'ambiance se réchauffait.

Lorsque je jugeais être resté assez longtemps dans un groupe, je me levais et nous partions ailleurs recommencer notre entreprise de séduction. Je pris rapidement de l'assurance et, me souvenant de mon père parmi ses amis, je parvins à copier son attitude. Je marchais différemment, comme un jeune ours, m'exprimais de manière directe ; mon rire, prompt à se déclencher, montait du ventre : « Ho ! ho ! ho ! »

Svartog et Jaglavok observèrent ma petite métamorphose avec amusement et, pour le second, avec satisfaction. Savoir se faire apprécier de ses troupes est une des qualités du chef de guerre, m'avait-il déclaré, ajoutant ceci :

– Quand l'affection fait défaut, le respect n'est jamais entier.

Une bande d'Updalois, surtout des jeunes, s'amusaient à combattre à mains nues dans un grand espace carré délimité par des feux. Cris d'encouragement, grognements des lutteurs, sons de tambours trolls : le vacarme était grand. Je m'approchai de l'attroupement avec discrétion. Gagné par l'excitation générale, je me mis à hurler avec les spectateurs. Personne ne faisait attention à moi, et je goûtai un moment le plaisir de me fondre dans la foule comme un anonyme.

– Jarlal, ô jarlal !

J'étais repéré ; tout s'arrêta à cause de ma présence.

– Poursuivez, dis-je. Surtout, continuez !

Les lutteurs, obéissant aussitôt, se jetèrent les uns contre les autres. La face rouge, le torse couvert de traces de même couleur, ils s'agrippaient, se poussaient avec une fougue désordonnée. Je ne connaissais rien, ou peu de chose, au combat sans armes, mais je jugeai que tout cela manquait d'art.

– Quel gâchis ! estima Svartog à côté de moi, la pipe au bec. On dirait des bêtes.

– Voilà qui n'est pas aimable pour les bêtes, dit Jaglavok. Celles-ci s'affrontent de manière beaucoup plus intelligente. Avez-vous jamais observé une bataille de chats ? C'est plein de ruse et d'habileté.

Un gaillard imberbe, plus roux que Ketill, roula jusqu'à nos pieds. Il se releva rapidement et me lança un regard plein d'assurance.

– Voudrais-tu te défouler avec nous, ô mon jarlal ?

Il arracha une touffe d'herbe et la jeta à mes pieds, indiquant par là qu'il voulait se mesurer à moi.

– L'effronté, grogna Njall. Si tu me le permets, je vais lui donner une leçon dont il se souviendra.

Il ôtait déjà sa tunique pour aller secouer le jeune homme, mais je l'arrêtai. Des dizaines d'yeux étaient posés sur moi, attendant ma réaction, et je n'avais aucune envie de paraître lâche en laissant quelqu'un se battre à ma place.

– Comment t'appelles-tu ? demandai-je au rouquin.

– Dyri, ô mon jarlal.

– Eh bien, Dyri, mon ami, j'accepte ton invitation.

Svartog m'aida à enlever ma tunique d'or, qu'il passa ensuite à Jaglavok, lequel la reçut en prenant un air des plus cérémonieux.

Je m'avançai torse nu sur le terrain de lutte, et tous les autres combattants s'arrêtèrent net.

– Le jarlal va se battre ! entendait-on. Il va affronter Dyri !

Ce dernier m'attendait, tout sourire, les mains sur les hanches. Il devait avoir à peu près mon âge ; c'était un garçon costaud, aux muscles enrobés d'une bonne couche de graisse. Certainement plus fort que moi, il était sans doute moins rapide, c'est ce que je me dis – un jugement hâtif, comme je devais l'apprendre à mes dépens.

Dans la lutte fizzlandaise, le but est de jeter l'adversaire au sol, de l'immobiliser grâce à une prise pendant que les spectateurs comptent jusqu'à huit. Chaque fois qu'un combattant réussit cela, il gagne un point. Il faut trois points pour remporter une manche, et un combat se joue en trois manches.

Je n'ai jamais beaucoup pratiqué la lutte, et pourtant je n'avais pas peur de me ridiculiser. Les quelques bols d'hydromel que j'avais bus, l'ambiance chaleureuse du camp, l'excitation de ma jeunesse – tout cela faisait de moi le plus insouciant des chefs.

Dyri gagna les trois premiers points, et donc la première manche, assez facilement. Il était vif, possédait une poigne de fer. D'une extrême souplesse, il échappait à mes mains chaque fois que je tenais l'un de ses membres.

– C'est une anguille, ma parole ! pensai-je.

À ce moment, j'étais quelque peu dégrisé et fort honteux de ma prestation.

Il remporta le premier point de la deuxième manche avec difficulté, car je commençais à me réveiller. Son point faible était le souffle, aussi le fis-je voyager, tourner sur lui-même. Prolonger les affrontements le plus longtemps possible devint ma tactique, peu glorieuse, je le reconnais – mais je n'en avais pas d'autre.

Je gagnai mon premier point ; l'assistance, plutôt silencieuse, poussa alors une clameur joyeuse.

Reprenant confiance, je me souvins de certaines prises de jambe que Dizir m'avait enseignées autrefois. Elles ne furent pas faciles à exécuter, car Dyri avait des mollets d'acier et un excellent équilibre.

Je remportai la deuxième manche trois points à deux, à grand-peine, sous le regard sévère de Jaglavok.

J'espérais que Dyri, qui soufflait comme un bœuf, fléchirait dans la dernière manche, mais il n'en fut rien. Il retrouva même une nouvelle énergie, que je parvins heureusement à contenir de façon honorable.

Je me sentais plein de vigueur et de lucidité ; Dyri se montrait entreprenant et roublard. Nous nous retrouvâmes à deux points partout. L'assistance formait un cercle autour de nous, véritable enceinte de corps surexcités. Sifflements et vociférations emplissaient la nuit.

– Allez, Bjorn ! lança Svartog.

– Fais-lui mordre la pouzière ! glapit Dizir.

J'aperçus Jaglavok qui, se haussant sur la pointe des pieds, parlait à l'oreille du demi-troll.

Dyri s'élança comme un fou, j'esquivai, l'attrapai par le

cou et le projetai en avant. Il fit un vol plané impressionnant et tomba lourdement sur le plancher des vaches. Plus rapide que l'éclair, je sautai sur lui et, lui enfonçant un genou au bas de l'échine, attrapai ses deux bras. La face rubiconde, il ahanait en se débattant comme un beau diable.

– Un… deux… trois… compta la foule.

Je n'avais aucune difficulté à maintenir mon adversaire au sol ; ses mouvements, spectaculaires, étaient parfaitement inefficaces. Si bien que je commençai à me poser des questions…

– … quatre… cinq… six…

– Je suis vaincu ! gémit Dyri.

– … sept ! HUIT !

Une clameur retentit ; je libérai le rouquin.

Il s'assit, frotta ses muscles endoloris avant de se relever en grimaçant.

– Est-ce que tu ne m'aurais pas un peu offert ce dernier point ? demandai-je à mi-voix, tandis que nous nous serrions la main.

– Le jarlal ne saurait perdre, murmura-t-il, une étincelle brillant au fond de son œil. Cela ne se peut pas.

Je souris ; il n'était pas besoin d'en dire plus.

Dizir vint m'apporter une cruche d'eau, que je vidai à grands traits.

– Tu es décoiffé, déplora-t-il.

Il sortit un peigne de sa manche et se mit à me peigner devant tout le monde, ce que je trouvai assez gênant. À présent que j'étais jarlal, le demi-troll se souciait de mon apparence.

27
LA DÉMONSTRATION

– Et zi Bjorn filz d'Érik nous montrait à prézent ze qu'il vaut l'épée à la main ? Est-ze que quelqu'un, parmi les zeunes zens qui zont izi, voudrait ze mezurer à lui ? demanda Dizir à la cantonade.

Après un instant d'hésitation, plusieurs bras se levèrent.

– Moi ! Moi ! criait-on de toute part.

– Qu'est-ce qui te prend ? soufflai-je.

– Za leur fera plaizir de te voir à l'œuvre, répondit Dizir d'un ton badin.

J'avais laissé Tyrfing dans la tente, aussi demandai-je à Njall de me prêter son épée ; il accepta à contrecœur, car il n'aimait pas se retrouver désarmé.

J'allai me placer au centre du terrain de lutte. J'étais un peu contrarié par les façons de Dizir, qui avait en quelque sorte disposé de ma personne sans me consulter, mais je décidai de faire bonne figure.

Je m'étais versé de l'eau sur le corps ; Svartog m'avait glissé un bout de galette dans la bouche. Je dois dire que je me sentais tout ragaillardi et sûr de moi. L'épée de Njall, légère, à manche court, me plaisait assez : je l'avais bien en main.

Un jeune homme s'avança. Mince, l'air sagace, il pointait sa lame droit devant, comme le font les combattants de la nouvelle école en début d'affrontement. Il se révéla rapide, sa technique était quasi irréprochable, et il ne manquait pas d'élégance. Malgré cela, je ne mis pas longtemps à le déstabiliser. Il n'avait pas porté trois attaques que, déjà, son épée lui échappait.

– Ma parole ! s'exclama-t-il.

Il ramassa son arme sous les bravos qui m'étaient destinés, me remercia, s'inclina avant de laisser la place au candidat suivant.

Plus vieux que le précédent, aussi grand et large que Dizir, mon deuxième adversaire se montra fougueux, entreprenant du début à la fin. Nos lames se choquèrent une dizaine de fois, guère plus, et il se retrouva avec ma pointe sur le ventre, battu.

Il prit sa défaite joyeusement, en me remerciant avec chaleur :

– Quand je dirai à mon père que j'ai croisé le fer avec Bjorn le Morphir, notre jarlal, il ne voudra pas me croire !

Je ne me souviens plus combien de guerriers m'affrontèrent ce soir-là ; ils furent nombreux, de cela je suis sûr !

Vestmarr la Dent, qui assistait à ces assauts, semblait attendre son tour ; je crus vraiment qu'il allait venir me défier, mais il s'en abstint finalement.

Je gage que tous les jeunes hommes du camp auraient tenté leur chance si Dizir n'avait mis fin au spectacle, décrétant qu'il serait bientôt temps pour tout le monde d'aller se coucher.

Dyri, le rouquin, se présenta en dernier, armé d'une lourde épée à manche long, faite pour la prise à deux mains.

Tout jeune qu'il était, Dyri se battait à l'ancienne, à grands coups puissants. Son escrime, simple, facile à lire, me rappela celle de Ketill. Il devait tenir sa technique d'un homme de la vieille génération, pour sûr !

Les occasions de toucher Dyri, et même de le faire lâcher son épée, ne me manquèrent pas. Mais j'avais décidé de ne pas brusquer les choses. Le duel amical dura plus longtemps que tous les autres, et Dyri fils de Thorarinn (tel était son nom complet) suscita du coup l'admiration générale. Il en retira un grand prestige auprès de ses compagnons de centaine.

Je finis tout de même par trouer sa garde, mettant fin ainsi à cette soirée mémorable.

Dyri s'inclina jusqu'au sol ; il me remercia avec un sourire entendu, preuve qu'il n'était pas dupe et savait que j'avais fait durer le plaisir.

– Bonne épée, dis-je à Njall en lui rendant son bien.

– Elle est signée Ulf le Brûlé.

– Je m'en doutais.

De l'atelier d'Ulf le Brûlé, le plus réputé de la capitale, sortaient des armes fines et légères, maniables, appréciées des hommes de moins de trente ans pratiquant une escrime raffinée.

J'allai reprendre ma tunique des mains délicates de Jaglavok.

– Est-ce toi qui as suggéré à Dizir de proposer cette petite… représentation ?

– En effet, avoua mon conseiller secret. Tu t'étais montré plutôt moyen à la lutte. Il fallait tout de suite rattraper cela, car ton prestige aurait pu en souffrir. Et je dois dire que ta prestation fut au-delà de mes espérances.

Tu es un fameux escrimeur, Bjorn fils d'Érik. Aucun de ces jeunes guerriers, même le meilleur, ne t'arrive à la cheville.

– Je possède une expérience qu'ils n'ont pas. J'ai affronté des adversaires de taille, dont le prince Dar, qui m'ont beaucoup appris.

– Z'ai été zon premier profezeur, se vanta Dizir.

– Et moi j'ai eu sa vie au bout de ma lame, dit Svartog avec un clin d'œil.

Il faisait bien sûr allusion à notre duel chez Benok, sur la terrasse. L'espace d'un instant, je repensai à ce jour lointain où, après un combat, nous étions devenus amis pour la vie.

Je sautai sur un chariot à vivres et, prenant une voix mâle, je saluai mes hommes :

– À demain, mes amis ! Reposez-vous, dormez comme des enfants, car la fatigue est l'ennemie du guerrier… Fizzland !

– FIZZLAND ! firent cent voix en écho.

Un cri qui, repris par le camp tout entier, déchira la nuit comme un coup de tonnerre. Je gage qu'on nous entendit à des lieues à la ronde.

Nous regagnâmes la tente. J'étais entouré par les demi-hirogwars, le grand et le petit, tous deux fumant la pipe. Njall allait en tête, l'œil aux aguets, Dizir fermait la marche.

Je me sentais fatigué, exténué même, et plutôt content. La présence de compagnons fidèles et d'un conseiller habile m'avait aidé à surmonter cette journée. Je n'avais pas demandé à devenir jarlal. Je me trouvais trop jeune et inexpérimenté. Il y avait quelques heures de cela, j'aurais payé cher pour rendre ma tunique d'or. Maintenant, c'était différent.

J'embrassai furtivement l'anneau Lik, geste qui n'échappa pas à Jaglavok.

J'étais décidé à prendre mon rôle à bras-le-corps, à assumer mes immenses responsabilités. On ne refuse pas son destin !

« Je suis Bjorn le Morphir ! » pensai-je avec orgueil.

– Attention, Bjorn ! me souffla Jaglavok.

– Quoi ?

– Je lis de la fierté sur ton visage. Tu es grisé...

– J'ai soudain confiance. Est-ce mal ?

– La confiance, c'est bien. Mais il faut rester humble. Toujours.

Ayant dit, il tira sur sa pipe de cuivre, objet qu'il avait reçu autrefois d'un chef toundour : « Puf, puf ! »

Des hommes de la horde étaient en faction devant ma tente ; l'un d'eux se détacha du groupe pour venir me parler à voix basse :

– Une demoiselle a apporté ça pour toi, ô mon jarlal.

Et il me tendit un bout de parchemin.

28
LA VISITEUSE

Le message disait: «Je suis là. Je viendrai te voir à l'heure du renard. Sigrid.»

L'heure du renard est celle qui précède le chant du coq. Je prévins Njall que ma fiancée, Sigrid fille d'Ull, me rendrait visite à une heure indue, nouvelle qu'il accueillit avec un sourire entendu.

– Tu la laisseras entrer, dis-je, plutôt inutilement.

– Certainement, ô mon jarlal, répondit-il.

Mes compagnons partagèrent ma tente. Dizir s'endormit le premier, bientôt suivi de Jaglavok. Le silence tomba au-dehors, sur le vaste camp, rompu de temps à autre par un éternuement, un bruit de sabot ou encore le cri lointain d'un rapace nocturne. Il y avait aussi le léger «froup, froup» de la toile de tente battant au vent.

Svartog avait les yeux ouverts (il ne s'endort jamais aisément); je lui demandai d'approcher sa couche de la mienne.

– Je ne trouve pas le sommeil, murmurai-je.

– Je m'en doute. Elle va venir!

J'acquiesçai.

Il déplaça un petit coffre de campagne, s'y adossa, puis alluma sa pipe avec les gestes précis, immuables du fumeur expérimenté.

L'odeur qui se répandit me parut légèrement nauséabonde.

– C'est un nouveau tabac ?

– Une herbe à brûler venue des steppes de l'Est, m'informa Svartog. Un présent de Jaglavok. Elle est corsée, parole d'hirogwar !

Notre amitié était telle que la gêne n'existait plus entre nous. Nous n'avions pas besoin de parler ; nous trouver côte à côte en silence ne nous posait aucun problème. De manière générale, j'ai toujours apprécié les gens qui savent se taire en bonne compagnie.

Chacun dans ses pensées, nous n'en goûtions pas moins la présence de l'autre. Et lorsqu'une idée valait la peine d'être partagée, elle était énoncée à voix basse, donnant lieu à une petite conversation – ou bien non. Je me souviens que nous évoquâmes Ketill, Maya, et bien sûr la bataille imminente. La guerre est toujours une tragédie, même pour le vainqueur ; ni Svartog ni moi ne nous bercions d'illusions.

– Jaglavok est un drôle de petit bonhomme, chuchota Svartog en regardant du côté de mon conseiller endormi. Je commence à l'apprécier.

Il bâilla.

– Où est ton faucon ? demandai-je.

– Il chasse… Tiens, tiens. Je crois que je suis prêt pour un roupillon. Je te laisse, Bjorn, si tu n'y vois pas d'inconvénient.

Il vida sa pipe et emporta sa couche à l'autre bout de la tente, par discrétion : afin que je dispose de toute l'intimité voulue quand Sigrid serait là.

J'entendis la voix de Njall à l'extérieur. J'écoutai avidement, m'attendant à voir paraître ma fiancée, mais je fus déçu. Je me retournai plusieurs fois sous ma peau d'ours.

L'odeur féroce de l'herbe à pipe imprégnait l'air. Je pestai mentalement contre Jaglavok, avant de sombrer d'un coup dans un sommeil sans rêves.

C'est elle qui me réveilla : ma Sigrid ! Elle me secouait l'épaule ; son visage était au-dessus du mien, grave et beau, délicieusement parfumé.

Je l'attirai à moi et nous nous embrassâmes avec un léger trouble.

– Ô mon jarlal, souffla-t-elle en reprenant haleine.

Elle me dévisagea, sembla scruter le fond de mon âme, comme pour vérifier que j'étais toujours le même Bjorn qui l'avait quittée deux jours plus tôt. Visiblement rassurée, elle me gratifia de son plus beau sourire. Sous son œil gauche, la petite fossette apparut, faisant fondre mon cœur.

– Qui est le guerrier devant ta porte ? Le blond.

– Njall le Hardi, murmurai-je.

– Je m'en doutais. Est-il vrai qu'il va se fiancer à Helga fille de Ghizur ?

– On le dit.

– Quoi ? Tu n'en sais rien, toi, le jarlal ?

– Chut ! intimai-je. Pas si fort.

Je la repoussai doucement afin de pouvoir la contempler dans la pâle clarté de notre abri. Elle portait une tunique de laine avec des parties en cuir, un pantalon damassé et une large ceinture d'homme. Un bracelet d'archer, clouté, assez laid, enserrait son poignet.

– C'est la fameuse tunique d'or ? demanda-t-elle.

Le vêtement sacré, suspendu à une barre de bois, était

accroché à un pilier. L'or de son étoffe lançait des feux subtils qui avaient attiré le regard de ma fiancée.

– C'est elle, oui. L'œuvre des elfes.

Sigrid frissonna d'aise.

Je défis ses tresses, car j'aimais voir ses cheveux libres, tombant en pluie sur ses jolies épaules.

Il y eut d'autres baisers, une étreinte silencieuse, encore des baisers. Sigrid... Ses gestes posés, délicats, ne ressemblaient en rien à ses façons habituelles. Elle ne jouait plus. L'idée de me chatouiller, de me mordre l'oreille, ne lui serait jamais venue cette nuit-là. Et moi aussi j'étais différent. Notre amour devenait momentanément une passion empreinte de gravité, presque douloureuse. Nous avions déjà connu cela, à l'approche du danger, quand la mort planait au-dessus de nous.

Un coq chanta au loin.

– Je vais devoir partir, souffla Sigrid.

– Déjà ?

– Je ne veux pas que mes compagnes de centaine me voient revenir. Je désire éviter les questions.

– Mais...

– Elles ne savent pas qui je suis. Pour elles, je suis Gudrun. Si elles apprennent que je suis ta fiancée, la fiancée du jarlal, elles ne seront plus naturelles avec moi. Il y aura une distance, tu comprends ?

– Je comprends.

Une main, probablement celle de Njall, souleva un coin de la tente pour laisser entrer Sól. L'oiseau tenait dans son bec un rat des champs, qu'il alla déposer près de Svartog.

– Ton maître dort, faucon, dit Sigrid. Ne le réveille pas !

Accroupie, elle commença à refaire ses tresses. Son petit air sérieux tandis qu'elle accomplissait cette tâche me donna envie de me jeter sur elle pour la couvrir de caresses, mais je me retins.

– Je t'ai vu lutter tout à l'heure contre un gros garçon qui ressemble un peu à Ketill. Il pourrait être son fils.

– Tu étais là!

– Oui. Je me cachais bien… Qui est ce nain hirogwar qui tenait ta tunique? Je ne le connais pas.

– Jaglavok, couturier de son état. Il dort de ce côté. Officiellement, il prend soin de mes habits. En réalité, il me conseille pour la guerre.

– Pourquoi cacher l'aide qu'il t'apporte?

– Ma stratégie n'est pas bien acceptée. Si on savait qu'elle m'est soufflée par un couturier hirogwar, elle le serait moins encore.

Le coq chanta encore, détournant l'attention de Sigrid.

– Je dois vraiment y aller, mon amour!

Elle se leva d'un bond, se rajusta et sortit après avoir piqué un baiser sur mon front.

Je l'entendis échanger deux mots avec Njall, puis ce fut le silence.

29
ILS COUPENT LES TÊTES

Le 10 mai, jour de l'anniversaire de Svartog-Longs-Bras (il avait tout juste trente ans), nous longions le Fleuve aux Saumons, majestueux cours d'eau parsemé d'îlots. Des centaines nous rejoignaient, arrivant des villages du Haut-Midfjord, si bien qu'en début d'après-midi l'armée comptait quelque 4000 hommes.

Je ne me lassais pas de contempler cette multitude pleine d'entrain. Les pas des hommes et ceux des chevaux résonnaient sur la terre de mon pays menacé, excitant l'ardeur de tous et l'envie d'en découdre. Les casques et les cottes de mailles brillaient de reflets argentés, comme les armes : épées longues, scramasaxes, haches, lances de jet, hallebardes…

Njall était de bonne humeur, car nous avions reçu des nouvelles du roi, dont l'état n'avait pas empiré. Le message d'Einar le Savant laissait même entendre que Harald allait mieux – un tout petit peu mieux.

– Quelle radieuse journée ! s'exclama le chef de la horde, dont la belle chevelure ondoyait au vent.

Je lui souris du haut de mon dragon, qui semblait lui aussi gagné par une sorte d'allégresse attestée par la longueur de ses foulées et la puissance de son bruit intérieur : « Grôôô ! Grôghdôôô-ô-ô ! »

Soudain, des voix entonnèrent un chant. C'était le fait d'une centaine de jeunes guerriers qui avançaient seulement quelques rangs en arrière de moi. Les paroles de la chanson étaient les suivantes :

Il est un gars normal
Notre nouveau jarlal
Lorsqu'il lutte à mains nues.
Mais quand l'heure est venue
De jouer de la lame,
Ses adversaires s'exclament
En pliant les genoux :
« Il est trop fort pour nous ! »

– Ce n'est pas du Ketill le Rouge, mais c'est bien sympathique, commenta Svartog, qui avait repris sa place sur le dos de Gaefa.

– Z'adore ! fit Dizir.

À part moi, par modestie, et les grands seigneurs, parce que leur humeur restait morose, tout le monde reprit la chanson. Elle n'avait rien d'admirable, avec sa mélodie élémentaire, quasi indigente ; pourtant elle me donna la chair de poule. Peu importe la qualité du chant quand il est entonné par des milliers de voix !

Plus tard, je voulus savoir qui était l'auteur de la chanson.

– Je vais me renseigner, dit Njall en tirant sur ses rênes.

Il revint bientôt avec un homme à pied, un jeune guerrier bien en chair, à la chevelure de feu.

– Dyri ! C'est toi le coupable, m'exclamai-je en riant.

– Oui, en effet.

– Je suppose que tu n'es jamais monté sur un dragon.

– Non, ô mon jarlal. J'ai caressé Krorr, il y a des années de cela, à la capitale. Le roi passait dans la rue et il a appelé les enfants qui se trouvaient là pour qu'ils puissent admirer de près le dragon royal. Un grand souvenir !

Je me penchai et lui tendis le bras.

– Monte, dis-je.

Le visage de Dyri s'éclaira ; il saisit ma main et se hissa jusqu'à la selle-siège, bien assez grande pour nous deux.

N'en revenant pas d'être là, assis au sommet de Krorr, il resta silencieux. Je l'entendais dans mon dos qui prenait de longues bouffées d'air, comme un homme cherchant à calmer son émotion.

Dyri fils de Thorarinn avait grandi à Updala ; son père, un potier de renom, était mort l'année précédente. Il vivait avec sa mère, une femme qu'il vénérait et qui devait se montrer aimante, elle aussi, car Dyri débordait de ce bonheur de vivre particulier à ceux qui n'ont jamais manqué d'affection. Nous discutâmes à bâtons rompus, de mille choses bien éloignées de la guerre. Il me parla de ses frères et sœurs ; je l'imitai ; il me fit l'éloge de son père disparu ; je vantai les qualités d'Érik fils de Sigur...

Dyri avait dix-sept ans, soit deux années de plus que moi, et pourtant je me sentais vieux à côté de lui. Après un moment de conversation, il me sembla le connaître parfaitement. Sa personnalité ne recelait aucune zone d'ombre, et sa façon d'envisager la vie, les hommes, se révéla d'une simplicité rafraîchissante. Il était bon, enthousiaste, candidement heureux – et pas bête pour autant ! Je pris un grand plaisir à voir le monde à travers ses yeux. L'espace d'une heure, je me sentis plus jeune et insouciant que je l'avais jamais été, même au temps de mon enfance.

Nous nous connaissions à peine, et déjà nous étions amis. C'est ainsi que Dyri osa me poser une question qui lui brûlait les lèvres :

– Pourquoi ne pressons-nous pas l'allure, ô mon jarlal ? Certains disent que c'est indigne de notre armée de laisser l'ennemi saccager la bonne ville de Lidarendi. Pardonne ma franchise, ô mon jarlal !

– Qui dit cela ?

– Tout le monde. Enfin, beaucoup de guerriers… Tu n'es pas fâché que…

– Non. Je suis même heureux que tu abordes le sujet.

Et je me mis à expliquer ma stratégie à Dyri fils de Thorarinn. Je me montrai éloquent, bon pédagogue. Il m'écouta religieusement, en répétant comme un élève les phrases qui avaient valeur de loi : « À la guerre, choisir son champ de bataille est l'une des clés du succès – Un chef doit savoir faire des sacrifices – Seule compte la victoire finale et définitive sur l'ennemi du royaume… »

Je ne me vante pas en écrivant ceci : lorsque Dyri descendit de Krorr pour rejoindre sa centaine, je l'avais complètement gagné à ma cause. J'escomptais secrètement qu'il se ferait, au sein de son groupe, l'avocat de ma stratégie, et c'est bien ce qui arriva. En quelques heures, les idées de Jaglavok se répandirent dans l'armée ; la stratégie de mon conseiller secret fut comprise et approuvée par la plupart de nos hommes. J'avais marqué un point important à la veille d'une bataille fatidique.

Ce soir-là, alors qu'il se rendait au fleuve pour faire sa toilette, Jaglavok se vit aborder par un archer d'âge mûr, au visage couturé. Tout en se lavant, l'homme expliqua au demi-hirogwar les raisons pour lesquelles il eût été déraisonnable de se porter au secours de Lidarendi.

– À la guerre, choisir son champ de bataille est l'une des clés du succès, énonça l'archer pour conclure son discours.

– Tu m'as convaincu, dit Jaglavok, cachant son amusement.

Et c'est tout jubilant qu'il rentra dans notre tente à peine montée.

Le camp retentissait de bruits en tout genre, de rires et de cris. Des guerriers se présentaient devant moi à chaque minute, ou presque, escortés par Njall. Je devais répondre à leurs questions, donner des ordres. J'avais une tête comme un seau, à force !

Ghizur-Loup-Blanc vint me parler d'intendance et aussi d'une rixe qui avait eu lieu entre deux guerriers. L'un des bagarreurs était grièvement blessé et une sanction s'imposait.

– Je n'ai pas le temps, ni tellement l'expérience de ces choses, dis-je. Par les pouvoirs qui sont les miens, je te charge de cette affaire, Ghizur. Je suis certain que ton jugement sera juste et équitable.

Je lui tendis la main, et il baisa l'anneau Lik, cela afin de sanctifier le pouvoir que je venais de lui donner.

Ghizur fit mine de partir ; je le retins un moment, histoire d'échanger quelques impressions. Mon but était de retrouver un peu de notre ancienne complicité, mais il me vit venir, et demeura aussi raide qu'un piquet.

Njall le Hardi entra à ce moment avec un homme de la horde ; tous deux soutenaient un blessé, qui s'écroula littéralement à mes pieds.

– Il arrive d'un village au nord de Lidarendi, m'informa Njall. Tout brûle là-bas. Même les églises sont en feu !

Le malheureux claquait des dents ; il avait froid malgré la douceur de l'air. Sa poitrine, couverte d'un sang brun foncé, se soulevait et descendait dans un mouvement précipité.

– Ils… Ils…

– Bjorn fils d'Érik, notre jarlal, est là devant toi, dit Njall d'une voix compatissante. Parle, mon ami.

L'homme me dévisagea une pleine seconde, avec un air de reproche – ce fut du moins mon impression.

– Ils coupent les têtes ! souffla-t-il.

30
LA MESSAGÈRE

J'avais fait monter une table longue sur laquelle Jaglavok disposa des figurines de guerriers dont chacune correspondait à une centaine. Suivant leur couleur, les guerriers en bois représentaient des hommes à pied munis de l'épée ou de la hache, des hallebardiers, des archers ou encore des cavaliers. Des cailloux blancs figuraient les chars de l'ennemi.

Après le repas, nous jouâmes avec nos bonshommes sous l'œil intéressé de Svartog et de Dizir, qui ne se permirent aucun commentaire. Jaglavok dessina sur la table les endroits où il fallait creuser des tranchées; il imagina plusieurs façons de disposer nos forces, réfléchissant tout haut à leurs avantages respectifs. Les chars constituaient une menace sérieuse, mais il croyait bien connaître la parade.

Njall venait régulièrement m'apporter des messages, et chaque fois qu'il entrait son regard était attiré par la table. Je pense qu'il aurait aimé participer à la discussion, mais je n'y tenais pas: Jaglavok était une fois pour toutes mon stratège et mon tacticien, je voulais qu'il puisse se concentrer sans avoir à convaincre d'éventuels contradicteurs. Je lui fis moi-même peu d'objections, me contentant de l'interroger sur les raisons de ses choix, car je désirais comprendre à fond la tactique que j'allais mettre en œuvre.

Tandis que je déplaçais les figurines suivant les indications de mon conseiller, je ne pouvais m'empêcher de penser à Sigrid. Je l'avais cherchée du regard durant toute la journée, sans succès. Sa centaine devait probablement marcher à l'arrière de l'armée.

Vers minuit, Njall m'apporta un message de mon père ainsi formulé :

Ô mon jarlal,

Je suis à Jarnir avec mes recrues. Des femmes, des jeunots, des barbons, tous pleins d'entrain et de courage. Nous embarquons sur de vieux rafiots afin d'atteindre la frontière nord au plus vite. Nous ferons des escales et j'espère encore enrôler du monde dans les différents ports.

Jokall et les autres se moquent de moi parce que je parle de toi à tout bout de champ. C'est que je suis tellement fier de mon fils !

Que Godinn et Thor soient avec toi, ainsi que Raghorr le Terrible !

Érik

Je terminais à peine la lecture de ces lignes que le chef de la horde m'annonça une visite. Son expression troublée m'intrigua, et j'en compris la raison en voyant entrer Lala, la sœur de ma fiancée, dans une robe de velours sombre très ajustée au corps. Chevelure dénouée, interminable, silhouette mince et souple, démarche décidée typique des filles de l'Aggafjord, l'apparition avait de quoi émouvoir mon bon Njall.

– Lala ! s'exclama Dizir. Tu embellis chaque zour, ma parole ! Tu as dû en émouztiller plus d'un en traverzant le camp pour venir zuzqu'à nous.

Elle prit le compliment en souriant, secoua les cheveux de manière gracieuse, et aussitôt la tente fut envahie par un parfum de fleurs. Njall vacilla positivement sur ses jambes. À le voir dans cet état, je doutai de la profondeur de ses sentiments pour Helga fille de Ghizur.

Lala saisit ma main, qu'elle baisa avec respect.

– Jarlal ! dit-elle. Quel destin que le tien, Bjorn ! Je suis fière et heureuse pour toi.

Je me demandais ce qui l'amenait. Voulait-elle intégrer une centaine comme Sigrid ? Je l'imaginais mal tirant à l'arc ou maniant la hache, mais les apparences sont parfois trompeuses.

Je l'emmenai à l'écart, au grand dam de mes compagnons. Elle s'assit sur un tabouret ; je fis de même et nous nous dévisageâmes un instant.

– C'est la tunique d'or, n'est-ce pas ?

– L'œuvre des elfes, oui.

– Puis-je toucher ?

– Si tu veux, dis-je en tendant le bras.

Lala tâta l'étoffe d'or en fermant les yeux. Elle poussa un petit soupir de contentement.

– Sigrid est ici, tu le sais.

– Je ne l'ai pas encore vue. J'irai après. D'abord, je dois te transmettre un message, annonça Lala, tirant un parchemin de sa manche.

Njall, à qui elle n'avait rien demandé, lui apporta un bol d'eau. Elle le remercia d'un sourire.

– Il y a un an de cela, j'étais à Koy chez l'armurier

Benok, commença Lala tandis que le chef de la horde s'éloignait à contrecœur. J'y passais souvent quelques jours pour profiter de la ville, faire des achats. Un jour, un jeune seigneur est venu à l'armurerie pour acquérir une épée. C'était Arnorr fils de Karl.

– Le prince du Skudland !

– Oui. Et… nous avons sympathisé. Une amitié est née entre nous. Depuis lors, nous nous écrivons.

– Tu ne m'as jamais parlé de cela.

Lala haussa les épaules, signifiant par là qu'elle n'y avait pas songé, ou que l'occasion ne s'était pas présentée.

– J'ai reçu un message de Arnorr hier matin. Il y a des phrases qui te sont destinées.

– Quelles phrases ?

Lala déroula un parchemin et se mit à lire :

– *« Tu diras au fiancé de ta sœur que mon père lui envoie son amitié sincère. Malgré les apparences, nous ne prendrons pas part à la guerre. Nous avons été obligés, sous la menace, de nous déclarer les alliés du grêlé, mais nous demeurerons neutres dans les faits. »*

Hakon II du Ghizmark avait la peau abîmée suite à une maladie de jeunesse ; le « grêlé », c'était lui, sans aucun doute.

– Venez écouter ça, vous autres !

Njall, Dizir et les demi-hirogwars nous rejoignirent.

– C'est une lettre du prince Arnorr. Lala le connaît personnellement.

Je demandai à cette dernière de relire le message.

– Qu'en pensez-vous ? interrogeai-je lorsqu'elle eut fini.

– Cela confirme ce que nous pressentions, dit Jaglavok. Le roi Karl n'est pas favorable à la guerre. La mobilisation, là-bas, est d'une lenteur suspecte, ajouta-t-il à l'intention de Lala.

La jeune fille frissonna dans la fraîcheur nocturne. Njall courut lui chercher une peau de martre qu'il déposa sur ses épaules.

– Que sait-on au juste du roi Karl ? demanda Svartog. Correspond-il vraiment à sa réputation ? On le dit lettré, féru de musique et chrétien jusqu'au bout des ongles, si je puis m'exprimer ainsi.

– C'est un sage, déclara Lala. Et un souverain généreux. Depuis un an qu'il est sur le trône, il n'a cessé de se préoccuper des malheureux, des lépreux et autres indigents.

– Un zaint homme, zaprizti ! dit Dizir en riant.

– Ce n'est pas un faible pour autant : il a bravement repoussé une incursion des Vorages au printemps dernier.

– Eh bien, vive le roi Karl ! Zur ze, mes zamis, buvons z'un coup !

31
LA TERRIBLE NOUVELLE

J'avais chargé mon père de se rendre à la frontière skudlandaise et d'y installer plusieurs camps. Ses hommes, mêlés à des femmes et à des enfants déguisés en guerriers, devraient donner l'impression d'une armée gardant l'entrée du royaume. Ils allumeraient des feux, creuseraient des tranchées, montreraient une activité incessante, le but étant, bien entendu, d'impressionner les Skudlandais que nous espérions ainsi tenir à distance.

Il y avait lieu, à présent, de considérer les choses autrement. Le message du roi Karl nous rassurait sur ses intentions, et donc la mission de mon père devenait inutile. Or les 300 guerriers qu'il commandait représentaient une force non négligeable.

– L'armée de Hakon est deux fois plus nombreuse que la nôtre, rappela Jaglavok. Dans ces conditions, tu devrais rappeler ton père. Trois centaines peuvent changer l'issue d'une bataille.

Je suivis son conseil et envoyai un message à Érik dans plusieurs ports de la côte. Je lui ordonnais d'abandonner sa mission et de rejoindre l'armée de Koy, qui descendait en ce moment vers le sud-ouest pour prendre l'ennemi à revers. Une dizaine de parchemins, emmenés par des faucons, partirent en cette soirée du 10 mai. Le destin voulut que mon père n'en reçût aucun.

Lala partit saluer sa sœur « Gudrun », avant de rentrer à Morphirskali, où le travail ne manquait pas. Je dormis comme un bébé de minuit à l'heure du renard, où ma fiancée me rejoignit. Nous passâmes ensemble un moment trop court.

Lorsque, souple et silencieuse comme une louve, elle quitta ma couche, je la retins par le bras.

– Attends, chuchotai-je. J'ai un cadeau pour toi !

Je lui offris le collier de coquillages que j'avais acheté au marché d'Updala. Elle le passa à son cou et le cacha soigneusement sous sa tunique.

– Il me portera bonheur ! souffla-t-elle.

L'armée s'ébranla au petit matin, dans un léger brouillard. Les hommes, rassasiés (on ne dira jamais assez l'importance de bien nourrir une armée), marchaient avec entrain, bien que les jeunes visages eussent en partie perdu l'insouciante gaieté de la veille. Des images de la bataille, où la gloire espérée luttait contre l'idée d'une mort possible, hantaient leurs pensées.

– Nous fîmes halte à la mi-journée, près d'un grand rocher en forme de crâne. Je donnai à Krorr sa pitance avant de penser à la mienne. J'étais occupé à enfourner un quartier de bœuf dans sa gueule avide, lorsqu'on m'annonça que l'ennemi avait passé devant l'enceinte de Lidarendi sans s'attaquer à la ville. Je ressentis un immense soulagement ; les hommes, mis au courant, exprimèrent leur joie par des clameurs.

Jaglavok, assis sur une pierre, fumait son herbe des steppes, l'air préoccupé.

– Tu en fais une tête! dis-je. Aurais-tu préféré que Hakon rase la bonne ville de Lidarendi?

– Je t'avoue que oui, répondit-il, regardant alentour pour s'assurer que personne n'entendait ses paroles sacrilèges. Attaquer Lidarendi eût été une perte de temps et d'énergie. En y renonçant, Hakon II a montré qu'il connaissait sa priorité, qui est d'anéantir notre armée.

– S'il se soucie avant tout de nous rencontrer, pourquoi avoir perdu du temps à brûler tous ces villages?

– C'étaient des proies faciles. Et l'occasion pour lui et ses guerriers de commettre des actions affreuses, supposées impressionner nos hommes et notre peuple.

– Elles n'ont fait qu'attiser notre haine et notre envie de vaincre.

Nous levâmes le camp rapidement. Maintenant que nos ennemis déferlaient sur nos terres, il s'agissait d'arriver avant eux à Akrar. Il ne serait plus question de repos avant que nous fussions parvenus sur le terrain de la bataille. Car il ne s'agissait pas seulement de prendre position: il fallait aussi préparer les lieux.

L'atmosphère grave, recueillie, de l'avant-midi avait tout à fait disparu. Les hommes riaient, plaisantaient, semblables à des gamins partant à la pêche. J'observais ces changements d'humeur de mon armée avec intérêt, en m'efforçant pour ma part de conserver l'équanimité qui sied à un chef.

L'euphorie générale retomba d'un coup lorsque survint un événement inattendu. Nous avions, comme toute armée, une mascotte, un animal porte-bonheur. Il s'agissait d'un taurillon nommé Trois-Taches. Facétieux et plein de vie, il refusa tout à coup d'avancer et se coucha sur le flanc. Il mourut peu après, sans doute d'un encombrement de boyaux. Cet incident, interprété comme un mauvais présage, atteignit durement le moral des troupes.

Les guerriers, surtout les anciens, commencèrent à scruter le ciel à la recherche d'autres signes alarmants. Le malheur voulut qu'un nuage énorme prît quelques instants la forme d'une épée brisée ; tout le monde le vit, et l'inquiétude s'intensifia.

Dans ces cas-là, le comportement des chefs est crucial. J'affichai la plus grande confiance, me forçant à plaisanter et à rire avec tous ceux qui m'approchaient. Ghizur longea plusieurs fois, au galop, l'interminable colonne que formait notre armée en brandissant Ogresse des Batailles, sa célèbre hache incrustée d'or et d'argent.

– Fizzland ! Fizzland ! hurlait-il.

L'exemple de son exaltation guerrière, associée à la vision d'Ogresse des Batailles brillant comme un soleil, redonna du courage à l'armée. Et quand Bardi le Borgne, un peu plus tard, entonna l'*Hymne des combattants* – « Quand l'homme s'en va en guerre/Sous le soleil d'été… » –, tout le monde chanta avec lui.

Vestmarr la Dent donna de la voix, lui aussi, mais sans se départir de son air supérieur. Par l'attitude de son corps, le moindre de ses gestes, il semblait dire : « Je désapprouve absolument la façon dont cette campagne est menée. »

Akrar n'était plus qu'à une lieue. D'après nos estimations, l'ennemi ne serait pas là avant de nombreuses heures. Les hommes allaient le menton haut, rassérénés, confiants. En somme, les choses se présentaient sous un jour favorable.

Je me revois contemplant la plaine du Midfjord, les bosquets d'arbres en fleurs, les fermes, les pâturages… Du haut de ma monture royale, je dominais tout cela.

– Quelle belle journée ! pensai-je.

La nouvelle arriva dans le quart d'heure suivant. Ce n'est pas un faucon qui nous l'apporta, mais un cavalier au regard vide qui avait galopé sans s'arrêter depuis Updala.

Le message que me livra cet homme était signé Einar le Savant. Il annonçait la mort de Harald Ier.

32
LA SURPRISE DU CIEL

Si j'avais pu cacher la terrible nouvelle, je l'aurais fait pour préserver le moral des troupes avant la bataille. Mais le cavalier porteur du message d'Einar avait été vu par des centaines d'hommes, et puis de toute manière la mort d'un roi ne reste jamais secrète bien longtemps. Ce genre d'information circule à la vitesse du vent, transmise de village en village, de ferme en ferme : impossible de la retenir.

Un manteau d'effroi s'étendit sur mon armée. Cette fois, pas de doute, le sort était contre nous ! Les plus courageux guerriers marchèrent vers Akrar comme s'ils allaient au sacrifice. Finies, les chansons, l'humour viril et frondeur ! Ghizur, Dizir, Bardi le Borgne… ils courbèrent tous le dos. Njall pleura sans retenue le souverain qu'il avait si bien connu, et aimé comme un père. Vestmarr la Dent, abasourdi, en oublia de me mépriser.

– Le jour de mon anniversaire, répétait Svartog d'une voix morose. Il est mort le jour de mon anniversaire.

C'est une armée de fantômes qui parvint à Akrar, dans l'étroite plaine où se jouerait le destin du royaume.

Mes ordres furent scrupuleusement relayés par les chefs. Les hommes accomplirent leurs tâches sans rechigner. Des tranchées furent creusées, des barrières portables, assemblées. Le terrain se trouva prêt trois heures après le repas du soir. Alors commença une morne attente.

Sur le conseil de Jaglavok, je fis distribuer une mesure d'eau-de-vie à chaque guerrier. Je rassemblai les chefs des centaines et prononçai devant eux un discours visant à les secouer, à réveiller en eux l'instinct belliqueux. Dizir m'assura que j'avais parlé avec toute la fougue souhaitée :

– Tu as z'été exzellent, digne de Harald aux grandes zheures de za puizanze.

Et il est vrai que j'avais su trouver des accents insoupçonnés. Quelques regards s'éclairèrent, mais dans l'ensemble mes efforts ne servirent à rien. Le découragement agissait sur les Fizzlandais comme une maladie épidémique.

Peu d'hommes trouvèrent le sommeil. Nous n'avions pas monté les tentes et je dormis dehors comme tout un chacun. Un silence pesant régnait sur notre camp. Je fis plusieurs parties d'échecs avec Jaglavok, qui me battit chaque fois sans difficulté. Tout en jouant, nous nous inquiétions à voix basse du moral des troupes.

– On verra comment ils réagiront face à l'ennemi, soupira mon conseiller. On saura vite ce qu'ils ont dans les tripes.

– Ne pourrait-on faire quelque chose ? N'existe-t-il pas un moyen de les stimuler ?

– Tu as fait tout ce que tu pouvais pour l'instant.

Les chants d'oiseaux annoncèrent le matin. Après un petit déjeuner copieux, chaque centaine apprit ce qu'on attendait d'elle. Ghizur vint m'annoncer que l'armée était fin prête.

– Tout est organisé selon tes désirs, dit-il.

– Bien ! m'exclamai-je. Fort bien !

Je lui tendis un bol de petit-lait et l'invitai à s'asseoir avec moi près d'un feu mourant. Je tentai d'engager la conversation en adoptant un ton enjoué, sans grand succès. La froideur de Ghizur à mon égard avait disparu, mais il ne se montra pas plus bavard pour autant. Il me laissa bientôt pour aller rejoindre les autres grands seigneurs. Vestmarr, Bardi et lui commandaient chacun deux centaines de cavaliers.

Les heures s'écoulèrent lentement. Tous les regards scrutaient le nord. Les montagnes et le Fleuve aux Saumons convergeaient dans notre direction, formant un énorme goulot qui forcerait l'ennemi à passer ici, à Akrar, et à resserrer ses rangs. Sentirions-nous le sol trembler à son approche ? Sans doute verrions-nous d'abord de furtifs éclats blancs dans le lointain : le miroitement des armes et des armures.

Les archers avaient pris position dans leurs tranchées placées sur les bords du champ de bataille ; j'avais aperçu Sigrid tout à l'heure, parmi ses compagnes. Pour la dixième fois au moins, je priai pour qu'elle sorte indemne de l'affrontement.

– Z'ai touzours trouvé que l'attente était le pire moment de la guerre, prononça Dizir en vérifiant le harnachement de Gaefa.

À midi, l'ennemi ne se montrait toujours pas. Ghizur ordonna la distribution de pommes et de galettes de blé. Je n'avais pas faim et donnai ma galette à Sól, qui la déchiqueta rageusement.

Un roulement de tambour retentit, à peine perceptible.

– Le tonnerre, dit Jaglavok. Un lointain orage.

Il avait revêtu une cotte de mailles et tenait une arbalète de petite taille, presque un jouet.

– Ils devraient être là depuis longtemps, pardieu ! grogna Njall à côté de moi.

– Z'ai les zambes en coton, avoua Dizir. Il est temps que za bouze !

Une rumeur me fit tourner la tête à ce moment. De nombreux guerriers regardaient en l'air, certains pointant le doigt vers un point du ciel :

– Là !… Il est là !

Une forme sombre survolait l'armée. Les battements puissants, caractéristiques, ne laissaient aucun doute…

– Un dragon, dis-je.

– Z'est Daphnir ! s'exclama Dizir l'instant d'après Mais oui, z'est ze bon vieux Daphnir !

Mon dragon se posa bientôt, à quelques pas en avant de nous, dans la zone vide du champ de bataille, s'offrant ainsi à la curiosité générale.

– C'est le dragon du jarlal, celui que Harald lui avait offert, souffla quelqu'un dans mon dos.

– Comme il est grand et fort, dit une voix émerveillée. Quel âge a-t-il ?

– Près de trois ans, je crois.

Je m'avançai vers Daphnir, qui agita doucement la queue en signe de contentement.

– Que fais-tu là, mon beau ? interrogeai-je en lui caressant le cou.

Nous étions l'attraction de l'armée entière. Il ne répondit pas, se contentant de me lécher la main.

– Est-ce que tout va bien à la maison ? Il n'est rien arrivé à maman ou à Ingë, dis ?

Il secoua la tête ; je respirai mieux. Nous restâmes ainsi face à face, heureux de nous retrouver. Mais je connaissais suffisamment mon dragon pour sentir qu'il avait quelque chose à me confier. Je l'entraînai donc à l'écart, vers ce qui serait bientôt les lignes ennemies.

Nous marchions côte à côte avec nonchalance, comme en promenade.

– Qu'y a-t-il ? demandai-je entre mes dents.

Daphnir répondit d'une voix sourde, remuant à peine les lèvres ; on aurait pu croire que les mots sortaient de ses narines.

– Un démon est venu à Morphirskali. Ta mère et Hari pêchaient. Ils étaient à la pêche et moi je gardais la maison et Drunn.

– Un démon ?

– Un homme, peut-être, mais fou. Il avait un masque rouge et il sentait la mer pourrie. Il a fait le tour des bâtiments en criant des choses, des blasphèmes.

Je jetai un regard en arrière, vers le premier rang rétréci de mes hommes. À cette distance, il leur aurait fallu une ouïe magique pour percevoir le bruit de notre conversation assourdie.

– Un homme masqué… Avec un chapeau et une tunique noire ?

– Oui, confirma Daphnir. Il a dit ton nom plusieurs fois. Il était très fâché. « Bjorn le voleur ! Bjorn le voleur ! » Il répétait ça encore et encore. Sa voix, j'avais l'impression de la connaître.

– C'était l'assassin du roi… Que faisait-il à Morphirskali, je me le demande. Et pourquoi me traiter de voleur ? Il y a là un grand mystère.

– J'ai craché mon feu sur lui. Ça ne lui a rien fait. Rien fait ! Il s'est moqué de moi en m'appelant Daphnir. Il a juré qu'il te trouverait. Qu'il te trouverait pour te tuer. Alors…

– Alors ?

– Il est parti en glissant sur le sol comme… comme une fumée !

Le tonnerre gronda au loin.

– Je suis venu te prévenir, murmura Daphnir. Ce démon est dangereux. Il faudra te méfier, Bjorn. Te méfier !

Je gardai le silence un instant, perdu dans mes pensées.

Mon dragon s'assit. Je reculai de deux pas afin de pouvoir contempler à loisir sa majestueuse puissance. Ses griffes longues ressemblaient à des pointes de flèches en verre volcanique. Ses muscles saillaient sous la peau, rugueuse sur le dos, lisse ailleurs. Dans sa belle tête large, crêtée, caparaçonnée d'écailles, luisaient deux feux orange : les plus magnifiques yeux de la terre.

L'idée germa dans mon esprit. Ma première idée complètement personnelle de chef des armées.

– Daphnir, écoute-moi.

– Tu devras te méfier, Bjorn.

– Il ne s'agit pas de ça. Oublie le démon masqué et écoute : le moment est venu de révéler au monde ta vraie nature.

33
HAKON LANCE SES CHARS

Je fis volte-face et marchai vers mon armée.

– Viens. Suis-moi !

– Que vas-tu faire ? demanda Daphnir.

– Le moment est venu, mon tout beau. Tu vas occuper la place qui est la tienne, connaître la gloire qui te revient.

Je m'immobilisai et, le torse bombé, le sourire aux lèvres, je levai les bras pour annoncer que j'allais prendre la parole.

Les premiers rangs eurent du mal à résister à la poussée des hommes de l'arrière. Je vis des guerriers se hausser sur la pointe des pieds, d'autres qui tentaient de se frayer un passage.

Il y eut quelques jurons étouffés, des coups de coude, mais rumeur et agitation firent long feu.

– Combattant de notre fière armée, écoutez-moi ! commençai-je. Notre mascotte a rendu l'âme et vous y avez vu un coup du sort, un avertissement divin. C'est bien Dieu qui a voulu cette perte, car Il décide de tout sur cette terre, des naissances comme des trépas. Mais vous vous êtes trompés en pensant que la fin subite de Trois-Taches était une mauvaise chose. Trois-Taches est mort pour laisser sa place à un autre animal-mascotte, une bête qui n'a pas d'égale : Daphnir, le dragon que voici.

Je fis signe à Daphnir d'approcher. Krorr et Gaefa montrèrent des signes d'inquiétude.

– Tout doux, les zenfants ! intervint Dizir.

Grands seigneurs, chefs de centaines, simples guerriers, tous étaient suspendus à mes lèvres.

– Ce dragon qui est devant vous a la couleur des mornes, mais ce n'est pas un morne ! déclarai-je. Regardez ses griffes, ses grandes ailes, sa stature puissante ! Tendez l'oreille et écoutez le bruit qui monte de ses entrailles : le grondement du feu !

– Oooooh ! firent plusieurs voix.

– Quoi ? s'exclama Vestmarr la Dent, incrédule. Ce dragon gris a du feu ?

– Mais.. de quelle race est-il ? s'enquit Bardi le Borgne.

– Il va vous le dire lui-même, annonçai-je à la stupéfaction générale.

Daphnir hésitait, n'étant pas sûr d'avoir bien entendu.

– Parle, ordonnai-je. Dis à ces hommes qui tu es !

Il s'éclaircit la gorge, avant de prononcer ces simples paroles d'une voix claire et distincte :

– Je suis Daphnir le Noir.

Les guerriers poussèrent une exclamation gutturale et collective.

– Par ma barbe ! lâcha Vestmarr.

– C'est un noir ! C'est un noir !

Cette extraordinaire nouvelle se répandit à toute allure, transmise de l'avant vers l'arrière de l'armée. Et les combattants s'agenouillaient au fur et à mesure.

Une image me vint à l'esprit, celle d'un champ de blé dont les épis ploient par vagues successives, sous l'action du vent.

– C'est un noir !... Un noir véritable !

Krorr et Gaefa renversèrent quelques dizaines de guerriers en remuant la queue ; ils secouaient la tête, grattaient le sol, en proie à une vive émotion.

– Huuf! criait Dizir, sans succès.

Gaefa battit des ailes, dans l'intention évidente de s'envoler. Njall et quelques autres allèrent prêter main-forte au demi-troll ; ils agrippèrent le harnachement de la dragonne et tirèrent dessus pour la maintenir au sol.

– Huuf, bon zang de bon zoir ! beuglait Dizir.

Krorr, la tête rejetée en arrière, hurlait à la mort. Je m'élançai pour saisir ses rênes, mais Daphnir me retint :

– Attends ! C'est dangereux. Laisse-moi faire !

Et il chanta cette mélopée rauque, comme sortie du fond des âges, dont il s'était déjà servi aux enfers pour apaiser Rooknir, le dragon de Mamafidjar. L'effet fut quasi immédiat : les deux griffes se figèrent ; ensuite ils se couchèrent sur le dos, présentant leur vaste panse à Daphnir, en signe de soumission.

– Miracle ! cria quelqu'un.

– Dragon noir ! Dragon noir ! scanda l'armée.

Dizir pleurait littéralement de joie et d'enthousiasme :

– Fantaztique ! Ha ! ha ! ha !... Exztraordinaire ! Ho ! ho ! ho !

Pris d'une inspiration soudaine, il demanda à Njall de lui faire la courte échelle et grimpa sur le ventre de Gaefa.

Il dominait tout le monde, et les regards se tournèrent vers lui.

– Zilence ! ordonna-t-il. Taizez-vous touz autant que vous z'êtes !

Il mit un certain temps à être obéi. Gaefa ne bougeait pas plus qu'un rocher sous les pieds bottés de Dizir, qui prit un ton emphatique pour dire que nous étions le plus béni de tous les peuples.

– Un morphir z'est levé au Fizzland il n'y a pas zi longtemps de zela. Ze chéri des dieux, zet élu, z'est Bjorn fils d'Érik, et il est notre zarlal ! Un dragon noir est apparu dans notre pays, et z'est notre mazcotte ! Un morphir et un dragon noir réunis par la volonté divine, mes zamis ! Z'est la preuve flagrante que notre armée bénéfizie de la faveur du ziel… Alléluia ! Alléluia !

– Fizzland ! Fizzland ! crièrent les hommes.

– Puissance et force ! tonna Ghizur-Loup-Blanc.

– Zarlal, ô zarlal ! lança Dizir en effectuant une petite danse guerrière.

– Daphnir le noir ! hurla Svartog, imité par un nombre incalculable de voix.

Les boucliers s'entrechoquèrent, provoquant un tintamarre du tonnerre de Dieu : « KLANK ! KLANK ! KLANK !… »

– Un coup de génie, que tu as eu là, me félicita Jaglavok un peu plus tard.

C'est une tout autre armée qui, bientôt, vit poindre les premières troupes ghizoises. Finie, la morosité ; envolé, l'affreux défaitisme : chacun avait repris du poil de la bête.

Un tremblement de l'air, une vision vague, évanescente : je me demandai d'abord si je ne rêvais pas. Mais c'était bien l'ennemi, qui approcha d'étrange façon, par degrés. Pendant de longues secondes, des minutes pleines et entières, il semblait ne pas avancer. Et soudain, le temps d'un clignement d'yeux, il grandissait d'un coup, comme s'il avait d'un bond franchi une demi-lieue.

J'étais en première ligne, sur le dos de Krorr. J'avais pris Jaglavok en croupe, afin de profiter de ses conseils pendant la bataille. C'est lui qui, de son regard perçant, m'annonça que les chars étaient en première ligne, ainsi qu'il l'avait prévu.

– Ils avancent dispersés, observa-t-il.

– Est-ce bien pour nous ? Ou mauvais ?

– À la place de Hakon, je grouperais mes chars pour percer l'un de nos flancs.

Je surplombais Njall qui, bien droit sur son destrier, avait mis la main en visière.

– Regardez les roues, dit-il. Qu'est-ce que c'est que ça ?

– Ils ont fixé des lames aux essieux de leurs chars, souffla Jaglavok à mon oreille. Une technique antique, inspirée des Asimiens.

– Des lames ! s'étonna Njall lorsque je lui eus communiqué l'information.

– Des lames acérées, oui, destinées à faucher nos hommes à pied, à trancher les pattes de nos chevaux.

– Dieu tout-puissant !

– Ze ne connaizais pas zette tactique, dut reconnaître Dizir, impressionné comme nous tous.

Il s'escrimait à calmer Gaefa qui, guerrière dans l'âme, voulait déjà s'élancer. Elle piaffait comme une bête approchant de l'écurie – sauf que, au lieu du fourrage, c'est le sang qu'elle sentait.

Les premiers bruits nous parvinrent, piétinements, sons de trompe... Mon père m'avait maintes fois évoqué ces moments où, avant la bataille, deux armées se font face à cent ou deux cents pas de distance, immobiles. D'abord elles se jaugent en silence ; ensuite elles s'invectivent l'une l'autre, s'abreuvent d'injures.

– Il y a des guerriers qui montrent leur derrière à l'ennemi, rapportait mon père sur un ton amusé. Je n'ai jamais fait ce genre de choses, précisait-il aussitôt, jetant un œil du côté de maman.

Il n'y eut rien de tel en ce douzième jour de mai de l'année 1068. Aucun temps d'arrêt, pas la moindre hésitation dans l'avancée des troupes ennemies ! Hakon II lança ses chars à l'attaque avec la détermination qui caractérise les plus audacieux chefs de guerre. Deux vagues roulantes, de trente chars chacune, se jetèrent sur nous.

Certes, nous avions imaginé une parade. Mais serait-elle efficace ? Je ne fus sûrement pas le seul à me poser la question. Ah, il nous en fallut du sang-froid pour attendre sans broncher l'assaut infernal !

34
MORT D'UN AMI

Suivant les conseils de Jaglavok, j'avais fait relier des lances entre elles par des traverses de bois. Nous obtînmes ainsi des barrières qui, couchées par terre et recouvertes d'herbe, étaient invisibles pour l'ennemi. Ces barrières, constituées chacune de dix lances, se trouvaient reliées à des cordes, également camouflées, dont les bouts arrivaient aux pieds de nos hommes.

Les chars n'étaient plus qu'à quatre cents pas, filant comme le vent. Leurs conducteurs portaient des heaumes, casques enveloppant tête et visage, et des armures intégrales. Si nous autres Fizzlandais fabriquons les meilleures armes du Nord, les Ghizois sont les maîtres incontestés en ce qui concerne les protections. Leurs boucliers s'arrachent à prix d'or et leurs armures n'ont pas d'égales. Le guerrier du Ghizmark revêt une tunique et un pantalon de cuir recouvert d'écailles de métal, auxquels s'ajoutent des chaussures et des gants renforcés. Son uniforme souple a le double avantage de le protéger tout en lui conservant une grande liberté de mouvement.

Deux cents pas, cent cinquante… Les conducteurs de chars excitaient leurs bêtes, sûrs de percer bientôt nos lignes. C'est à cet instant que je levai la main. Aussitôt, Njall souffla dans une corne : « Pononononononh ! »

Les hommes désignés pour cette mission tirèrent sur les cordes reliées aux barrières, qui se levèrent de terre, pointant obliquement vers l'ennemi. Les chevaux de la première vague s'y empalèrent pour la plupart ; les chars, stoppés net, versèrent, projetant leurs occupants vers l'avant. La seconde vague de chars n'eut pas le temps de freiner et vint heurter la première, provoquant de terribles collisions.

Sur les soixante chars de Hakon, cinquante au moins furent neutralisés. Mais quelques-uns réussirent à passer, là où nos hommes avaient tiré trop fort sur leurs cordes, dressant les barrières qui furent repoussées, puis piétinées par les chevaux de l'ennemi.

Tirer des flèches sur les conducteurs de chars était trop risqué au milieu de notre multitude : certains traits auraient à coup sûr atteint nos hommes. Quelques archers d'élite, voyant les ravages causés par les chars, tentèrent quand même leur chance, sans résultat. Il fallut des guerriers courageux et agiles pour sauter sur les plates-formes des chars par l'arrière et égorger les conducteurs. Quand enfin le dernier char se trouva immobilisé, renversé, et son occupant envoyé dans l'autre monde, le soulagement fut énorme.

Plus tard, nous comptâmes que les monstres roulants avaient déchiqueté près de cent Fizzlandais. Parmi eux était mon nouvel ami, Dyri fils de Thorarinn. Je ne l'appris qu'après la bataille.

Derrière les chars chargèrent les mercenaires étrangers, en majorité des Saxons. Ces hommes venus du Sud attaquaient en braillant. Protégés par des boucliers ronds et des cottes de mailles, ils arboraient en sus des camails, ces capuchons de mailles métalliques qui couvrent la tête, les épaules et le cou. Ils étaient, selon le cas, armés de scramasaxes ou de lances. Ils couraient sans beaucoup d'ordre ; les cavaliers, mêlés aux piétons, renversaient parfois ces derniers.

Accroupis dans leurs tranchées masquées par de faux bosquets, la plupart de nos archers se trouvaient sur les bords du champ de bataille, assez loin en avant de nos lignes. Ils se levèrent brusquement et commencèrent à décocher leurs flèches. Une pluie de traits s'abattit sur les Saxons. Hommes et chevaux s'écroulaient les uns après les autres. La charge des mercenaires prenait l'allure d'un suicide collectif, d'une ineptie tactique, et nous n'allions pas nous en plaindre.

– Hakon devrait sonner le rappel, pensai-je.

– Hirdoun ! jura Jaglavok à ce moment.

Je savais que ce juron hirogwar, plutôt grossier, ne s'emploie pas à la légère.

Il m'indiqua notre flanc gauche. Un groupe de guerriers à cheval, quatre ou cinq centaines, venait de s'en détacher et fonçait sur l'ennemi. Très vite, nos cavaliers rencontrèrent les Saxons ; une mêlée s'ensuivit, confuse.

– Mais quels idiots ! s'emporta Jaglavok. Ils vont prendre nos propres flèches !

Je criai à Njall de souffler dans sa corne et, bientôt, tous nos archers cessèrent de tirer. Nombre d'entre eux n'avaient pas attendu le signal pour baisser leurs arcs, d'ailleurs.

Jaglavok fulminait. J'étais en rage. Notre cavalerie avait chargé sans que j'en donne l'ordre, à un moment des plus inopportuns. C'était là une négation flagrante de mon autorité, un affront très grave, et une de ces erreurs tactiques qui peuvent entraîner la défaite.

– Un coup à Vestmarr, pour sûr! me cria Njall.

– Après la bataille, si nous sommes vainqueurs, tu devras punir cette désobéissance, gronda Jaglavok. Il faudra un châtiment exemplaire.

Le tonnerre gronda, faisant écho à notre colère. Je sentis une goutte de pluie sur ma main.

– Holà! fit Dizir. Du calme, zaprizti!

Je pensai qu'il avait du mal à contenir Gaefa, mais c'est à Svartog qu'il s'adressait. Ce dernier, assis derrière lui, voulait descendre du dragon. Il proférait des paroles bizarres, incompréhensibles. Je compris immédiatement ce qui lui arrivait.

Lors de notre voyage aux enfers, les méninges de Svartog avaient été habitées par un porrablot, créature abjecte, sorte de limace. Le parasite avait fini par sortir, mais son passage avait affecté la personnalité de notre ami qui, de courageux, était devenu follement téméraire.

– Taïaut! hurla Svartog. Sus à l'ennemi, et pas de quartier!

Dizir connaissait la maladie du demi-hirogwar; je l'avais mis au courant. Il tenait Svartog par le col et l'empêchait de sauter en bas de la selle-siège. Le demi-hirogwar se débattait comme un beau diable.

– Je veux me battre!

– Tu en auras l'occazion d'izi peu, mon ami, gronda Dizir en secouant Svartog comme un prunier, histoire de le ramener à la raison. Mais perzonne ne court à l'ennemi tout zeul et zans zécouter les zordres. Tu m'entends, Longs-Bras?

– Svartog perd la tête, on dirait, dit Jaglavok.
– Ça va passer.
– Qu'est-ce qui lui prend ?
– Il a une maladie… Je t'expliquerai.

Svartog se calma progressivement ; il finit par se tenir tout à fait tranquille. L'œil hagard, les bras ballants, il balbutia des excuses. Sa crise l'avait épuisé.

Cette scène, heureusement très courte, passa inaperçue, car tous les yeux suivaient le combat entre nos cavaliers et les Saxons. Au-delà, l'armée ghizoise demeurait immobile. Trois tours noires pointaient vers le ciel, émergeant de la masse de nos ennemis : les catapultes.

– Est-ze que nous y allons ? s'enquit Dizir.

– Pourquoi Hakon ne bouge-t-il pas ? demandai-je à Jaglavok.

– Voilà la réponse ! fit mon conseiller.

Une forme s'éleva au loin ; elle grossit, grossit, avant de retomber dans l'herbe, à trente pas devant nos lignes. C'était une pierre de catapulte, et elle s'écrasa dans un grand bruit sourd, en faisant voler les mottes de terre.

– La suivante sera pour nous ! prédit Jaglavok. Il faut donner le signal d'attaque !

Je compris que Hakon n'avait aucun intérêt à précipiter l'affrontement général – moment où, les deux armées s'entre-pénétrant, il devrait renoncer aux pierres.

– En avant ! criai-je, à l'instant où arrivait sur nous le second projectile.

Il passa au-dessus de nos têtes et s'abattit sur notre arrière-garde.

Njall le Hardi emboucha sa corne, gonfla ses joues et souffla de toutes ses forces : « Pononh ! Ponon-ononh ! »

Ce fut une ruée sauvage, libératrice. Je hurlais, Jaglavok aussi, et je sais que nos voix n'avaient rien d'humain. Charger l'ennemi, et qui plus est sur un dragon, relève de ces expériences incommunicables où l'âme d'un homme lui échappe pour ainsi dire. Pendant quelques merveilleuses secondes, on ne se connaît plus ! La peur est transcendée ; elle se mue en une joie féroce qui vous inonde en brûlant votre intérieur. Il me semblait que chaque once de mon corps avait été créée pour les brutalités à venir. J'étais une bête fauve, un démon des Temps Obscurs…

– Raaaaaaaaaaaagh !

Et puis, au contact de l'adversaire, cet état de grâce reflue. La lucidité, le sang-froid reprennent leurs droits, et vous devenez un tueur méthodique, implacable.

35
LE CHOC DES ARMÉES

Entre nous et l'armée ghizoise, toujours immobile, les Saxons et nos cavaliers finissaient de s'entre-tuer. Les corps des morts et des blessés, les chevaux sans cavaliers et les derniers guerriers actifs constituaient un obstacle sur notre chemin. Notre avance en fut retardée, cela pendant que les pierres pleuvaient sur nous comme les projections d'un volcan furieux. Il faut normalement de longues minutes, la moitié d'une heure, pour recharger une catapulte. Comment ces géants de bois pouvaient-ils tirer à ce rythme ?

– Jamais vu ça ! cria Jaglavok. Où ont-ils trouvé de tels engins ?

Il était nécessaire de progresser à tout prix.

– Hoogh ! hoogh !

Krorr accéléra encore son allure ; je sentis le vent fouetter mon visage. Les guerriers au sol, Saxons et Fizzlandais confondus, foulés aux pattes du dragon royal, poussaient parfois des cris déchirants. Leur souffrance me fendait le cœur, mais je ne pouvais pas demander à Krorr, ni à personne, de les enjamber – nous n'avions simplement pas le temps pour ce genre de précaution. Notre armée passa sur eux sans pitié, chacun d'entre nous faisant taire l'horreur qu'il ressentait à écraser ainsi son prochain.

– Hoog! hoogh! hoogh!

Sur ma gauche, Gaefa quitta soudain le sol; elle s'envolait! Dizir me cria quelque chose, mais ses mots se perdirent. Nous vîmes l'énorme masse s'élever dans les airs avec aisance.

Je n'eus guère le loisir de songer plus longtemps au départ de Dizir, car les choses se précisaient. Enfin nous nous trouvions devant l'alignement serré de nos adversaires. Plus que cent pas et ce serait le choc tant désiré, tant redouté. Instinctivement, Krorr ralentit quelque peu son allure.

Je regardai la ligne adverse, étincelante, aussi figée qu'un mur. Avec leurs heaumes et leurs armures intégrales, les Ghizois me rappelèrent les enfants de Walkyr, l'armée de fer sortie de la Mer des Narvals.

– Qadvaa, dis-je à Krorr, afin qu'il prépare son feu.

Cinquante pas... Quarante pas... Les flèches ennemies se mirent à tomber dru. À ma droite, un peu en retrait, Njall poussait son destrier en hurlant. Il reçut un trait dans la cuisse, mais continua à charger comme si de rien n'était.

Vingt pas... Dix pas!...

– Taïaut! lança Jaglavok. Mort à l'ennemi!

– Vah! ordonnai-je. VAH!

Et Krorr, tout en galopant, cracha son feu.

J'avais rengainé Tyrfing, qui ne me serait d'aucune utilité: l'arme d'un conducteur de dragon, c'est la bête qui le porte, ses griffes, sa mâchoire, sa queue à piques, son feu.

La flamme de Krorr frappa une vingtaine de guerriers,

qui brûlèrent comme des torches. Nous nous engouffrâmes dans la brèche ainsi ouverte.

Derrière moi, Jaglavok tirait comme un fou. Je n'avais jamais vu quelqu'un recharger une arbalète avec une telle célérité. Malheureusement, ses traits se brisaient sur les hommes de Hakon, casqués, couverts d'écailles.

– Hirdoun ! pestait le demi-hirogwar.

Pour moi, ces premiers instants furent grisants ; je manœuvrais Krorr à la voix, et lui m'obéissait parfaitement. Tandis que ses entrailles refaisaient du feu, opération qui demande plusieurs minutes, il assénait de terribles coups de pattes.

– Hirdoun ! répéta Jaglavok, qui jeta son arbalète avec rage. Ces armures sont diaboliques !

Plusieurs boucliers étaient accrochés à la selle-siège. Jaglavok en décrocha un, puis un second ; et c'est avec un bouclier à chaque bras qu'il poursuivit la bataille. Son habileté à dévier flèches et javelines lancées à toute volée me sauva la vie à maintes reprises, je peux l'affirmer !

Notre armée fit d'abord reculer l'ennemi. Mais cet élan ne tarda pas à être brisé comme les vagues sur une côte rocheuse.

Parmi les nôtres, un homme sur trois portait une cotte de mailles ; les autres n'avaient que leurs vêtements matelassés et leurs boucliers. Alors qu'ils étaient eux-mêmes vulnérables, ils devaient frapper à toute force, et recommencer encore et encore, pour espérer entamer l'armure de leurs opposants.

Il serait pourtant déshonnête d'écrire ici que l'efficacité de nos ennemis tenait uniquement à leurs protections avantageuses. Ils se battaient bien, avec une étrange harmonie – un peu comme si un seul cerveau avait commandé tous leurs mouvements.

Les Ghizois frappaient sans crier, et lorsqu'ils tombaient, ils le faisaient en silence. Ce mutisme inhumain ne laissait pas de me troubler, je l'avoue.

Krorr lâcha sa deuxième flamme – « frouffffff ! » – sans cesser de jouer de la queue et des pattes. Il creusait son large sillon dans les rangs ennemis. Sa merveilleuse puissance me rendait optimiste.

Les pierres continuaient à passer au-dessus de nos têtes ; il y en avait même de plus en plus, car les utilisateurs des catapultes augmentaient leur cadence de minute en minute. Jaglavok, ses deux boucliers hérissés de flèches, ne perdait rien de l'évolution de la bataille. Il vit avec angoisse que nos hommes commençaient à reculer partout.

– Ça va mal ! s'écria-t-il. Notre cavalerie nous manque cruellement. Il faudrait...

– Quoi ? Que faut-il faire ? demandai-je avec impatience.

36
LES COUPEURS DE PIEDS

– Souffle dans ta trompe ! ordonnai-je à Njall. Que les derniers rampent et frappent aux chevilles !

Il dut faire un effort de mémoire pour se rappeler quelle succession de sons il devait produire. Il souffla à s'en éclater les joues : un son bref, deux longs, et enfin un sifflement aigre de rapace.

Dans chaque centaine, il y avait au moins dix hommes qui connaissaient bien le langage de la corne. Ils étaient capables de reconnaître des dizaines de suites de sons, et d'en identifier immédiatement le sens, qu'ils transmettaient à leurs compagnons.

À peine Njall avait-il rangé sa corne, que les derniers rangs de nos centaines engagées dans la bataille tombèrent à genoux et se mirent à avancer à quatre pattes entre les files de guerriers. Ils parvinrent ainsi jusqu'aux lignes adverses.

L'idée était de Jaglavok. Observant le costume ghizois, protection apparemment sans faille, il avait pensé aux bottes. Certes, elles étaient recouvertes d'une maille de fer, mais celle-ci paraissait fine et, dès lors, vulnérable. Un coup de poignard ou de hache en trancherait aisément la structure, avait pensé Jaglavok.

Bientôt, les hommes de Hakon poussèrent leurs premiers cris de douleur. Nos guerriers rampants transperçaient les pieds, tranchaient les chevilles avec une fureur sauvage.

Les Ghizois des premiers rangs s'écroulaient, brusquement, comme si le sol se dérobait sous eux.

– Tu es un génie, Jaglavok ! m'exclamai-je.

Mon conseiller ne répondit pas, trop occupé à bloquer les projectiles qui nous arrivaient de toute part.

À cet instant, Krorr effectua une manœuvre qui changea soudain l'orientation de mon regard. J'aperçus pour la première fois, assez loin, un combattant sur un dragon blanc. L'homme et la bête semblaient glisser avec lenteur sur la mer des guerriers recouverts d'écailles.

– Hakon, prononçai-je à mi-voix.

Un saut de carpe de Krorr faillit bien nous désarçonner. Il venait de recevoir un coup de lame à l'intérieur de la cuisse, endroit où la peau des dragons est la moins dure. En rage, Krorr tournoya plusieurs fois sur lui-même, usant de sa queue pour décimer les rangs adverses. Écrasés, projetés en l'air, les Ghizois ressemblaient à de malheureux jouets.

J'avais toutes les peines du monde à rester en selle. Quant au roi du Ghizmark, je l'avais momentanément perdu de vue.

– Huuf! criai-je.

Mais Krorr, déchaîné, ne consentait pas à se calmer. Nous nous agrippions à la selle, Jaglavok et moi, attendant que ça se passe. Le demi-hirogwar lâcha l'un de ses boucliers, et je manquai perdre mon casque. Les secousses étaient telles que nous risquions la désarticulation de tous nos membres, parole !

– Huuf!… Huuf!…

Krorr s'apaisa par étapes. Autour de nous, les corps gisaient dans un désordre indescriptible. Une clameur monta des poitrines fizzlandaises pour saluer l'exploit du dragon royal, qui ahanait, à la recherche de son souffle.

En un rien de temps, le vide créé par Krorr fut recouvert par la marée ghizoise.

– Ils sont tellement nombreux, pensai-je. Il nous faudrait vingt dragons au lieu d'un.

Et j'en voulus à Dizir de ne pas être resté à mes côtés. Où était-il, bon sang? Pour quelle raison nous privait-il de l'indomptable Gaefa?

Jaglavok me toucha l'épaule.

– Regarde, prononça-t-il d'une voix blanche.

Un étrange mouvement animait l'armée ennemie; c'était comme une vague légère qui se rapprochait. Bientôt, nous distinguâmes des formes furtives entre les rangs de guerriers.

– Qu'est-ce que…

– Des ragres! dit Jaglavok.

Le ragre est un chien à corps de renard, dont la tête large et cubique est pourvue d'une mâchoire effrayante. La race a toujours été très appréciée au Ghizmark.

Le lâcher de chiens visait à contrer nos guerriers rampants. Ces derniers, pris par surprise, se défendirent à quatre pattes. Peu d'entre eux parvinrent à éviter les terribles morsures. Gorges broyées, figures lacérées… des dizaines de braves se vidèrent de leur sang et connurent une fin sordide.

Nous avions commencé à prendre le dessus, à repousser l'adversaire. À présent, les deux armées, imbriquées l'une dans l'autre, semblaient faire du surplace – leurs forces s'annulaient pour ainsi dire. Cela dura un court moment, et puis, soudain, le mouvement général commença à s'inverser.

D'un geste, Jaglavok m'indiqua notre aile gauche, enfoncée, en pleine déroute. Un spectacle qui me glaça le sang.

Entre les cris des combattants, les aboiements des chiens et le roulement du tonnerre (l'orage ne tarderait pas à nous atteindre), on ne s'entendait plus. L'idée d'une défaite probable s'était insinuée en moi. Les digues morales qui la retenaient encore se rompirent, et elle m'envahit complètement l'esprit.

Je me penchai pour hurler à l'oreille de Krorr :

– Seggirkil ! Seggirkil ! (Tue ! Tue !)

Le dragon royal lançait ses pattes ; sa mâchoire claquait avec violence. Mais je sentais bien qu'il puisait dans ses dernières ressources. On ne peut rien contre le poids des ans, et Krorr n'était plus tout jeune.

Je l'excitais de la voix ; je le traitais de tous les noms. Sans pitié, je lui frappais l'encolure avec le poing. Je n'ai aucun souvenir de ce comportement cruel, à mettre sur le compte du désespoir – c'est Jaglavok qui me raconta plus tard ce que j'avais fait.

Un éclair zébra le ciel gris ; je reçus une flèche dans le bras, juste au-dessus du coude. Je me souviens d'une douleur cuisante, mais je n'y prêtai pas attention. Jaglavok fut touché dans les instants qui suivirent, presque au même endroit !

Je regardai autour de nous. Njall et vingt hommes de la horde se battaient dans l'ombre de Krorr. Je réalisai que nous étions séparés du gros de notre armée, encerclés. Njall et ses compagnons, à pied (ils avaient perdu leurs montures), tenaient les ennemis à distance grâce à une énergie farouche.

– Si nous descendions, proposa Jaglavok, criant pour se faire entendre. S'il faut mourir, autant que ce soit l'épée à la main.

– D'accord ! approuvai-je.

37
LE FEU ET L'EAU

Krorr protégeait nos arrières. Nous formions un arc de cercle face à l'ennemi innombrable. À ma gauche était Njall, à ma droite se tenait Jaglavok, armé d'une épée trop grande pour lui qu'il avait ramassée par terre. Mes compagnons virevoltaient et assénaient leurs coups avec la rage des hommes acculés. Ils voulaient faire payer chèrement leur vie, et, pardieu ! ils étaient beaux à voir.

En combattant, Jaglavok effectuait de petits bonds imprévisibles, en zigzag, comme un grillon pourchassé. Je l'observais du coin de l'œil ; sa lame évitait le contact la plupart du temps. Oui, le guerrier et l'arme se dérobaient sans cesse aux attaques. Et j'entendais jurer les Ghizois, excédés qu'ils étaient par un art de l'esquive qu'ils ne comprenaient pas.

Je me défendais bien, avec application, mais je manquais un peu de rapidité et de conviction. C'est que mon esprit était préoccupé par Sigrid. L'idée qu'elle pût être touchée, morte, peut-être, me hantait. Tyrfing, mon épée de morphir, me tira plusieurs fois d'un mauvais pas en décidant elle-même de ses coups, ainsi qu'elle en était capable. Elle était tellement vivante entre mes mains que j'eus la tentation de me reposer sur elle ; mais je savais quel danger je courais à agir de la sorte. Face au flot sans cesse renouvelé de nos adversaires, il fallait que mon arme et moi conjuguions nos talents, sans quoi le coup fatal ne tarderait pas à venir.

Au prix d'un violent effort sur moi-même, je chassai la pensée de Sigrid et me concentrai sur le combat. Les coups d'épée, de hache, arrivaient de tous côtés, parfois simultanément : éviter les uns en déviant les autres tenait du miracle.

– Hawk ! faisait Tyrfing. Hawk ! Hawk !

Et ses cris d'épée ne manquaient pas de déconcerter les Ghizois.

Deux hommes de la horde tombèrent presque en même temps. Njall lança un hurlement vengeur et redoubla d'efforts.

Une chaleur spéciale, bien connue, envahit mes veines. Je commençai à voir et à sentir les choses avec une acuité nouvelle. Je prévoyais les coups, devançais les attaques. Un géant se présenta, armé d'une épée monstrueuse ; il n'avait pas poussé sa première pointe qu'il était déjà mort.

Tyrfing la Légendaire aboyait à chacun de nos triomphes. Sa lame de pierre noire, brûlante, perçait sans peine les armures ghizoises. Elle y entrait comme dans du cuir, parole ! Un prodige qui provoquait la stupéfaction chez l'ennemi.

Les corps s'amoncelaient devant moi, formant un rempart bienvenu.

– Hawk !... Hawk !...

Ma résistance attira vers moi les meilleurs hommes de Hakon. Ils savaient qui j'étais. Ma réputation avait bien sûr traversé les frontières, et l'idée d'être celui qui me passerait sa lame à travers le corps souriait aux courageux.

Poussant des coudes, forçant leur passage, les futurs héros se présentèrent. La différence se fit immédiatement sentir : c'étaient des adversaires d'une autre trempe, à la fois plus doués et plus résolus. Ils tuèrent un des nôtres, et puis Njall s'écroula, touché en pleine poitrine.

– Je meurs ! lâcha-t-il, alors qu'il tombait en avant, tel un arbre abattu.

Peu après, mon autre voisin, adossé à la patte de Krorr, accablé de coups furieux, succomba.

– Jaglavok ! m'écriai-je.

Il gisait sur le ventre, les bras en croix, petite chose inerte et tellement dérisoire par rapport aux colosses qui marchaient sur son corps pour venir à moi !

Il pleuvait.

– On ne tiendra plus très longtemps, dis-je entre mes dents, m'adressant à mon épée. Plus très longtemps…

J'entendis un bruit de flamme ; je crus d'abord que Krorr venait de cracher son feu une fois de plus. Mais une lumière rouge, sur les bords de mon champ de vision, retint mon attention. Grâce à un rapide coup d'œil, je vis que l'une des catapultes s'embrasait. Un second souffle retentit peu après, suivi du même effet : deux de ces engins maléfiques brûlaient, pardieu !

La troisième et dernière catapulte poursuivait son œuvre destructrice avec frénésie : « Tchac !… Tchac !… » Puis, soudain, elle s'enflamma comme les autres.

Maints combattants s'arrêtèrent un court moment, tandis que la pluie s'intensifiait. Allait-elle éteindre le feu et sauver les catapultes ? Était-ce une intervention divine en faveur de nos ennemis ? Ces questions me traversèrent l'esprit.

La partie supérieure du premier engin penchait d'un côté ; elle s'abattit lentement, comme dans un rêve. Celle-là au moins ne servirait plus !

L'averse était tellement forte, alors, que je ne voyais plus clair. Les hommes et les choses se réduisaient à des ombres grises, aux contours flous. J'aperçus une forme en l'air, qui s'écartait des catapultes en montant vers le ciel. Je devinai vaguement des ailes, une queue…

– Gaefa, pensai-je. Voilà l'explication !

Je me tournai vers mon ennemi le plus proche, guerrier à la haute stature, armé d'une hache à cornes. Lui et ses compagnons étaient en train de reculer. Leurs silhouettes se bousculaient sous l'effet d'une curieuse panique.

Je fis un pas en avant et plissai les yeux pour mieux voir. Les Ghizois ôtaient leurs casques !

38
LE COMBAT DES DRAGONS

Lorsque Dizir et Svartog nous avaient faussé compagnie, au commencement de la bataille, j'étais certain qu'ils avaient un but précis, même si j'ignorais lequel. Je ne compris que plus tard qu'ils s'étaient envolés pour détruire les catapultes grâce au feu dragonnien. Voici comment les choses s'étaient déroulées :

À peine avaient-ils décollé du sol qu'un dragon ennemi s'était élevé dans les airs pour venir à leur rencontre. Le Ghizmark possède deux dragons mirobolants : Magma et Mabok. La réputation du premier n'avait pas d'égale. Tous les connaisseurs s'accordaient à dire qu'aucun dragon vivant ne valait Magma le Terrible au combat. Aussi Dizir et Svartog prièrent-ils pour qu'il s'agisse plutôt du jeune Mabok, adversaire plus à la portée de Gaefa.

– Le dragon volait à tire-d'aile et nous auzi, me raconta Dizir après la bataille. Nous nous zommes rapidement trouvés à proximité de lui. Z'ai zu immédiatement qu'il z'agizait de Mabok. Za crête était courte, comme les cornes de za queue : z'était un jeune !

L'homme qui le montait, un seigneur de vingt ans tout au plus, portait la tunique rouge et or des hommes de la horde de Hakon. Il n'avait pas d'armure, pas de casque et pas de bouclier. Comme arme, il tenait une tige de métal, guère plus longue qu'un jonc.

– Le zeune inzouziant ! se dit Dizir avec une pointe de mépris.

S'il pensait avoir affaire à une tête folle sans expérience, il fut vite détrompé car le jeune seigneur et Mabok formaient un couple redoutable. Svartog estima qu'ils devaient avoir une grande habitude l'un de l'autre.

Les deux dragons montèrent rapidement au-dessus des nuages, où la lumière est plus forte et l'air, vivifiant.

Gaefa lança son feu la première, sans atteindre sa cible.

– Ze Mabok volait avec une aizanze, une mobilité de papillon.

Gaefa, rouée comme pas deux, essaya quelques feintes de sa façon. Elle tenta une attaque par en dessous, après s'être laissée chuter subrepticement de plusieurs pieds ; elle cracha sa salive brûlante à la tête de Mabok, espérant l'aveugler…

– Elle a plus d'un tour dans zon zac, Gaefa !

Fonçant droit sur l'adversaire, comme si elle cherchait la collision, elle se retourna au dernier instant, en un battement d'ailes, pour frapper avec la queue. Par malheur, toutes ses tentatives échouèrent.

– Mabok et le zeune Zeigneur antizipaient de manière incroyable ! Des devins, mon Bjorn, ze t'azure !

Tandis que Gaefa manquait ses coups, le mirobolant faisait mouche, lui. Sa flamme atteignit la dragonne au flanc, et il parvint à lui griffer le museau à deux reprises.

À l'arrière de la selle-siège, Svartog se faisait du souci. Il trouvait Gaefa plus lente, moins agile de seconde en seconde, et se demanda si la charge n'était pas trop lourde sur son dos.

– Nous sommes deux adultes sur la selle, alors que Mabok ne transporte qu'un jeune homme, presque un adolescent, songea le demi-hirogwar.

Il ôta l'ample cotte de mailles qu'il portait par-dessus sa cape merveilleuse, et hop ! il la jeta dans le vide. Puis il suivit le même chemin que le vêtement de fer.

– Salut ! lança-t-il en ouvrant sa cape cerf-volant.

Il pensait se trouver bien loin du sol, mais il se trompait. Lors du combat, les dragons avaient dérivé vers l'ouest, jusqu'à survoler les Monts Jaunes. Ayant traversé la couche des nuages, Svartog-Longs-Bras découvrit avec horreur qu'il n'était qu'à une courte distance d'un sommet grisâtre, parsemé de taches blanches (des plaques de neige subsistant de l'hiver).

La Providence voulut qu'il ne s'écrasât pas sur la montagne. Cependant, ses pieds heurtèrent la roche durement.

– J'ai entendu mes os se briser : crac ! Et j'ai pensé : « Pied cassé. »

Les jambes de Svartog raclèrent le sommet, dont il se détacha le cœur battant, avec un sentiment de délivrance.

Il aurait pu s'arrêter quelque part sur les contreforts de la montagne ; il préféra s'éloigner et foncer droit devant lui. Il survola le champ de bataille. Les armées, étirées, fondues l'une dans l'autre, évoquaient un fleuve tumultueux. En comparaison, le vrai cours d'eau qui courait parallèlement à elles semblait sommeiller dans son lit. Svartog passa au-dessus pour aller se poser sur la rive est, à l'abri.

Il atterrit sur un pied, sautilla « pitoyablement », selon son expression, avant de s'étaler de tout son long. Des femmes qui se trouvaient là, observant de loin la bataille, accoururent à son secours. Elles l'avaient reconnu – il n'y a qu'un seul hirogwar volant au Fizzland ! – et s'occupèrent de lui avec empressement.

Pendant ce temps, dans le ciel, Gaefa continuait de souffrir face à Mabok. Elle avait beau être délestée du poids de Svartog, elle n'en demeurait pas moins incapable de piéger ce cadet plein d'astuce.

– Réveille-toi ! s'égosillait Dizir. Tu ne vas tout de même pas te laizer berner par ze puzeau de mirobolant ! Zeggirkill !

À un moment, les deux dragons volaient côte à côte, leurs ailes se touchant presque. Dizir et le jeune seigneur se dévisagèrent dans la clarté céleste.

Le demi-troll fut frappé par l'air juvénile de son adversaire. Visage poupin, sans un poil au menton, expression joyeuse : un vrai gamin !

– Il a vu que z'étais zidéré par zon apparence, et il a ri de bon cœur. Il a levé zon ezpèze de lanze, comme pour me zaluer. Puis, zoudain, il a fait un gezte du poignet. Il a abaizé la tige d'un coup, et zelle-zi z'est allonzée démezurément. La pointe a zailli dans ma direction !

L'arme du jeune seigneur était un objet rare constitué de tubes de fer emboîtés les uns dans les autres. Un mouvement approprié les faisait sortir, triplant ou quadruplant d'un coup la longueur de la tige.

La pointe toucha Dizir derrière l'oreille ; elle glissa sur l'os proéminent que le demi-troll possède à cet endroit.

– Un peu plus z'à gauche, et zette choze m'entrait dans l'oreille. J'en ai froid dans le dos rien que d'y penzer !

Le combat en plein ciel se poursuivait, plus acharné

que jamais. Et il devint de plus en plus clair, aux yeux de Dizir, que Mabok l'emporterait sur Gaefa. Le jeune dragon surclassait son aînée dans tous les domaines et il ne donnait aucun signe de fatigue. Gaefa, blessée dans sa chair et dans son orgueil, se mit à prendre des risques insensés. Dizir ne la contrôlait plus.

– Z'avais beau hurler mes zordres, elle n'en faizait qu'à za tête. Alors z'ai levé mon regard vers les nues et z'ai appelé la Zainte Vierge à mon zecours… Elle m'a entendu !

Dizir finissait juste sa prière quand Daphnir émergea des nuages, tel un baleineau sautant hors de la mer. Des lambeaux de vapeur grise restèrent un instant accrochés à son corps gris.

Mon dragon fondit sur Mabok.

– Je suis Daphnir le Noir ! tonna-t-il.

Entendant ces mots humains prononcés par un dragon, le mirobolant ravala le feu qu'il s'apprêtait à cracher. Il battit des ailes comme une perdrix affolée.

– Vah ! ordonna le jeune seigneur.

Mais Mabok n'écoutait pas. Il tourna le dos au combat et fila à tire-d'aile sans demander son reste. Dizir remercia mon dragon avec chaleur.

– Les catapultes ! dit-il en pointant l'index vers le bas.

Daphnir comprit immédiatement, et ensemble ils plongèrent dans les nuages qui, entre-temps, avaient pris une teinte noirâtre.

Ils se retrouvèrent bientôt sous une pluie battante, à survoler les Monts Jaunes comme Svartog un peu plus tôt. Le tonnerre grondait sans répit ; il y avait des éclairs.

Les catapultes tressautaient régulièrement ; leurs pierres,

minuscules à cette distance, suivaient chaque fois une trajectoire différente.

– Elles z'auront bientôt fini de cracher ! songea Dizir.

Heureusement, les catapultes, hautes tours sombres, demeuraient bien visibles dans cet environnement brouillé. C'était le meilleur des points de repère !

Lorsqu'ils arrivèrent à proximité de leurs cibles, les dragons se séparèrent. Gaefa vida sa poche à feu sur la première catapulte pendant que Daphnir allait se charger des deux engins restants, indifférent aux flèches que lui lançaient les Ghizois.

Les projectiles rebondissaient ou se brisaient sur sa peau dure tandis qu'il crachait ses flammes en jets compacts et bleutés. Sa tâche accomplie, il s'éloigna sans se presser. C'est à ce moment que, l'apercevant à travers le déluge, je l'avais pris pour Gaefa.

– Daphnir z'est montré héroïque, répétait Dizir à qui voulait l'entendre. Il est le zang-froid incarné !

39
LE ROI IMMOBILE

On avait l'impression que les dieux, là-haut, nous déversaient des seaux d'eau. Les Ghizois, sous leur heaume, voyaient par une ouverture horizontale plutôt mince. Les gouttes obstruaient celle-ci, et c'est la raison pour laquelle nos ennemis se trouvèrent forcés d'ôter leurs casques et de les jeter dans l'herbe. Ils devinrent du coup vulnérables, et nos braves en profitèrent.

Tête nue, privés du soutien de leurs catapultes, les guerriers de Hakon montrèrent une certaine fébrilité ; ils perdirent du terrain. Bientôt, les combattants qui m'encerclaient furent repoussés, et je me retrouvai – avec quel soulagement ! – au milieu des nôtres.

Mon premier geste fut de me pencher sur mes amis. Jaglavok et Njall vivaient, Dieu merci ! Je chargeai des hommes de la horde de s'occuper d'eux.

- Emmenez-les à l'écart et soignez-les, ordonnai-je. Maintenant !

Les visages de ceux que j'avais désignés pour cette tâche se rembrunirent. Je les forçais à abandonner le combat, au moins pour un temps, et ils en éprouvaient naturellement du dépit. Ils obéirent pourtant, et avec zèle, pendant que je remontais sur le dos de Krorr.

Pas lourd, respiration bruyante, le dragon royal était toujours à la peine. Je n'avais pas le loisir de m'en inquiéter, aussi lui parlai-je avec une dureté que je regrettai par la suite :

– Avance !... Hoogh, je te dis !

La pluie faiblissait par instants, puis elle reprenait de plus belle. Il me sembla que le tonnerre s'éloignait.

Du haut de ma selle-siège, je contemplai les deux armées ; elles s'affrontaient avec une sauvagerie désordonnée. Les corps, luisants de pluie, pataugeaient dans la boue. Les guerriers frappaient à tort et à travers, oubliant l'art de l'épée ou de la hache. Je compris qu'on était arrivés à ce moment de la bataille où seule compte la rage de vaincre.

– Hoogh ! hoogh ! hurlai-je.

J'entrai dans la mêlée, Krorr traçant son chemin à travers les rangs ennemis.

– Nous zommes là, ô mon jarlal !

Jetant un regard en arrière, je découvris Dizir, un large sourire barrant sa face cabossée. Il pointa le doigt en avant, vers les catapultes, et je le félicitai d'un cri :

– Bravo !... Où est Svartog ?

– Il... ien... ze... ois !

– Quoi ?

– IL VA BIEN ZE CROIS !

Gaefa se battait en rugissant ; ses gestes machinaux laissaient deviner une certaine fatigue, qui m'étonna. J'ignorais alors quel duel elle venait de livrer dans le ciel.

La démarche de Krorr devenait vacillante, aussi je devais m'agripper à ma selle.

– Qadvaa !

Un grondement sourd monta des entrailles du dragon royal – je le sentis dans mes jambes plus que je ne l'entendis.

– VAH ! intimai-je.

Et Krorr cracha une flamme courte, pâle, qui mourut presque aussitôt.

La lumière des éclairs illuminait le champ de bataille avec une étrange régularité. Je découvris Hakon à quelque cent pas de moi, immobile et raide sur son mirobolant.

La vision de cet homme, l'héritier d'une dynastie ennemie, prédatrice, fit bouillir mon sang. Tandis que ses hommes avançaient, lui restait à la même place, résistant au flot humain comme un rocher dans la mer. Je décidai d'aller le provoquer.

Krorr, vieux serviteur fatigué, ne ferait pas le poids contre le mirobolant Magma. Il me fallait Gaefa ! Avec elle pour alliée, je pensais avoir une petite chance.

Je dus m'égosiller pour attirer l'attention de Dizir et lui faire comprendre mon intention. Nous reculâmes pour nous retrouver parmi les nôtres et échanger nos montures en toute sécurité.

– Tu vas défier Hakon, hein ? beugla Dizir à mon oreille.

J'acquiesçai.

– Gare à Magma, mon Bjorn ! Z'est le meilleur de touz !

Au milieu de ce déchaînement conjugué de la nature et des hommes, le demi-troll me donna l'accolade, un geste qui m'amusa en dépit des circonstances. Ensuite il me fit la courte échelle pour m'aider à monter en selle, car mon bras blessé me faisait souffrir.

Gaefa quitta le sol en deux battements d'aile ; son ascension fut si rapide que je faillis tomber de ma selle.

Nous volions droit vers Hakon, toujours immobile. Je serrais les rênes dans ma main valide, l'œil rivé sur mon adversaire, qui lui aussi me fixait. Soudain, le mirobolant Magma décolla verticalement. Je m'attendis à ce qu'il vienne à ma rencontre, mais non : il tourna sur lui-même et fila dans la direction opposée. Cette apparence de fuite me surprit et m'indigna tout à la fois. Gaefa poussa un cri de rage.

Magma se mit à monter rapidement, et je me dis que peut-être Hakon voulait se battre au-dessus des nuages. Oui, c'était sûrement cela : il m'emmenait dans les « sphères supérieures », comme disait Svartog ; là où la pluie n'existe pas.

Gaefa entra dans l'épaisse couche nuageuse derrière Magma. On n'y voyait rien ; j'aurais placé ma main devant ma figure qu'elle me serait restée invisible. J'attendais, impatient, de sortir de ce gris opaque, quand une lueur orange apparut devant moi. Je n'avais aucune idée de ce que ça pouvait être. Plus maligne que moi, Gaefa comprit tout de suite que nous étions attaqués. Elle fit une embardée pour éviter la flamme de Magma, qui nous manqua de peu.

40
SEGGIRKIL !

Ainsi, Hakon m'avait attendu en embuscade. Comment son dragon avait-il réussi à orienter son feu dans les ténèbres, je l'ignore. Le procédé était perfide, quoi qu'il en soit ; il renforça encore le sentiment de mépris que j'éprouvais à l'égard du roi ghizois.

Lorsque nous fîmes surface, le soleil me frappa en pleine figure. J'ai les yeux sensibles et je dus fermer les paupières un instant.

Je les rouvris avec prudence et cherchai mon ennemi du regard. Hakon était déjà loin, sa silhouette et celle de Magma se fondant dans la lumière étincelante.

– Hoogh ! hoogh ! hoogh ! ordonnai-je.

Gaefa accéléra un peu, mais elle était déjà à la limite de ses possibilités. Magma avait des ailes énormes et puissantes ; aucun dragon volant, disait-on, ne pouvait le battre à la course.

La rage au cœur, je renonçai à la poursuite. Nous fîmes demi-tour pour nous trouver nez à nez avec Daphnir, qui nous avait suivis.

– Hakon a filé, déplorai-je. C'est un lâche, définitivement !

– Veux-tu que je le rattrape ? Je le rattrape, si tu veux.

La voix de mon dragon résonna, claire et vibrante, dans le silence des nues. Je sentis Gaefa frémir sous moi.

– Tu penses pouvoir…

– Oui, assura Daphnir. Mais je dois y aller vite. Maintenant.

– Va, décidai-je.

Daphnir nous croisa pour prendre la direction de l'ouest.

– Que dois-je faire de lui ? demanda-t-il avant de s'élancer.

J'avais espéré qu'il ne me pose pas la question. Je réfléchis à toute vitesse, conscient que chaque seconde perdue rendrait sa tâche plus difficile. Je caressai l'anneau Lik, avant de prononcer ce mot terrible :

– Seggirkil !

Daphnir partit comme une flèche. Je me retournai pour le voir s'éloigner. Il me sembla d'abord qu'il n'avançait pas assez rapidement. Après tout, son envergure était loin d'égaler celle de Magma. Je poussai un soupir, tandis que Gaefa, les ailes figées, planait en attendant mes instructions.

J'aperçus un aigle ou un faucon qui volait au ras des nuages. Ceux-ci étaient tellement sombres que l'oiseau paraissait clair en comparaison.

Mon regard revint à Daphnir. Je le distinguais à peine à cause du soleil, mais il me sembla qu'il avait accéléré son allure. Oui, sa silhouette diminuait à vue d'œil… Bientôt, mon dragon eut disparu. Il s'était évaporé, pour ainsi dire, laissant un vide dans le ciel.

– Dragon noir, murmurai-je.

Gaefa se laissa descendre sur mon ordre. Peu après, nous nous retrouvâmes sous les nuages, dans un univers glauque qui contrastait avec la divine clarté du dessus. Je pus bientôt embrasser du regard le champ de bataille. Les nôtres faisaient mieux que grignoter le terrain adverse. J'eus la satisfaction de découvrir les catapultes, objets inutiles, pathétiques, environnées de Fizzlandais.

Si les flancs de l'armée ennemie résistaient bien, son centre était complètement enfoncé. Tout cela augurait une issue heureuse.

J'allais rejoindre ma place au cœur de la bataille, près de Dizir dont j'apercevais la royale monture, quand mon instinct de morphir m'incita à tourner la tête. Des troupes arrivaient du nord-est ; elles se trouvaient à une demi-lieue de l'arrière-garde ghizoise.

– Des renforts ! me dis-je avec angoisse, pensant qu'il s'agissait de nouveaux adversaires.

Mais, à y regarder mieux, je doutai que ce fût le cas. Il y avait un je-ne-sais-quoi de particulier dans le mouvement de cette armée – une allégresse perceptible même à cette distance.

– Tibitib ! soufflai-je.

Gaefa vira à gauche. Les Ghizois réalisèrent en me voyant survoler leurs lignes que Hakon ne reviendrait plus. Certains pensèrent qu'il avait été battu en plein ciel, d'autres, plus clairvoyants, se dirent qu'il avait fui.

L'arrière-garde ghizoise s'était retournée pour attendre les arrivants. Ces derniers, sept ou huit centaines à vue de nez, avançaient à marche forcée. Des chants me parvinrent, ainsi que des roulements de tambour.

Je souriais dans le vent et la pluie, car je ne doutais plus que les renforts étaient pour nous, et non pour nos ennemis. J'en eus la confirmation dans la minute suivante, lorsque je pus voir que le vert et le jaune dominaient partout, sur les bannières, les boucliers, les tuniques… Or ce sont là les couleurs de Koy.

Mon arrivée provoqua des remous parmi les non-humains ; des archers trolls pointèrent leurs flèches dans ma direction. Heureusement, je fus bientôt reconnu et salué par une clameur enthousiaste.

Je me posai à quelques pas des premières lignes.

– Gloire à toi, ô jarlal ! lança une voix que je connaissais bien.

C'était Benok. Revêtu d'une armure damasquinée et d'un casque à visière, il montait un étalon noir richement caparaçonné. Quelle allure il avait, bon sang ! On aurait dit un prince.

Il vint à ma rencontre, suivi par Gengizmir, plus martial que jamais, d'Aymarok, l'hirogwar savant, de Flossi le Viking-sans-Famille et de plusieurs autres cavaliers.

– Comment vont les chozes, ô jarlal ? s'enquit Gengizmir.

Sa tête était si grosse qu'elle n'entrait pas dans son casque à piques, maintenu en place grâce à une lanière.

– Nous avons souffert. Ils ont d'excellentes armures. Et ils savent se battre ! Leurs catapultes sont des engins terribles, mais nous avons réussi à les neutraliser grâce à Gaefa et à mon Daphnir, qui les ont enflammées.

– Bravo ! fit Gengizmir.

– À présent, la bataille semble tourner à notre avantage, poursuivis-je. Rien n'est joué cependant, et votre arrivée est une bénédiction.

– On va vous aider à finir le travail ! gronda Flossi, l'œil brillant et la face rubiconde.

– Ah, et ils n'ont plus de roi !

– Hakon est mort ? demanda Aymarok.

– Il est en fuite, regagnant son royaume par la voie des airs. Daphnir est à ses trousses avec ordre de… de lui régler son compte.

– Il monte Magma, je présume, dit Benok.

– Oui.

– Comment ton dragon pourrait-il… Enfin, il n'est pas de taille contre Magma.

– Daphnir est un noir, révélai-je. Il peut vaincre n'importe quelle créature.

Ils me regardèrent sidérés.

– Impozible ! s'exclama Gengizmir.

– Un noir, ai-je bien entendu ? dit Aymarok.

– Depuis quand le sais-tu ? m'interrogea Benok.

– Depuis le jour où il m'a parlé pour la première fois. C'était aux enfers, il y a plusieurs mois de cela. J'ai gardé le secret pour ne pas susciter la convoitise des puissants.

41
L'AFFRONT

J'avais décidé de rester, au moins pour un temps, aux côtés des non-humains, qui s'en montrèrent ravis. Je dois avouer que la rangée impeccable des adversaires qui nous attendaient excitait mon ardeur guerrière. C'était une nouvelle bataille qui allait commencer, et je préférais de loin y prendre part que de retourner d'où je venais, au milieu du chaos.

Les gouttes s'espaçaient de plus en plus, et je vis avec angoisse que bon nombre de Ghizois avaient remis leur casque. Je fis observer la chose à Benok, qui demeura impassible.

Nos piétons s'élancèrent en hurlant tels des gueux, à la mode trollienne. Les centaines avaient adopté la formation triangulaire. Les triangles de guerriers, trolls et hirogwars mélangés, avançaient la pointe en avant, et ils s'enfoncèrent dans l'armée ennemie comme des coins de bûcheron.

À la tête des cavaliers, une centaine de braves, je me portai au galop vers le flanc gauche des Ghizois. Le choc fut rude, mais nous parvînmes à briser leurs rangs très serrés.

– Seggirkil, Gaefa !

Dans le feu de l'action, je m'aperçus que les non-humains se débrouillaient étonnamment bien contre les Ghizois, dont les écailles de fer volaient sous les coups.

– Leurs armures ne résistent pas, pensai-je. Quel est ce prodige ?

Je réalisai alors que les trolls et les hirogwars utilisaient des armes de choc de préférence à l'épée ou à la hache. Fléaux d'armes, massues à piques et autres maillets de guerre étaient de loin plus efficaces contre les protections ghizoises. À cinq pas de moi, Gengizmir assomma un ennemi casqué d'un seul coup de maillet. Je me mis à rire, grisé par le spectacle.

La pluie cessa ; les nuages, chassés par le vent, émigrèrent vers l'ouest. Nous connûmes une nuit plus claire que le jour. Notre domination devenait toujours plus évidente. Si l'on m'avait interrogé sur la durée de la bataille, j'aurais dit qu'elle se terminerait avant minuit. Elle se prolongea pourtant jusqu'à l'heure du renard, nos ennemis faisant preuve d'un courage auquel je ne m'attendais pas.

Vint enfin le moment où les guerriers de Hakon lâchèrent leurs armes. J'écoutai la clameur de la victoire, hagard, incrédule. Benok éperonna son cheval pour me rejoindre. Il glissa de sa selle décorée ; je sautai en bas de Gaefa.

– Tu as gagné ta première bataille, ô mon jarlal. La légende autour de ton nom va encore grandir.

J'aperçus Dizir qui m'adressait de grands signes ; le voir en vie me rendit heureux. Il se fraya un chemin parmi les hommes fatigués, enjambant les défunts et les blessés.

– Trizte nouvelle, dit-il en m'agrippant le bras.

Je grimaçai, car il avait touché ma blessure.

– Krorr, le brave vieux Krorr… Il a zezé de rezpirer. Je l'ai zenti z'affaizer zous moi tout à la fin de la bataille. Il n'avait aucune blezure mortelle, pourtant. Zon cœur a lâché.

– Il avait trente-trois ans. Ce n'est pas si vieux pour un dragon griffes, observai-je, très affecté par cette mort.

Je demandai à Dizir de me conduire jusqu'à Krorr. Cinq survivants de la horde, venus à ma rencontre, m'entourèrent pour m'escorter. Ils surveillaient nos prisonniers avec attention, craignant un geste fou contre ma personne. L'extrême confusion qui suit un affrontement d'envergure est propice aux actes désespérés.

– Jarlal ! Jarlal ! scandaient nos hommes.

Ce fut à mon tour d'attraper le bras de Dizir.

– Va voir du côté des archers. Je dois savoir si…

– Zi Zigrid est zaine et zauve. Z'est déjà fait, ô mon jarlal. Z'ai effectué un petit détour avant de te retrouver. Elle ze porte comme un charme ! Pas la moindre égratignure, à ze que j'ai pu conztater. Elle z'occupe des blezés et donne des z'ordres à tout le monde. Quel tempérament, zaprizti !

Je respirai plus librement.

Krorr, entouré d'une foule de curieux, reposait sur le ventre, les pattes repliées sous lui. Sa belle tête colossale exprimait la sérénité absolue. Le dragon royal avait les yeux fermés, et il semblait vaguement sourire. Je m'approchai pour le caresser et coller l'oreille contre son flanc. Aucun bruit ne s'échapperait plus jamais de ces entrailles merveilleuses.

En ces temps où les dragons ont presque disparu de la surface du monde, la perte de l'un d'entre eux représente un grand malheur. C'est chaque fois comme un pas de plus vers l'extinction. J'ignore si les guerriers qui m'entouraient en avaient conscience tandis qu'ils contemplaient, dans un silence recueilli, la dépouille du dragon royal. Pour moi, cette mort était un crève-cœur autant qu'une catastrophe.

– Il n'aura pas survécu longtemps à son maître.

Je me retournai pour savoir qui avait parlé. C'était Ghizur-Loup-Blanc, le bras en écharpe et le front souillé de sang noir. Vestmarr la Dent l'accompagnait, indemne, l'air satisfait, ainsi que Bardi le Borgne. Ce dernier, soutenu par deux guerriers, paraissait très mal en point.

Je serrais les dents et les poings, car la vision de ces trois seigneurs me remplissait de colère.

– Vous avez chargé les Saxons, dis-je d'une voix blanche. Je n'avais donné aucun ordre pour cela. Vous vous êtes rendus coupables d'insubordination. Qu'avez-vous à dire pour votre défense ?

Il y eut un léger murmure dans l'assistance, puis tout le monde se tut. Ghizur soutint mon regard, mais il ne dit rien ; il semblait embarrassé.

– Nous… Nous… proféra Bardi en dodelinant de la tête.

Le pauvre ne parvenait pas à former une phrase complète.

– Nous avons agi selon notre devoir, intervint Vestmarr.

– Votre devoir est d'obéir à votre chef! m'emportai-je. Les archers ont dû suspendre leurs tirs par votre faute. Des vies ont été gaspillées. À cause de vous, la cavalerie nous a manqué au moment où nous avions besoin d'elle.

Votre initiative aurait pu tout gâcher, tout ! Vous avez mis le royaume en péril ! Le mot trahison n'est pas trop fort.

– Bien dit, Bjorn, approuva Dizir.

– Attendre que les archers fassent le travail, c'est la tactique des lâches, osa répliquer Vestmarr. La cavalerie n'est pas là pour faire tapisserie, jeune homme.

– « Zeune homme »... Tu l'as appelé « zeune homme » ! gronda Dizir. As-tu perdu la raizon, des fois ?

Il avait sorti son épée et marchait déjà sur Vestmarr. Je le retins, bien qu'à regret.

Bardi le Borgne se traîna seul jusqu'à moi ; il perdit l'équilibre et je le rattrapai de justesse.

– Ô mon jarlal, souffla-t-il... Écoute la... la vérité par ma bouche.

Son bon œil se fermait tout seul ; il devait se faire violence pour demeurer conscient.

– Est-ce que tu m'entends, Bjorn fils d'Érik, mon jarlal ?

– Oui, Bardi, je t'entends.

– Ghizur n'y est pour rien. Vestmarr... c'est Vestmarr qui a ordonné... Une fois qu'il avait lancé ses hommes, nous avons été forcés de... de suivre.

– Vous auriez pu les laisser partir.

– Sans doute, oui. Mais... Pardon, ô mon jarlal !

D'une voix ténue, presque inaudible, Bardi le Borgne me demanda alors s'il pouvait baiser l'anneau Lik. Je le lui permis volontiers, avant de le confier à d'autres bras.

Je me tournai vers Vestmarr.

Ai-je décrit ce grand seigneur ? Je pense que non. Sa chevelure noire et abondante contrastait avec une barbe pauvre, poivre et sel. Il était fort, grand (il me dépassait d'une bonne tête), se tenant bien droit sur ses jambes arquées de cavalier. Son visage joufflu et sa bedaine rebondie annonçaient un bon vivant, ce qu'il était bel et bien, en même temps qu'un guerrier redoutable et sans pitié. On le disait excellent escrimeur, plus rapide que l'éclair.

Je m'apprêtais à le tancer vertement, devant tous, et puis à oublier l'incident, mais il prit les devants sur un ton hautain :

– Nous devions charger. C'était la seule attitude honorable pour les seigneurs que nous sommes. Et tant pis si tu trouves à y redire !

Je crus que Dizir allait lui sauter à la gorge.

– Du calme ! intimai-je.

Les guerriers qui assistaient à la scène, de plus en plus nombreux, attendaient ma réaction. Chacun voulait voir comment je réagirais face à l'affront. Sur un seul mot de moi, Dizir et les hommes de la horde se saisiraient de Vestmarr et, l'ayant désarmé, ils lui lieraient les mains. Le seigneur serait jugé plus tard ; il encourait l'exil et la confiscation de tous ses biens. Je pourrais aussi le faire mettre à mort, là, tout de suite : un jarlal peut se passer des lois en temps de guerre.

Un petit sourire apparut sur la face ronde de Vestmarr la Dent. Il s'amusait visiblement de mon indécision.

– Tu me méprises, n'est-ce pas ? dis-je d'une voix tranquille ou qui se voulait telle. Depuis que j'ai revêtu la tunique d'or, tu ne cesses de me défier. Tu te crois plus digne de la porter que moi, un jeune Viking sans expérience des batailles. Peut-être as-tu raison, ô Vestmarr. Peut-être suis-je indigne de ma haute fonction.

– Non ! protesta un jeune guerrier, presque un enfant. Bjorn le Morphir est grand !

Il rougit de son audace et rentra dans le rang pour se cacher. Son intervention m'avait fait chaud au cœur.

– Je pourrais te faire arrêter, poursuivis-je, dévisageant Vestmarr. Dizir ici présent te saignerait volontiers, là, sur-le-champ, comme un vulgaire bestiau.

Ici Vestmarr prononça une phrase entre ses dents, quelque chose qui ressemblait à : « Qu'il essaie donc ! » Je n'y prêtai pas attention.

– Mais je préfère régler l'affaire moi-même, annonçai-je. Que Dieu juge qui de nous deux doit diriger ce royaume !

Je dégainai alors, aussi calmement que j'en étais capable. Tyrfing avait dû anticiper les choses (elle sait lire dans mon cœur !), car son manche était déjà tiède, et elle vibrait de la pointe au pommeau.

– Un duel ! s'exclama Vestmarr. Voilà qui est surprenant. Ha ! ha ! J'avoue que je ne m'attendais pas à cela, jeune homme !

– Bjorn ! intervint Ghizur. Mon jarlal…

– Ma décision est prise.

Une rumeur affolée monta de la foule. Le très jeune guerrier, celui qui avait rougi, poussa des coudes pour revenir au premier rang.

J'ordonnai à tout le monde de s'écarter ; le cercle s'agrandit autour de Vestmarr et de moi. Dizir, dans mon dos, recula de mauvais gré, grognant comme un chien de garde. Mon adversaire avait dégainé son épée légère et mince, sortie des ateliers d'Ulf le Brûlé. Il me toisait, le regard étincelant. Je gage qu'il se voyait déjà à la tête du pays.

Ghizur s'avança.

– Es-tu bien sûr, ô jarlal, que tu désires te battre ? Il est d'autres façons de régler…

– J'ai pris ma décision, le coupai-je. Je n'en changerai point.

Il s'adressa alors à Vestmarr :

– Si tu remportais ce combat et que Bjorn fils d'Érik venait à périr par ta lame, cela ne ferait pas de toi notre jarlal. Seul le Conseil des sages peut désormais…

– Je connais la loi, Ghizur, l'interrompit Vestmarr avec impatience. Et maintenant, écarte-toi ! Ce jeune homme et moi allons croiser le fer sous l'œil du Tout-Puissant.

42
LES CORBEAUX DANS LE CIEL

J'imagine que tu seras déçu, cher lecteur, par ce que je vais te conter à présent. Le duel qui m'opposa à Vestmarr la Dent, ce grand seigneur, ne ressembla en rien à mes combats contre le prince Dar. Ni péripéties ni rebondissements sans nombre : l'affrontement se termina en moins de temps qu'il n'en faut à une feuille pour tomber de sa branche jusqu'à terre.

Au moment de commencer, dans un silence religieux, rompu seulement par quelques raclements de gorges, Vestmarr fit une remarque sur mon épée « magique ». Il sous-entendait bien sûr que la possession de Tyrfing me conférait un avantage – ce qui n'était pas faux, somme toute. Sans hésiter, je plantai ma lame dans le sol et demandai une épée au guerrier le plus proche. Celui-ci, confus, me confia une arme courte, à mi-chemin entre l'épée classique et le scramasaxe, couverte de boue et de sang.

– Elle n'est pas digne de toi, ô jarlal, balbutia-t-il.

– Ça ira très bien, dis-je. Merci, l'ami.

Comme je n'avais pas de bouclier, étant incapable de porter quoi que ce soit à gauche, mon adversaire s'était séparé du sien.

Le combat pouvait débuter. Vestmarr affichait la plus grande assurance. Pourtant, je décelai chez lui quelques signes d'inquiétude. Il connaissait ma réputation et m'avait vu à l'œuvre l'autre nuit, contre Dyri et les jeunes guerriers. Il misa tout sur l'effet de surprise, espérant me transpercer du premier coup.

D'aucuns ont raconté qu'il avait trébuché, ou glissé sur l'herbe humide de rosée. C'est faux. Il a fondu sur moi comme un sanglier, l'arme en avant, alors que j'effectuais le salut conventionnel des duellistes. Je pourrais dire qu'il me manqua de peu, mais même cela n'est pas vrai. La chaleur du combat m'habitait des pieds à la tête, je me trouvais dans un état d'attention et de lucidité extrême. J'esquivai la pointe sans difficulté, d'un simple déhanchement, et plantai la mienne entre les côtes de Vestmarr – profondément.

On a également affirmé, et cette information circule encore aujourd'hui, à l'heure où j'écris, que j'ai tranché le cou de mon adversaire expirant. Il n'en est rien ! Vestmarr la Dent mourut avec la tête accrochée au corps, devant des centaines de témoins qui peuvent confirmer le fait. Et ses restes ne furent pas donnés en pâture aux ragres, mais brûlés, comme ceux des milliers d'hommes décédés à Akrar.

L'issue foudroyante du duel souleva un murmure d'incrédulité. Je mis moi-même quelques instants à réaliser que c'était déjà fini.

Les cris qui saluèrent ma victoire s'élevèrent d'abord timidement, un à un. Le garçon rougissant donna l'exemple en lançant un «Jarlal, ô jarlal ! ». Je n'ai jamais su son nom ni cherché à le connaître. La mort de Dyri m'incitait à ne plus me faire trop d'amis parmi mes guerriers. La tristesse était trop grande de les voir disparaître, fauchés en pleine jeunesse.

– Bon Dieu, mon Bjorn, tu l'as exzpédié, mezire la Dent! Ho! ho! Quel coup magiztral!

Je fus sur le point de dire que j'avais eu de la chance, avant de me raviser. Pourquoi minimiser un acte qui me vaudrait un surcroît de prestige? Le chef a besoin du respect qu'il inspire; il s'en sert pour gouverner.

– Je deviens malin, pensai-je, en proie à une certaine lassitude.

Une journée commençait, radieuse. Il n'y avait plus un seul nuage au-dessus de nous, ni ailleurs dans le ciel. Un homme de la horde vint m'annoncer, bouleversé, que Njall le Hardi avait rendu son dernier souffle. Ce grand, ce merveilleux serviteur du royaume était mort sans rouvrir les yeux. Je songeai un instant à Helga.

– Des barques! annonça quelqu'un.

Je marchai vers le fleuve, entouré de Dizir et de Ghizur-Loup-Blanc, muet comme une tombe.

Les hommes s'écartèrent pour me laisser accéder à la rive. Une douzaine d'embarcations approchaient en effet, surchargées de femmes et de jeunes adolescents. Ces braves gens venaient nous apporter leur aide pour soigner les blessés. À l'avant de la première barque, j'aperçus une silhouette bien connue. C'était Svartog, fumant la pipe et agitant les bras.

– Ze cher Longs-Bras! s'exclama Dizir.

Le demi-hirogwar débarqua avec peine, aidé par deux demoiselles. Il vint à nous en clopinant, appuyé sur une béquille.

– Pied cassé ! annonça-t-il en levant une jambe bandée jusqu'au genou. Pas de veine !

Nous nous embrassâmes avec effusion. Dizir aussi serra Svartog dans les bras.

– Il y a eu un duel. Bjorn a exzpédié Veztmarr la Dent dans l'autre monde.

– Comment cela ? s'étonna Svartog. Que s'est-il passé ?

– Veztmarr a défié ouvertement l'autorité du zarlal. Il n'a eu que ze qu'il méritait.

J'annonçai au demi-hirogwar la mort de Njall.

– Et Jaglavok ? demanda-t-il, l'air sombre.

– Touché mais vivant. Allons le voir ensemble, si tu veux.

– Volontiers.

Nous nous rendîmes auprès de mon conseiller en longeant le fleuve, suivis par je ne sais combien de guerriers – une véritable procession !

Jaglavok, allongé parmi d'autres blessés, avait la tête et le bras emballés dans d'épais bandages. Il sourit à notre approche.

– Salut à toi, ô jarlal ! Je suis bien heureux de te voir.

– Il y a eu un duel ! lança Dizir de loin. Bjorn a exzpédié...

– Je sais ! Les nouvelles vont vite.

J'interrogeai Jaglavok sur son état ; il me rassura en souriant.

– J'ai mal au crâne, mais ces dames d'Updala qui s'occupent de nous ne lésinent pas sur l'eau-de-vie. J'en ai eu trois rations, hi ! hi ! Et je me sens déjà beaucoup mieux... Ami Svartog, me permettras-tu de tirer sur ta pipe ?

– Mais bien entendu ! Laisse-moi seulement t'en préparer une nouvelle.

Svartog vida le fourneau sculpté par Ketill, le cura, puis fouilla sa besace pour y trouver du tabac. En attendant, Jaglavok se tourna vers moi ; il me tendit sa petite main sans ongles, un geste affectueux, inattendu chez lui, si peu enclin à montrer ses sentiments.

– Bjorn fils d'Érik, je te dois une reconnaissance infinie. D'abord tu m'as offert un voyage dans les airs. (À ces mots, il jeta un regard en direction de Svartog.) Et ensuite tu m'as permis de prendre part à cette merveilleuse bataille. Quel souvenir j'en garderai ! La mort partout, le danger dans chaque seconde... Tu as remis du piment dans mon existence, mon jarlal ! J'étais un vieux bouc acariâtre, prétentieux, revenu de tout, et toi tu m'as rendu la jeunesse !

– C'est peu de chose, en regard de ce que tu as fait pour moi et pour le royaume. Sans tes conseils avisés, nous aurions été vaincus.

– Ce n'est pas sûr. Et de toute façon je reste à jamais ton débiteur, déclara Jaglavok en me pressant les doigts.

Svartog lui planta la pipe entre les lèvres.

« Puf, puf... Puf, puf... »

Mon conseiller ferma les yeux ; un sourire béat se dessina sur sa figure de musaraigne.

– Une jolie chose, la vie, quand on y pense ! soufflat-il, perdu dans ses rêves.

Je dégageai ma main délicatement et laissai Jaglavok se reposer.

– Où est Ghizur ? demandai-je.

– Je suis là, dit ce dernier, resté en arrière.

– Comment vois-tu cette journée ?

– Il faut commencer par nourrir tout le monde. Que chacun boive et mange à satiété, c'est important.

– Tu as raison.

– Ensuite nous nous occuperons des morts.

Disant cela, il regardait le ciel criblé de points noirs. Les corbeaux arrivaient des quatre coins du royaume, attirés par les 8 000 cadavres (5 000 Ghizois et Saxons, 3 000 Fizzlandais) qui gisaient dans l'herbe verte.

43
DES NOUVELLES DE SKEGGO

Nous brûlâmes nos défunts sur des bûchers ; les Ghizois et les Saxons firent de même avec les leurs. Je revois ces hautes flammes dans la plaine d'Akrar, et mes narines ont gardé le souvenir de l'odeur agressive des cadavres en feu.

Un soleil glorieux inondait le pays et réchauffait nos corps las. Dans cette clarté intense, les flammes étaient presque blanches.

Nous creusâmes de grandes fosses rectangulaires, orientées est-ouest, où furent placés les os et les cendres. Les hommes et les chevaux étaient enterrés ensemble, selon la tradition. Armes, armures et cottes de mailles trouvèrent place sur les cendres, puis on remplit les tombes de terre. Des monuments de pierre vinrent recouvrir ces sépultures collectives, dont la forme variait suivant l'origine des hommes qui les avaient érigés. Nos tertres ressemblaient à des toits de maisons ; ceux des Ghizois, disposés en rond, évoquaient des cônes tronqués ; ceux des Saxons n'avaient pas de forme précise : on aurait pu les prendre pour des amas rocheux naturels.

Dans peu de temps, l'herbe pousserait sur ces tombes. Les générations futures les confondraient avec d'authentiques collines.

Après un jour et une nuit de ce labeur macabre, chaque peuple pria pour ses morts. Je présidai une cérémonie martiale, assez courte. Et je regrettai l'absence de Bardi (décédé une demi-heure auparavant), car au lieu de sa belle voix mâle, c'est la mienne, enrouée, mal assurée, qui entonna le chant des morts en ce matin du 14 mai 1068.

Une curieuse mélopée, ponctuée de tambourinements, nous parvint de l'autre bout du champ de bataille. C'était les hirogwars fizzlandais qui, guidés par Svartog, honoraient leurs morts dans le respect des anciennes traditions de leur peuple.

Les rituels terminés, les prisonniers partirent vers le nord, escortés par cinq centaines des nôtres, principalement des archers. Ghizois et Saxons seraient acheminés jusqu'au volcan Oddi et parqués dans son cratère éteint, une prison naturelle des plus pratiques. Peu d'hommes peuvent y garder un nombre considérable de prisonniers.

Nos blessés traversèrent le fleuve pour aller se reposer dans les fermes de l'autre rive, tandis que nous prenions en toute hâte la route du sud. Car la guerre n'était pas finie ! Nous ignorions quels dommages Skeggo fils de Ram avait pu causer à la flotte arlandaise. Aucun message ne nous était parvenu ; il se pouvait donc qu'une partie des troupes de Hur Ier ait atteint nos côtes. Dans ce cas, Hur marchait à coup sûr vers Updala, attiré par les richesses de la capitale.

Je montais un étalon blanc pris à l'ennemi, ayant laissé Gaefa à Dizir, parti la veille en reconnaissance par la voie des airs. Ma blessure au bras, dûment nettoyée et pansée, se faisait oublier.

J'avais espéré que Jaglavok serait à mes côtés, mais son

état lui interdisait de voyager. Privé de sa présence comme de celles de Njall et de Dizir, il me restait mon fidèle Svartog, d'humeur enjouée malgré son pied cassé. Il croyait dur comme fer au succès de nos drakkars et, partant, à la fin prochaine du conflit. Son faucon sur l'épaule, la pipe au bec, il souriait à l'avenir. Je gage qu'il songeait à Maya et à son mariage.

– Sais-tu ce que Jaglavok m'a conseillé tout à l'heure ? dis-je, le tirant de ses rêves.

– Pardon ?

– Tu ne devineras jamais ce que Jaglavok m'a conseillé tout à l'heure, sur sa paillasse de blessé.

– À quel propos ?

– Au sujet des prisonniers. Il m'a recommandé de les faire égorger tous jusqu'au dernier.

– Et pourquoi donc, grand Dieu ?

– Il trouve dangereux, irresponsable, d'utiliser cinq centaines pour les garder, alors que nous aurons peut-être besoin de tous nos effectifs d'ici peu, contre le roi Hur. Et comme il serait imprudent de relâcher nos ennemis, qui pourraient se réarmer rapidement et menacer nos arrières…

– Exécuter tout le monde. Il n'était pas sérieux.

– Oh que si, il l'était !

– Sacré petit bonhomme, va ! Il a un cœur de barbare.

Et Svartog, pensif, tira sur sa pipe : « Puf, puf. »

L'armée progressait vite malgré la fatigue des hommes. Le silence régnait dans les rangs, car nous pensions aux morts. Chacun de nous avait laissé un ami proche, et souvent plusieurs, dans la plaine d'Akrar.

Je songeais à Njall le Hardi, au vide qu'il avait laissé

dans mon cœur. Je ne le connaissais vraiment que depuis une semaine, et pourtant je l'avais aimé comme un frère.

Svartog s'était renseigné pour moi au sujet de Sigrid. Ma fiancée et ses compagnes faisaient partie de ceux qui emmenaient les prisonniers au nord, une tâche que j'estimais sans danger. Je préférais de loin la savoir où elle était plutôt qu'avec nous, qui risquions d'affronter sous peu les Arlandais.

Car je n'étais pas, pour ma part, aussi optimiste que Svartog. Le rapport des forces me paraissait trop inégal pour que Skeggo ait pu venir à bout de la flotte ennemie. Je me préparais donc à une nouvelle bataille – perspective d'autant plus inquiétante que la science guerrière de Jaglavok me ferait défaut.

Je chevauchais en tête de l'armée, selon l'habitude des chefs Fizzlandais, quand Daphnir tomba littéralement du ciel. Sa survenue effraya mon cheval, qui se cabra.

– Holà ! Tout doux !

– Salut à toi, maître Daphnir ! lança Svartog, dont la monture, plus âgée et plus calme, n'avait pas bronché.

– Je vous souhaite le bonjour, prononça mon dragon. Le bonjour à tous.

Il s'approcha de moi, mais pas trop, à cause de mon cheval impressionnable.

– La chose est accomplie, déclara-t-il. J'ai dû poursuivre bien loin celui que tu sais. Je l'ai rattrapé finalement. Finalement, je l'ai rejoint.

– Et…

– L'homme et la bête ne sont plus. Seggirkil était ton ordre. L'ordre a été exécuté.

– Comment t'y es-tu pris ?

– Le feu bleu a transpercé la bête. Quant à l'homme, il est tombé d'une très grande hauteur et s'est écrasé sur le sol. J'étais si fatigué après cela que j'ai dormi. Longtemps, j'ai dormi au fond d'un bois.

– Tu mérites tous les éloges, la reconnaissance du royaume…

J'éperonnai mon cheval, qui partit au galop. Je le laissai se dégourdir les pattes dans la plaine vide, puis tirai doucement sur les rênes afin de lui faire faire un large demi-tour. L'armée nous attendait, immobile, pressentant quelque chose.

Je m'arrêtai à dix pas des premiers rangs et me dressai sur mes étriers.

– Fizzland ! criai-je.

– FIZZLAND ! tonna l'armée en écho.

– Compagnons, j'ai une nouvelle à vous annoncer ! Daphnir le Noir, notre mascotte, a poursuivi Hakon II et son dragon Magma. Un affrontement a eu lieu dans les hauteurs du ciel. Le roi ennemi et le mirobolant ont été vaincus, oui, vaincus !… Ils sont morts, compagnons !

Il y eut un instant de flottement, dû à l'extravagance de l'information. C'est Svartog qui, le premier, donna libre cours à sa joie.

– Hourra ! beugla-t-il. Hourra pour Daphnir le Noir !

L'armée s'ébranla un peu après. Les guerriers à belle voix chantèrent les couplets joyeux d'une ballade célèbre, tandis que nous, les moins doués, nous contentions des refrains. La journée était déjà bien avancée quand un de nos fauconniers sortit des rangs et se précipita en avant, le bras levé.

– C'est Névé, annonça-t-il.

Un faucon blanc comme la neige se posa sur son gant ; il apportait une missive ainsi rédigée :

Ô mon jarlal,

Nous avons trouvé la flotte ennemie au large de l'île de Bergd. Dure bataille, beaucoup de jeunes vies fauchées ! Mais nous avons vaincu Hur le Soiffard ! Quarante navires coulés, le reste en déroute !

Fizzland ! Fizzland !

Fidélité et respect.

Skeggo fils de Ram

– Est-ce bien là l'écriture de Skeggo ? demandai-je à Ghizur-Loup-Blanc.

– Sans aucun doute, m'assura-t-il après un rapide examen du message.

44
LA DANSE INATTENDUE

Svartog me prit le parchemin des mains ; l'ayant lu, il s'écria :

– Victoire ! Victoire complète et définitive, mes amis : Skeggo a vaincu la flotte du roi Hur !

L'émotion fut grande, ainsi qu'on l'imagine. Cris de joie, congratulations sans fin, désordre absolu : la nouvelle nous rendit fous, tous autant que nous étions. Benok, Aymarok, Flossi et Gengizmir se trouvaient à l'arrière avec les non-humains ; ils contournèrent l'armée en liesse pour me rejoindre.

Je sautai de ma selle pour aller donner l'accolade à l'armurier, qui tenait son cheval par la bride.

Flossi fondit sur moi à grandes enjambées ; il me serra contre lui à m'étouffer, après quoi, me soulevant de terre, il me déposa sur ses épaules.

– Jarlal ! Jarlal ! Jarlal ! scanda-t-il.

J'étais furieux ; j'avais l'impression d'être un gosse porté par son père.

– Repose-moi tout de suite, sombre idiot ! grondai-je. Je suis ton chef, le jarlal de ce pays, pas un vulgaire gamin !

Il obéit, penaud, et je lui pardonnai aussitôt son geste, car Flossi est un infirme. Il lui manquera toujours cette élémentaire sensibilité qui nous permet de nous comporter dignement dans l'existence. Jamais il ne saura tenir sa place dans la société, et c'est pourquoi, d'ailleurs, il vit à l'écart de son peuple.

Il n'y avait plus d'urgence à rejoindre Updala, plus de raison de se presser. J'ordonnai d'allumer les feux du soir et de distribuer la nourriture. Svartog, mon docteur attitré, remplaça le pansement de mon bras. Les hommes de la horde commencèrent à monter ma tente ; je les priai de n'en rien faire : je voulais dormir sous le ciel comme un guerrier ordinaire.

Après un repas joyeux, ponctué d'éclats de rire et de chansons, le camp fut pris de fièvre. Bientôt, il ressembla à une immense foire. On dansait partout, au son des flûtes ; des femmes, venues des villages alentour, changeaient sans cesse de cavalier – on se les disputait.

Gengizmir exécuta une bourrée trollienne avec une jeune fille rousse. Ses éperons tintaient, accompagnant la musique endiablée. La demoiselle, soulevée de terre, secouée, n'en menait pas large. Heureusement pour elle, son partenaire suivant, Benok, la traita d'une tout autre manière. L'armurier dansait à ravir, avec une aisance peu commune, pour un hirogwar.

– Bravo ! Bravo ! le félicitait Svartog, assis sur un coffre de voyage, son pied valide battant la mesure.

Il buvait de l'eau-de-vie au goulot d'une gourde velue, objet que je n'avais jamais vu entre ses mains.

– Un petit coup, ô mon jarlal ?

– Non, merci.

Des voix s'élevèrent pour me pousser à entrer dans le mouvement. L'idée ne me déplaisait pas. Je décidai d'attendre la prochaine danse pour enlever sa cavalière à Benok. Plus je l'observais, cette fille, plus elle me semblait jolie. Elle avait en outre un grand sens du rythme.

– Bjorn se prépare ! dit Svartog d'une voix tonnante. Il attend son tour, ho, ho !

J'avisai un groupe de guerrières dans l'assistance. L'air farouche, les cheveux quelque peu hirsutes, elles portaient la cotte de mailles et un bracelet de force au bras gauche.

– Des archères, pensai-je.

La plupart regardaient les danseurs avec une moue dédaigneuse ; d'autres, les plus jeunes, cachaient mal leur envie de participer à la fête.

Le morceau de musique tirait à sa fin ; je m'apprêtai à faire mon entrée sur l'aire de danse. C'est alors que je la vis. Entre deux archères de haute taille, elle était là, ses yeux rivés sur moi.

La musique s'était tue. Des cris et des bravos retentirent ; Svartog poussa des hululements de chouette, un bruit à vous percer les tympans.

– Arrête ça ! ordonnai-je. Sigrid est ici, regarde. Tu m'avais dit qu'elle était partie avec les prisonniers.

Le demi-hirogwar chercha ma fiancée des yeux ; l'ayant aperçue, il lui adressa un signe amical. Elle ne répondit pas à ce geste, demeurant immobile, figée parmi ses compagnes de centaine.

Benok approchait en tenant la fille rousse par la main.

– Je te recommande cette demoiselle, ô mon jarlal, dit-il. Elle a la grâce des elfes.

– C'est ce que j'ai pu observer, en effet.

– Bjorn fils d'Érik va danser, les enfants ! hurla Svartog en levant haut sa gourde. Ouvrez grands vos yeux, car c'est un danseur émérite. Il a appris aux enfers, chez les pépé... les petchégols !

Il était soûl, ma parole ! Svartog-Longs-Bras, cet exemple de tempérance, de maîtrise de soi, était fin soûl ! Comme quoi, tout arrive en ce bas monde.

– Oh, oh ! s'exclama-t-il. Voilà qu'une archère s'avance ! Voudrait-elle attirer l'attention du jarlal ? Oui, oui, je pense que oui !

Ayant dit, Svartog s'octroya une goulée d'alcool.

Sigrid, sortie du groupe de ses camarades, avait fait trois pas dans ma direction. Je la dévisageai, cherchant à lire ses intentions. Elle eut un sourire timide ; elle semblait perdue, indécise.

Face à moi, la demoiselle rousse respirait avec peine tout en regardant ses pieds. Ma tunique d'or l'intimidait. Je lui pris la main et la conduisis jusqu'au coffre de voyage.

– Tu dois être fatiguée après toutes ces danses. Tu mérites un peu de repos. Assieds-toi là, près de mon ami Svartog. Il est un peu éméché, ce soir, mais c'est un brave hirogwar.

– Viens, ma belette, dit mon ami en se poussant un peu. Est-il vrai que les cheveux des rouquines sentent la rhubarbe ?

Et hop, il se pencha pour renifler.

La musique avait repris, mais personne ne dansait. J'abandonnai la fille rousse pour aller trouver Sigrid. Nous étions la cible de tous les regards.

– M'accorderas-tu cette danse, demoiselle Gudrun ?

Elle rit, et nous commençâmes à tournoyer, nos pas s'accordant parfaitement. Nous avions l'habitude l'un de l'autre, et je suppose que ça se voyait. Les archères nous observaient bouche bée.

– Tu ne crains plus qu'on nous voie ensemble ? murmurai-je.

– La guerre est finie, de toute façon.

Svartog s'était mis debout avec peine, en s'appuyant sur l'épaule de la fille rousse.

– Quel beau couple, hein, les amis ! Le jarlal et l'amazone, hi ! hi… Ho ! ho ! ho !

– Svartog est soûl.

– Je vois ça, s'amusa Sigrid. Il a la même voix que Ketill, tout à coup. Les mêmes intonations…

– C'est ma foi vrai. L'eau-de-vie le *ketillise.*

Nous tournions toujours, serrés l'un contre l'autre, à la mode fizzlandaise. Je contemplais ma fiancée. Visage crasseux, crinière ébouriffée, tunique déchirée sous les mailles de fer : elle correspondait à l'image que j'avais alors d'une guerrière barbare, fille des steppes lointaines.

Je ressentis comme une brûlure au creux du ventre, et j'eus toutes les peines du monde à me retenir de l'embrasser, là, devant tous. J'avais faim d'elle, une faim terrible ! J'aurais voulu l'emporter ailleurs, à l'abri des regards, pour la serrer dans mes bras, la manger de baisers. Ah, comme je regrettais d'avoir empêché les hommes de monter ma tente !

– Qu'est-ce qu'il y a ? s'inquiéta ma fiancée.

– Je t'aime. Je suis fou de toi ! soufflai-je.

– La jouvencelle qui est là-bas, la rouquine, elle semblait t'intéresser aussi, tout à l'heure.

– C'est vrai, la taquinai-je. Je suis un chef. Les chefs ont un gros appétit pour toutes choses, la mangeaille, la guerre, les filles…

– Méchant.

N'y tenant plus, je piquai un baiser sur son front moite.

Pendant ce temps, Gaefa se posait à l'écart, près d'un feu périphérique. Dizir fendit la foule, déconcerté par l'atmosphère de fête qui régnait dans le camp, et dont il ne comprenait pas la raison. Il mit un certain temps à me trouver, une circonstance qui l'énerva positivement.

Il surgit sur notre gauche, bousculant deux guerriers pour pénétrer sur l'aire de danse. Un seul coup d'œil m'apprit que quelque chose ne tournait pas rond.

– Que zélèbre-t-on izi ?

– La victoire ! dit Sigrid. Quoi d'autre ?

Nous avions arrêté de danser.

Dizir ouvrit la bouche, la referma, se gratta le crâne avec violence. La musique semblait l'importuner, l'exaspérer même…

– Quelle victoire ? gronda-t-il alors.

– La nôtre, celle du royaume ! dis-je, stupéfait. Tout est fini. Skeggo a vaincu Hur sur la mer… Mais tu dois le savoir, toi qui reviens du sud !

– Vous vous trompez ! déclara Dizir. Z'est le roi Hur qui a gagné !

45
LE VENT ET LES FLÈCHES

Skeggo fils de Ram, homme maigre, au teint pâle, aux lèvres perpétuellement bleuâtres, était le seul des grands seigneurs qui ne m'avait pas manifesté d'hostilité ou de condescendance quand le roi m'avait fait jarlal du royaume. Lors du deuxième conseil de guerre, celui où j'avais remis tout le monde à sa place, je l'avais chargé de prendre le commandement de la flotte pour se porter au-devant de Hur Ier. Il s'était incliné sans un mot, je me souviens, avant de quitter dare-dare la maison royale.

Vingt et un navires mouillaient devant le village portuaire situé à deux lieues de la capitale. Skeggo envoya des messages dans nos principaux ports, ordonnant aux maîtres de drakkars de le rejoindre au plus vite. Puis il occupa son temps à choisir les meilleurs équipages de guerre.

Un navire arriva de Burfeld, deux autres de Sigluvik – et ainsi de suite. Au matin du 12 mai, la flotte fizzlandaise comptait trente bateaux. Chacun porterait cinquante hommes, dont quinze archers disposant de plusieurs milliers de flèches.

Skeggo ne voulait plus attendre. Profitant d'un vent favorable, il prit la mer sur Long-Serpent, son drakkar à quarante rames, à la proue en forme de reptile grimaçant.

Son fils de quinze ans, Stafn, tenait le gouvernail d'une main ferme, heureux à l'idée de participer à sa première grande bataille.

Tout autour d'eux sur la mer, des voiles carrées ou rectangulaires, en laine colorée, leur faisaient une brillante escorte.

Le ciel, clair au-dessus de leur tête, était sombre à l'horizon. Le vent ne tarda pas à tourner, rendant la progression beaucoup plus difficile. Remonter au vent n'est pas chose aisée, tous les marins vous le diront. Il leur fallut louvoyer, se battre contre les forces qui voulaient les repousser.

Ils naviguaient depuis deux heures à peine quand ils aperçurent des voiles droit devant. Skeggo relaya son fils à la barre, et le jeune guerrier fonça à la proue pour scruter la mer. Ses excellents yeux comptèrent une cinquantaine de drakkars ennemis.

Skeggo vira de bord, et toute la flotte avec lui. Les Arlandais penseraient qu'ils fuyaient devant leur puissance. Allaient-ils poursuivre les nôtres ? Skeggo escomptait que non, pensant que Hur n'aurait qu'un souci : atteindre au plus vite notre pays pour l'envahir et piller ses richesses.

C'est ce qui arriva. Les drakkars venus d'Arlande maintinrent leur cap, pendant que les nôtres, rassemblés à quelque distance de leur route, attendaient sagement. Dès que l'ennemi fut passé, Skeggo lui donna la chasse.

Nos drakkars minces, filant vent arrière, glissant sur les vagues tels des marsouins, gagnaient du terrain. Les archers s'étaient rassemblés à l'avant, sur la partie surélevée du pont. Skeggo, toujours à la barre, riait dans sa barbe.

Nos tireurs commencèrent leur travail de très loin,

profitant du vent. Leurs flèches enflammées s'éteignaient deux fois sur trois ; de nombreux projectiles tombaient à l'eau – mais d'autres atteignaient leur cible. Les archers ennemis, en revanche, demeuraient impuissants. Le vent contraire freinait leurs flèches, qui, toutes sans exception, terminaient dans la mer.

Les Arlandais ralentirent, espérant se rapprocher, mais Skeggo avait prévu la manœuvre. L'un de ses hommes brandit une rame écarlate en guise de signal. Aussitôt, tous nos équipages réduisirent leur voile, et la flotte fizzlandaise modéra son allure.

Nos hommes ajustaient de mieux en mieux leurs tirs. Les flèches pleuvaient sur les ponts ennemis, tuant et blessants du monde. Plusieurs voiles brûlaient, tandis que les Arlandais luttaient contre les flammes qui attaquaient bordages, ponts, mâts... Lorsque Skeggo jugea les dégâts suffisants, il décida que le moment était venu d'aller à l'affrontement. Chaque navire choisit sa proie et navigua pour la rejoindre.

Les nôtres lancèrent leurs grappins et, quand les drakkars se trouvèrent bord à bord, Skeggo souffla dans une trompe marine, donnant le signal de l'abordage.

Les nôtres prirent pied sur des ponts partiellement en flammes et jonchés de corps transpercés de flèches. La résistance fut néanmoins féroce ; les Arlandais, guerriers puissants (leur taille est en moyenne plus grande que celle des autres hommes du Nord), se défendirent comme des lions. Ils se battaient à la hache, leur arme de prédilection, et le sang coulait des deux côtés.

Un orage éclata – celui-là même qui arriverait sur Akrar quelque temps après –, inondant les ponts et éteignant les feux. Sous la pluie, sur des navires enfumés, la lutte resta le plus souvent indécise. Les choses finirent pourtant par tourner à l'avantage des nôtres.

Les uns après les autres, les équipages ennemis rendirent les armes. Sept ou huit navires parvinrent cependant à s'échapper.

Stafn n'avait pas pris part aux combats, son père lui ayant ordonné de rester à la barre. Le pauvre garçon rongeait son frein : il n'est rien de pire, pour un guerrier, que de vivre une bataille en simple spectateur. Il en pleurait de rage, ainsi qu'il me le confia plus tard.

Les nuages noirs semblaient se bousculer, poussés par le vent d'est. Un ciel bleu apparut, et le soleil, dont les rayons tombaient à pic. Stafn, qui assistait à l'ultime phase de l'affrontement, se morfondait, seul sur le drakkar paternel. Il songeait que Skeggo et les autres tireraient une gloire immense de cette victoire. Lui aussi, sans doute, recevrait des louanges – mais il ne les mériterait guère, puisqu'il n'aurait fait que tenir un fichu gouvernail !

Dégoûté, il détourna le regard. Et c'est alors qu'il aperçut, loin à l'est, des taches claires sur la mer. Des voiles ! Un groupement de voiles blanches, bleu azur, jaunes… Stafn, pétrifié, ne comprenait pas. Il apprendrait par la suite que l'ennemi avait essuyé une tempête peu après son départ d'Arlande. La flotte du roi Hur avait été scindée en deux.

46
LES HOMMES-OURS

Au moment où l'orage atteignait les côtes fizzlandaises, tout était déjà fini. Skeggo, attaché au mât du drakkar royal, le navire à cent rames de Hur Ier, reprenait connaissance. Il était blessé à plusieurs endroits et continuait à perdre du sang, ses adversaires n'ayant pas jugé utile de panser ses plaies.

Son fils Stafn, à genoux près de lui, pieds et poings liés, n'avait pas la moindre égratignure. Il était encore sous le choc. Les choses s'étaient passées si vite, et de manière tellement effarante...

Nos hommes avaient juste eu le temps de regagner leurs navires que déjà l'autre moitié de la flotte ennemie fondait sur eux. Le drakkar de Hur se trouvait parmi les retardataires ; sa voile géante, gonflée par le vent, semblait voler sur les flots. Vingt brasses le séparaient du premier de nos navires, quand trois silhouettes jaillirent de son pont. Un bond énorme, inhumain, leur permit d'atterrir au milieu d'un équipage fizzlandais stupéfié. Les trois créatures firent des ravages terribles à coups de hache, à coups de poing...

À une demi-encablure de la scène, sur le bateau de son père, Stafn écarquillait les yeux. Il voyait des corps projetés, entendait des grondements de bête. Le navire attaqué subit bientôt un abordage en règle. Alors que les hommes de Hur l'investissaient, les trois créatures, vêtues de clair, cagoulées, bondissaient sur un autre de nos bâtiments. Elles décimèrent l'équipage impuissant, avant de laisser la place et de s'en prendre à un troisième navire. Cette fois, leur saut se révéla trop court ; elles tombèrent à l'eau, soulevant une fantastique gerbe blanche, et nagèrent pour atteindre leur but. Elles escaladèrent la coque sans effort et recommencèrent leur besogne de destruction. Rien ne pouvait les arrêter : ni les flèches ni les lances. Peu importait le nombre de ceux qui tentaient de les repousser, elles en venaient à bout sans peine.

Leurs cris bestiaux résonnaient, amplifiés par le milieu marin. Stafn se surprit à claquer des dents. Qui étaient ces guerriers ? De quel genre de démons pouvait-il s'agir ?

Skeggo préparait ses hommes à la résistance, montrant l'exemple d'un courage sans faille. Mais lorsque les trois créatures, venues à la nage, enjambèrent le bastingage, il ne put réprimer un cri de stupeur : c'étaient des géants.

Les guerriers cagoulés balayèrent tout devant eux. Agrippé au gouvernail, Stafn assista à la déconfiture de ses camarades en tremblant comme une feuille. Il avait peur.

Un effluve de fauve parvenait jusqu'à lui, affolant ses sens. Il était tétanisé. Les trois intrus, de profil ou lui tournant le dos, frappaient sans relâche. Ils avaient abandonné leurs haches sur un autre pont ou dans la mer, et combattaient à mains nues. Leurs pognes griffues taillaient dans les corps des malheureux qui les approchaient ; le sang jaillissait en gerbes, éclaboussait tout.

À la fin, quand la plupart des hommes gisaient à terre, l'une des créatures se tourna vers Stafn. Elle avait une face velue et un museau d'ours. Le fils de Skeggo, à cette vue, s'évanouit.

Il reprit connaissance après un temps indéterminé, et la première idée qui lui vint à l'esprit, c'est qu'il était un lâche. Il n'avait pas combattu ; il n'avait même pas dégainé son arme ! Il se serait bien jeté à l'eau, de honte, si ses membres n'avaient été entravés par des cordes.

Entouré d'Arlandais, il découvrit son père attaché au mât, ensanglanté. Un homme imposant, une cape chatoyante artistement enroulée autour du corps, discutait avec des guerriers hauts de six pieds. Il portait une bague à chaque doigt et un casque damasquiné d'or. Le jeune prisonnier identifia Hur Ier.

Skeggo poussa un gémissement.

– Père ! appela Stafn.

– Tiens, tiens ! Voilà le valeureux garçon qui revient à lui. Il paraît que tu as livré un fameux combat, Stafn fils de Skeggo ! Tu es un grand héros, fiston !

Ayant dit, le roi Hur se mit à rire, et son équipage avec lui.

– Hé, les Oursons, venez par ici ! lança-t-il. Il y a un p'tit gars qui sera heureux de vous voir de près.

Les trois créatures cagoulées arrivèrent promptement. Elles dépassaient en taille et en largeur tous les guerriers présents. Leur démarche souple, dandinante, ressemblait à une danse.

– Je te présente mes Oursons, Stafn. Ce sont des triplés. En as-tu déjà vu de pareils ? Non, bien sûr ! Car ils sont seuls dans leur genre sur la terre, ha ! ha !

L'un des hommes-ours approcha son énorme museau de Stafn, qui faillit défaillir à nouveau. Les Arlandais s'esclaffèrent. Piqué au vif, Stafn décida de se reprendre. Il fallait à tout prix faire bonne figure ; son honneur – ce qu'il en restait – en dépendait. Il soutint le regard de la créature penchée sur lui, un regard terreux.

– Bonjour, prononça Stafn d'une voix à peine tremblante.

– Il ne te répondra pas, dit le roi Hur. Les dieux ne lui ont pas donné la parole. Mais ils l'ont doté de bien d'autres qualités, ainsi que tu as pu t'en apercevoir.

– D'où viennent ces créatures ? demanda la voix faible de Skeggo, qui venait d'ouvrir les yeux.

– Salut à toi, Skeggo fils de Ram, dit le roi. Je m'étonne que tu puisses encore articuler des sons dans l'état où tu es. Bravo pour ta résistance !

– Il faut le soigner ! s'écria Stafn.

– Je n'ai pas l'habitude de gaspiller onguents et bandages pour mes ennemis. Je les laisse crever, oui, tel est mon bon plaisir.

Hur leva la main pour caresser le front d'un homme-ours.

– Tu voulais savoir d'où viennent mes Oursons, Skeggo. Eh bien, je vais te répondre. Je les ai achetés à leurs parents, à prix d'or, quand ils avaient cinq ans. C'était dans les montagnes de mon île. Le père n'était qu'un avorton sans intérêt, un bouffeur de racines. Mais la mère ! Une femme extraordinaire, souple et fiévreuse, avec un regard dément. Une chasseresse. Pendant vingt années, elle s'était nourrie de viande d'ours. Exclusivement. Un jour de printemps, elle avait accouché de trois bébés velus, affreux… splendides ! Tu les as devant toi. La plus belle acquisition de ma vie. Ils n'ont pas de nom, leur maman n'ayant pas jugé utile de leur en donner un. Ils n'ont aucun ami en dehors de moi, leur maître, leur seule famille à présent. Leur éducation se résume à deux mots : chasser, tuer. S'ils possèdent une âme, elle doit être noire comme leur poil, et merveilleusement stupide.

Hur fit une pause pour contempler ses hommes-ours avec une infinie fierté, et peut-être même un brin d'affection. Ceux-ci tournaient en rond sur le pont ; ils semblaient incapables de rester tranquilles.

– Je les avais cachés au monde, attendant la meilleure occasion de m'en servir, poursuivit le roi. Ils sont mon arme secrète. À eux seuls, ne valent-ils pas une armée ?

47
L'OUTRAGE

Malgré leur faible tirant d'eau, les drakkars ne peuvent remonter la rivière très peu profonde qui relie Updala à la mer. Le roi Hur laissa donc ses navires pour marcher sur notre capitale. Il disposait d'un bon millier d'hommes, guère plus. Skeggo et ses compagnons avaient occis la moitié du contingent arlandais avant de capituler. Mais Hur Ier, en plus de sa petite armée, avait les Oursons, ce qui changeait sérieusement la donne.

Ils arrivèrent devant Updala en début de soirée. Les habitants sonnèrent le tocsin, et tous les guerriers présents coururent aux murs d'enceinte, armés d'arcs et d'arbalètes. Des femmes et des anciens les rejoignirent bientôt, prêts à combattre pour défendre la ville.

Des oiseaux-messagers furent envoyés vers le nord pour me prévenir de ce qui se passait, mais les tireurs arlandais les percèrent de flèches. Aucun message ne me parvint, et je demeurai ignorant de la menace pesant sur la capitale.

Il y eut des échanges de tirs. Les nôtres tuèrent un guerrier arlandais – un seul –, et perdirent une poignée de combattants. Tout cela était mou, suspect. Les Updalois commencèrent à se poser des questions. C'est alors que des rugissements retentirent, venant de l'intérieur de la ville – des cris à vous faire dresser les cheveux sur la tête.

Les Oursons, entrés par l'ouest en escaladant l'enceinte, commençaient déjà leur œuvre de terreur. Ils massacraient tous ceux qu'ils croisaient, indifférents à l'âge ou au sexe, s'attaquant même aux chevaux. Leurs cerveaux primitifs finirent par se rappeler les ordres du roi Hur, et ils allèrent ouvrir une porte secondaire de la ville, celle qu'on nomme la Porte des Blés. L'armée arlandaise s'engouffra par là ; le sac de la ville pouvait commencer.

Les nôtres, submergés, déboussolés, étaient abattus à la hache. Les cris et les pleurs des Updalois se mêlaient aux rires des agresseurs. Ces derniers entraient dans les maisons, y débusquaient les gens apeurés, avant de tout saccager. Ils violentaient les femmes, remplissaient leurs besaces de pièces et de bijoux, vidaient les tonneaux d'hydromel. C'était un déchaînement de violence avide, de folie meurtrière.

Il paraît que les Oursons mangèrent un cheval cru au milieu de la rue principale. Pendant ce temps, le roi Hur courait vers la maison royale. Sven s'y trouvait encore, avec Einar le Savant. Ils se recueillaient devant la dépouille de Harald, que le médecin, sur mon ordre, avait enduite d'un mélange de chaux et de résine. Je voulais ralentir l'altération du corps afin de pouvoir procéder plus tard – après la guerre – aux funérailles royales.

Le prince et le savant entendirent des pas précipités, des cris :

– Ils arrivent ! Ils arrivent !

Einar agrippa Sven et le tira hors de la chambre. Accompagnés de serviteurs, ils se précipitèrent vers un petit bâtiment situé derrière les cuisines, une réserve à grains. Sous une montagne de sacs, se trouvait une trappe ouvrant sur une antique galerie souterraine, œuvre des anciens trolls. Einar, l'un des rares à connaître son existence, se démena avec les autres pour y accéder. Une pile de sac s'écroula sur Sven, qui manqua périr étouffé. On le dégagea et, finalement, tout le monde disparut sous terre.

Hughinn, le seul qui n'avait pas voulu quitter Harald, s'était caché sur le haut d'une poutre, dans l'ombre du plafond. Il vit entrer Hur Ier dans la chambre du roi.

L'Arlandais tenait une coupe d'argent à la main. Il se figea en découvrant le cadavre de Harald, gisant sur un lit tendu de velours. Les mains croisées sur le ventre, notre souverain portait un habit brodé aux manches larges et des chaussures en or. Il était l'image même de la dignité. Sa peau avait la couleur et l'apparente dureté du marbre.

Le roi Hur ne bougeait pas. La réputation de Harald, sa légende l'impressionnaient malgré lui.

– Voilà ce salaud, dit l'un de ses compagnons.

Hur tressaillit. La coupe qu'il transportait contenait de l'eau-de-vie ; il la vida d'un trait. L'air hagard, il s'approcha du lit et se pencha sur Harald.

Hughinn l'observait, retenant son souffle. Il ne se passa rien pendant un instant. Hur se tenait là, surplombant le mort, aussi immobile que lui. Et puis, soudain, il leva le bras et asséna une terrible gifle à la dépouille de Harald.

Hughinn eut du mal à retenir un cri. Il se contint cependant, tremblant d'indignation.

Le roi Hur se tourna vivement vers ses hommes.

– Enlevez-moi cette charogne, gronda-t-il. Ce soir, je dormirai ici, dans ce lit !

Dehors, les Arlandais sillonnaient la ville, livrés à eux-mêmes, libres de toute consigne. Leur violence gratuite atteignit des sommets. Ils s'enivrèrent, blasphémèrent à qui mieux mieux... Ils étaient dans un tel état qu'ils en vinrent à se battre entre eux. Finalement, fourbus, hébétés, ils allèrent dormir dans les maisons éventrées.

Les Oursons restèrent éveillés toute la nuit, à l'affût du moindre mouvement. Un Updalois caché dans un chariot de foin les vit danser en rond sur la place du marché, hurlant vers le ciel comme des possédés – ce qu'ils étaient certainement.

Dans la chambre du roi, Hur et ses comparses éclusaient des litres d'eau-de-vie. Ils avaient attaché le cadavre de Harald sur un siège et s'amusaient à le couvrir d'injures. Ils s'écroulèrent au petit matin pour refaire surface après plusieurs heures. Entre-temps, la nouvelle de notre victoire à Akrar était parvenue aux Arlandais, transmise par un message d'espion.

Le roi Hur – idées confuses, crâne douloureux – ne réagit pas. Il recommença à se soûler. Quand il reprit enfin ses esprits, la journée du 14 mai était déjà bien avancée. Hur demanda à ce qu'on lui amène Skeggo et son fils.

– Tu vas écrire à ton jarlal, grogna-t-il. Pour lui annoncer ta victoire.

Il s'agissait pour lui de gagner du temps : si je pensais que l'Arlande était vaincue, je ne me presserais pas de rentrer à Updala. Hur comptait profiter du délai pour entasser les richesses de la ville sur des chariots, et ensuite rejoindre la côte et embarquer. Il n'avait pas l'intention de nous affronter. Nous avions battu la plus grande armée du

Nord, se mesurer à nous eût été hasardeux. Certes, il avait les Oursons, mais nous possédions des dragons (Hur ignorait la mort de Krorr et se disait que nous avions très bien pu capturer Magma ou Mabok, voire les deux).

– Je n'écrirai rien du tout ! déclara Skeggo, qui avait repris quelques forces.

– Alors ton fils mourra !

Ayant dit, Hur saisit Stafn par les cheveux et lui appuya un poignard sur la gorge. La rage au cœur, Skeggo accepta de rédiger le message annonçant sa victoire – fausse nouvelle que je reçus dans la soirée et qui déclencha l'allégresse que l'on sait.

48
LE CORBEAU ET LE GARÇON NU

Le nuage s'élevait dans un ciel tout blanc ; on le voyait de très loin. Nous ne pouvions avoir aucun doute sur son origine : Updala, notre chère capitale, était en feu.

Nous ressentions tous la même horreur ; un sentiment doublé, chez moi, de culpabilité, car je n'avais pas su deviner la ruse du roi Hur. Mon intuition de morphir ne m'avait servi à rien. Ou plutôt, je ne l'avais pas écoutée. Car, lorqsue j'avais lu le message de Skeggo, quelque chose en moi avait réagi. J'avais eu un léger doute, aussitôt rejeté après que Ghizur eut authentifié l'écriture.

Je montais Gaefa, Dizir ayant hérité de mon étalon blanc.

– Cavaliers, en avant !

– Que vas-tu faire ? me demanda Svartog, assis derrière moi.

– Rejoindre Updala au plus vite.

– Est-ce bien prudent ? L'ennemi est en nombre. Que feras-tu avec une centaine de cavaliers contre une armée ?

La remarque était juste ; je ne sus quoi répondre. Je jetai un regard douloureux à la fumée, là-bas : masse obscure, étrangement immobile.

Un point noir sembla en sortir, telle une scorie jaillissant d'un nuage volcanique. Un oiseau. Nous entendîmes des cris, une voix articulée...

– Z'est Hughinn ! s'exclama Dizir.

– Oui, pas de doute, c'est bien lui ! confirma Svartog.

Il arrivait à tire-d'aile, sans cesser de crier. Son vol erratique annonçait une grande émotion.

– Bjorn ! Bjorn, ah, mon Bjorn ! Quel malheur !... Ce qu'ils ont fait... Ce qu'il a fait ! Aaaah !...

Il se posa lourdement sur mon épaule, frémissant de la tête aux pattes.

– Tout brûle ! Ils ont mis le feu à chaque maison, aux églises ! Je... J'ai tout vu ! Les femmes, les enfants... ils n'épargnaient personne !

– Calme-toi, intimai-je. Où se trouve l'ennemi à présent ?

– Il marche vers le port avec des chariots remplis de nos richesses.

– Quand zont-ils partis ? s'enquit Dizir. Quand exzactement ont-ils quitté la ville ?

– Il y a une heure environ.

Deux lieues séparent Updala de la côte. En forçant l'allure, nous pourrions les atteindre avant qu'ils embarquent.

J'expliquai rapidement la situation à mes hommes, puis nous partîmes vers la côte. Tous les guerriers à pied se mirent à courir, leurs pas faisant trembler le sol. Après la bataille d'Akrar et la fête de la veille, j'ignore où ils trouvèrent l'énergie.

– Raconte, dis-je tandis que Gaefa nous emmenait au petit galop.

– Hur est un monstre ! croassa Hughinn. Il n'est pas digne de respirer sur cette terre !... Il est entré dans la chambre de Harald et... et il a giflé le roi ! Il a arraché sa croix d'argent, son pendentif ! Ses hommes ont jeté notre souverain hors de son lit mortuaire. Ils l'ont lié sur un siège et...

– Est-ce possible ? prononçai-je, abasourdi.

– C'est la vérité, Bjorn. Avant de quitter la maison royale saccagée, pillée, ils ont uriné partout. Le roi Hur... Ah, quelle infamie ! Le roi Hur a vidé sa vessie sur les pieds de Harald. Il l'a fait, je le jure devant Dieu !

Daphnir était le seul animal que j'avais jamais vu pleurer. Hughinn fut le second : en cette matinée tragique, une larme toute ronde coula de son œil noir.

Le récit m'avait bouleversé. Une rage sourde montait en moi, venue des profondeurs de mon être. Mon cœur battait fort : « Boum, boudoum... Boum, boudoum... »

Je contemplai le paysage vallonné qui nous entourait. Des moutons angoras fuyaient à notre approche. Mon regard s'arrêta sur un tilleul, mon arbre préféré, et cette présence sympathique eut le don de me calmer un peu. Mais l'image de notre souverain revint dans mon imagination, et aussitôt ma mâchoire se contracta, mes poings se serrèrent. Je voulais tuer Hur de mes propres mains, oui, je me jurai de le faire !

Sigrid trottait, souple, à la tête de sa centaine. Sa mine était sereine et concentrée. Ses compagnes ne semblaient pas lui en vouloir de ses cachotteries, et cette circonstance lui donnait des ailes.

Plus près de moi, sur ma droite, Ghizur chevauchait en silence, bien droit sur sa selle. Il avait cette raideur d'échine propre aux hommes de l'ancienne génération. Je songeai à mon père.

– Quel bonheur qu'il n'ait pas été à Akrar, me dis-je. Et qu'il ne voie pas brûler notre capitale sacrée !

Svartog attira mon attention sur une petite silhouette qui venait au-devant de nous. L'homme ou la femme paraissait avoir perdu ses bras. Sur mon ordre, Gaefa galopa dans sa direction.

Il s'agissait d'un jeune garçon nu comme un ver qui protégeait sa pudeur avec les mains.

– C'est Stafn, dit Hughinn contre mon oreille. Le fils de Skeggo.

Le garçon s'arrêta pour m'attendre. Sa maigreur et son teint diaphane me rappelèrent son illustre père.

Je sautai en bas de Gaefa et apportai à Stafn une petite cape en laine que je portais par-dessus ma cotte de mailles. Il l'enroula autour de lui et, m'ayant reconnu, s'agenouilla pour me saluer.

Il voulait parler, raconter, mais les mots ne sortaient pas. Le grand désespoir rend muet, parfois, et ce garçon avait vécu des choses terribles.

Ses yeux semblaient incapables de se fixer sur un objet ; ils allaient de moi à Hughinn, du corbeau à Svartog, de ce dernier à l'armée qui approchait dans un piétinement sourd.

– Il… Il…

– Du calme, soufflai-je. On va te donner des habits et un peu d'eau-de-vie. Tu te sentiras bientôt mieux.

Daphnir nous avait suivis ; il enflamma un buisson de sa propre initiative.

– Réchauffe-toi à ce feu en attendant, garçon, dit-il.

Au lieu de suivre le conseil, Stafn recula comme s'il avait vu le diable.

– Il parle ! s'effraya-t-il.

– Je suis Daphnir le Noir, déclara mon dragon d'une voix tranquille.

– Un dragon noir… Je croyais que… qu'il n'en existait plus.

– Incroyable ! croassa Hughinn. C'est merveilleux, ma foi ! Si Harald avait su…

L'armée nous avait rejoints. On donna des habits à Stafn, qui se retrouva encerclé par les nôtres. Il s'habilla vite, sans cesser de trembler ni de claquer des dents.

– Tout cela est trop large pour toi, mais nous n'avons rien d'autre, m'excusai-je.

Le fils de Skeggo flottait dans une tunique et un pantalon conçus pour un colosse.

– Combien d'hommes a le roi Hur, mon garçon ? interrogea Ghizur du haut de son cheval.

– Un bon millier, je pense. Peut-être plus. Beaucoup d'Arlandais ont été tués en mer, par notre flotte. Mon père a livré une grande bataille.

Il baissa les yeux, avala sa salive.

– Moi, je n'ai rien fait, reprit-il. Je suis un lâche.

– Je suis sûr que non, dis-je.

– Si. Oh, si ! J'ai tenu un gouvernail pendant tout le combat… Quand j'ai vu les hommes-ours, mon sang s'est glacé. Je ne pouvais plus bouger, non. Un lâche, c'est ce que je suis. Il me faudra vivre avec ça.

– De quels z'ours parles-tu, fizton ? s'enquit Dizir.

– Le roi Hur possède trois créatures démoniaques. Des géants poilus, qui bondissent à des hauteurs ! Leur force est… Des bêtes tueuses comme il n'en existe pas d'autres, je gage.

Sigrid venait d'intégrer notre cercle.

– Que se passe-t-il ? questionna-t-elle.

– Le roi Hur a des hommes-ours, dis-je.

– Trois frères, précisa Stafn. Hur les appelle ironiquement ses « Oursons ». Il les a achetés à leur mère, une femme qui se nourrissait seulement de viande d'ours.

Je me tournai vers Ghizur :

– As-tu déjà rencontré ce genre de créature ? En as-tu entendu parler ?

Il secoua la tête.

– Svartog ? dis-je.

– Je ne sais rien sur cette sorte de monstre, désolé. Ont-ils constamment leur apparence de bête, ou bien se transforment-ils dans certaines circonstances, comme des loups-garous ? demanda-t-il à Stafn.

Le jeune homme étendit les mains vers le buisson qui finissait déjà de brûler.

– Ce sont des hommes-ours depuis leur naissance. Ils ne changent jamais… Ils sont imbattables, ajouta-t-il, le regard fixe.

Il les revoyait devant lui, et cette vision l'affolait. Je posai la main sur son épaule maigre.

– Aucune créature n'est imbattable, Stafn. Nous avons Gaefa, nous avons Daphnir le Noir. Ces hommes que tu vois autour de toi ont vaincu la grande armée de Hakon II. L'ennemi était mieux armé, supérieur en nombre, et pourtant il a perdu. Nous autres Fizzlandais n'avons peur de rien.

– Voilà qui est parler ! approuva Dizir. Le roi Hur et zes

Zourzons vont bientôt zavoir ze qu'il en coûte de défier le zarlal Bjorn !

– Ils sont imbattables, répéta Stafn. Vous seriez mieux avisés de rebrousser chemin et de fuir.

Vif comme l'éclair, je fondis sur le garçon et l'attrapai par le col. Je le secouai si fort qu'on entendit craquer ses os.

– Tes paroles sont indignes ! grondai-je. Que dirait ton père s'il pouvait t'ouïr ?

Je le lâchai, et il s'affaissa comme un sac de grains. Cent regards noirs le toisaient ; j'imagine qu'il devait sentir leur piqûre sur son corps effondré. Des larmes d'enfant inondèrent ses joues pâles.

J'eus pitié de lui. Je le relevai et lui donnai l'accolade.

– Je te pardonne, Stafn fils de Skeggo. Chacun d'entre nous connaît des moments de faiblesse dans sa vie. Oui. Et puis la volonté reprend le dessus !

Sigrid m'adressa un sourire de connivence : elle avait approuvé ma colère autant que mon indulgence.

– Armez ce garçon, ordonnai-je. Il va se battre avec nous, et prouver sa bravoure.

Un homme apporta une épée, un bouclier et une cotte de mailles. Tandis qu'il revêtait cette dernière, Stafn murmura une phrase que je fus seul à entendre :

– Ils sont imbattables.

49
LE BOIS D'HALLORM

Le bois d'Hallorm dressait devant nous sa longue rangée de sapins boréals. De l'autre côté, il y avait la mer et le village portuaire d'Oseborg, destination de Hur et de son armée de pillards.

Enfant, le père de Harald, le futur roi Hallorm, s'était perdu dans ce bois. Il avait erré longtemps avant de s'écrouler au pied d'un arbre. Selon la légende, il aurait vu en rêve tout son destin : ses batailles gagnées et perdues, ses amours, sa mort soudaine sur le pont d'un drakkar...

Nous entrâmes dans le bois, et aussitôt ce fut la nuit. Les sapins, plantés serrés, ne laissaient passer aucune lumière. Le silence devint vite oppressant. Les animaux avaient déserté ce lieu. Ni cris d'oiseaux ni bourdonnements d'insectes, nous traversions un monde à part, aussi désolé qu'une grotte.

Les couches successives d'aiguilles formaient un parterre souple qui crissait légèrement sous les sabots et les chaussures. Gaefa ne cessait de s'érafler les flancs contre les troncs écailleux ; les branches se pliaient et craquaient sur son passage.

– Hughinn, dis-je à voix basse, influencé par la solennité du lieu.

Le corbeau se tenait toujours sur mon épaule.

– Oui ?

– Pars devant. Va voir où en est le roi Hur.

– À tes ordres, ô mon jarlal.

Il s'envola et se mit à zigzaguer entre les troncs à une allure stupéfiante ; on aurait dit une chauve-souris. Je le perdis rapidement de vue dans la pénombre.

Lorsqu'il revint se poser sur mon épaule, une heure plus tard, nous approchions déjà de l'orée du bois. Il m'annonça que l'ennemi n'avait pas encore atteint le port : apparemment le butin ralentissait leur marche.

– Comment comptes-tu t'y prendre ? me demanda Svartog. As-tu une tactique en tête ?

Je ne répondis pas. Jaglavok n'était pas là et je n'avais formé aucun plan. Cela ne m'inquiétait pas, car il me semblait que la bataille qui s'annonçait serait moins une affaire de tactique que de… colère. Mon instinct me disait qu'il y avait lieu d'exploiter cette rage qui nous animait tous. L'incendie, le sort fait à notre roi mort : mon sang bouillait quand je songeais à cela.

– Hughinn, prononçai-je.

– Oui.

– Raconte-moi encore ce que Hur a fait à Harald.

Il parut étonné de cette requête, mais il ne tarda pas à me satisfaire. Relater ces événements abjects le soulageait d'une certaine manière, et il me donnait force détails. Pendant qu'il parlait, mon cœur résonnait dans ma poitrine : « Boum, boudoum… » La chaleur du combat m'envahissait – je sentais à l'intérieur de moi un commencement de révolution.

La lumière brillait maintenant entre les arbres, aveuglante ; les effluves de la mer toute proche arrivèrent jusqu'à nous. Quelques hommes, dont Dizir, s'avancèrent à pied avec prudence. Abrités derrière des troncs, ils regardèrent dans la plaine rocailleuse qui descendait vers la côte.

– Ils zont là, déclara le demi-troll. À un quart de lieue du port.

– Bien, fis-je en dégringolant de ma selle-siège.

Je me plaçai dos à la lumière, face à mes guerriers. Leurs visages marqués par les épreuves témoignaient de la plus farouche détermination. Certains aussi étaient sans expression. Mes yeux tombèrent sur Stafn ; il avait l'apparence fragile et hâve d'un fantôme, mais son calme et la façon qu'il avait de serrer le manche de son épée me donnèrent de l'espoir.

– Il semble avoir repris son emprise sur lui-même, pensai-je.

Sigrid se tenait au premier rang, sur ma droite ; je m'empêchai de regarder dans sa direction. La vue de sa silhouette aimée risquait d'affaiblir ma colère.

– Compagnons ! tonnai-je. Êtes-vous prêts à me suivre ?

– Oui ! beugla l'armée. Fizzland ! Fizzland !

– Écoutez ce que j'ai à vous dire. Vous êtes des Vikings, des trolls, des hirogwars civilisés. Vous avez appris à parler et, pour la plupart d'entre vous, à lire et à écrire. Vous vous comportez dignement avec les anciens. Vous respectez les lois et les bonnes manières vous sont connues. Aujourd'hui, je veux que vous oubliiez tout cela. Oubliez qui vous êtes, compagnons !

J'avais conscience que ma voix changeait au fur et à mesure de mon discours. Elle portait de plus en plus loin, s'amplifiait tout en prenant des accents sépulcraux. Dizir, Svartog, Sigrid et d'autres me jurèrent plus tard qu'ils avaient eu l'impression que, petit à petit, je prenais possession d'eux par la seule force de ma voix.

– Chacun de nous abrite en lui un démon ancestral, poursuivis-je après une courte pause. L'homme était une bête féroce, un loup parmi les loups avant d'apprendre à apprivoiser le feu et à cuire ses aliments. En nous tous, il reste quelque chose de ces temps immémoriaux ! Rappelez maintenant la fureur primitive, compagnons ! Raaaaaargh !

La tête penchée en arrière, je poussai plusieurs fois ce cri. Sa puissance pétrifia tout le monde. L'ennemi pouvait m'entendre, c'est probable, mais je m'en fichais comme d'une guigne.

J'ôtai ma cotte de mailles et aussi la tunique d'or, que je confiai à Ghizur-Loup-Blanc.

– Conserve ceci, ami, soufflai-je. Je combattrai ainsi, torse nu, et à pied.

Il me considéra d'un air ahuri. Je posai ma main sur la sienne et, plongeant mes yeux dans les siens, je dis :

– La bête tapie au fond de toi, Ghizur. Il faut la rappeler, sans attendre. Raaaaaaargh !

J'avais chaud ; Tyrfing, dans son fourreau, brûlait ma cuisse.

Les pupilles de Ghizur se dilatèrent ; il leva ses bras musclés.

– Raaaaaaargh !

– Il n'y a plus de tactique, plus de centaines, plus de chef ni de raison ! hurlai-je. La bête qui est en vous, qu'elle sorte !

Je me mis à courir entre mes hommes en effleurant

leurs visages. Ma rapidité me stupéfia moi-même ; je portais des semelles de vent !

– Que fais-tu, Bjorn ? demanda Hughinn, accroché à mon épaule.

– Je leur transmets quelque chose. Je… j'obéis à mon instinct, Hughinn, voilà tout !

– Quel pouvoir tu as sur les hommes, morphir !

– Je suis ce que je suis : l'instrument des dieux.

– Tu me fais peur. Ton odeur est différente, tout à coup. Tu… tu sens la mort !

Il fit mine de s'envoler, mais je le retins d'une main leste.

– Reste ! grondai-je. J'ai encore besoin de toi.

J'entendis alors ce qui aurait pu passer pour un lointain son de trompe.

– Le hurlement d'un homme-ours, devinai-je.

Je touchai encore quelques joues rugueuses, puis je revins vers la lumière. Tyrfing poussa un « Hawk ! » retentissant lorsque je la dégainai.

Je sortis du bois le premier ; mes chaussures de feutre foulèrent le sol herbeux, parsemé de cailloux.

– Cavaliers, en selle ! Piétons, avec moi… EN AVANT ! lançai-je.

Et je me mis à courir, bondissant par-dessus les buissons et les plis du terrain. La cavalerie, emmenée par Ghizur, me dépassa sur la gauche.

Devant, l'armée adverse nous attendait, déployée. Les premières lignes, bariolées de couleurs vives – celles des boucliers –, nous lancèrent des pierres et des flèches. Où étaient donc les Oursons ? J'avais beau chercher leurs silhouettes de géants, je ne les voyais pas. Et cela ne me disait rien qui vaille.

50
FUREUR

Nos archers tirèrent leurs traits tout en courant, prouesse remarquable. Leurs carquois étaient presque vides, après Akrar. Dès qu'un tireur avait lancé sa dernière flèche, il jetait son arc et dégainait son épée. Les projectiles ne joueraient pas un grand rôle dans cette bataille, pour sûr!

La pensée de Sigrid, du danger qu'elle courait comme nous tous, me traversa l'esprit. Je la chassai aussitôt.

Hughinn se cramponnait à moi; ses serres m'entraient dans la peau.

– Parle-moi encore de Hur. Ce qu'il a fait dans la chambre de Harald…

– Tu sais déjà tout!

– Je veux l'entendre encore. J'en ai besoin.

– Pourquoi?

– Je peux devenir différent si je suis très en colère, si j'entre en fureur. Aux enfers, face à Dar, j'ai grandi. Et une autre fois ensuite…

– Grandi?

Je bondis au-dessus d'un ruisseau.

– Aide-moi par ton récit abject. Il faut m'indigner, Hughinn!

Au lieu d'obéir, le corbeau me faussa compagnie subrepticement. Je le vis voler vers Geafa et tourner autour de Svartog, seul sur la dragonne (Dizir combattait à cheval).

Son départ me contraria plus que je ne saurais dire, mais je n'eus pas le loisir d'y songer plus longtemps, car nous atteignions les lignes arlandaises. Le choc des boucliers, les clameurs sauvages, j'ai encore tout cela dans l'oreille, des années après.

Tyrfing fendit un bouclier de haut en bas – « Hawk ! » –, elle perça une cotte de mailles, avant de recommencer l'opération sans essuyer de résistance : nous étions simplement trop rapides, elle et moi. Je criais comme une bête, sachant que ma voix galvanisait les miens. Eux aussi poussaient des cris gutturaux, des grognements de bête qui déconcertaient l'adversaire. Il en est même qui riaient, oui, tels des démons !

C'est curieux à dire, mais j'avais l'impression de plus en plus nette que mes hommes n'étaient qu'un prolongement de moi-même. Nous formions un seul grand corps, en quelque sorte, et j'en étais la tête et le cœur. Sensation grisante, ô combien !

Tout était si facile pour moi en ces instants ! J'ôtais des vies comme on cueille des fleurs printanières. Tyrfing chantait dans ma main, et nous formions un couple ravageur, mortel pour tous ceux qui nous approchaient. Téméraires, nous avancions sans réfléchir : l'instinct nous gouvernait entièrement, nous nous abandonnions à lui avec bonheur.

– Hawk ! Hawk !

– Raaaaaaaaaaaaaaaaaargh !

Tout à coup, nous nous retrouvâmes isolés, entourés d'Arlandais. La situation devint aussitôt périlleuse. Il fallait parer devant, derrière, sur les côtés !

Mon léger bouclier ne résisterait pas longtemps aux coups qui pleuvaient. Je n'avais pas peur, mais je m'en voulais de ma bêtise. Défendre, esquiver, j'en étais réduit à cela. Soudain, un dos se colla contre le mien : un compagnon avait pénétré le cercle de mes ennemis – je n'étais plus seul.

Nous étions comme deux frères siamois rattachés par les épaules. Notre entente se révéla parfaite, immédiatement.

– Sigrid ?... C'est toi ?

Elle répondit par un feulement de lynx. J'entendis le bruit d'un corps heurtant le sol ; je sus qu'elle venait de transpercer un guerrier.

Je ne reconnaissais pas son odeur. Une force inconnue l'habitait, et je ne pouvais que m'en réjouir.

Les Arlandais reculaient ; j'eus bientôt la surprise de me retrouver parmi des guerriers de mon pays. Sigrid se détacha de moi, et nous combattîmes côte à côte. Sa présence me troublait. Elle me lançait des regards de biais, observait mes mouvements...

– Attention ! s'écria-t-elle, car une lance arrivait droit sur moi.

J'esquivai sans peine – je l'aurais fait de toute façon.

J'aperçus Gaefa et la silhouette de Svartog par-dessus les têtes. Le demi-hirogwar s'agitait comme un beau diable, protégé par un grand bouclier.

Je me sentais faiblir. L'acuité de mes sens s'émoussait insensiblement. Sans la regarder, je dis à Sigrid de s'éloigner. Elle demeura sourde à mon ordre, continuant à frapper de tous côtés. Sa lame fusait, tournoyait, étincelante.

– Va-t'en ! insistai-je.

– Non !

Mon bouclier venait d'éclater en morceaux ; elle voulait rester près de moi pour me protéger. Je partis à reculons pour me laisser happer par la vague des nôtres ; Sigrid m'imita. Je l'attrapai rudement par l'épaule.

– Ta présence à mes côtés n'est pas bonne. Elle m'empêche de... Il faut qu'on se sépare !

Elle me dévisagea une pleine seconde au milieu du tumulte, son épée sanglante pendant au bout de son bras.

– Tu as raison, admit-elle alors, criant pour se faire entendre. Moi aussi, je change quand tu es près de moi. Tu me coupes l'envie de tuer !

Elle sourit ; ses canines d'ivoire pointèrent sous sa lèvre. Puis elle partit à la rencontre de son destin. La voir disparaître entre les guerriers hurlants, avalée par le chaos, me serra le cœur.

Quelque chose de chaud coulait de mon nez. Je touchai ma lèvre et examinai mes doigts, sûr d'y voir une tache de sang, mais le liquide recueilli était noir comme du goudron. Il me rappela des souvenirs.

– Ma Fureur, prononçai-je.

Bousculé, poussé en avant, je levai la tête vers le ciel :

– HUGHINN !

– Je suis là ! croassa l'oiseau. Je te cherche depuis tout à l'heure.

– Tu m'as abandonné, traître !

– Pardon ! Je... j'ai parlé à Svartog. Il m'a dit que c'est vrai : un géant couve en toi, qu'il faut réveiller.

– Tu ne me croyais donc pas ? grondai-je.

– Pardon !

Il se posa sur ma tête, d'où il sauta pour retrouver sa place accoutumée sur mon épaule gauche. J'écartai les jambes afin de renforcer mon équilibre. Ceux qui me touchèrent ensuite crurent heurter un arbre. J'avais pris racine pour écouter encore une fois le récit de Hughinn le corbeau.

51
COMME UNE MER QUI S'OUVRE

À l'ouest, la fumée de l'incendie s'étirait tout en s'éclaircissant peu à peu. Je ne la quittais pas des yeux tandis que Hughinn parlait. Le cadavre giflé, jeté à bas de son lit, attaché sur un siège et moqué, outragé par Hur et ses complices... Les images scandaleuses me faisaient trembler, mon cœur s'emballait... Pourtant, rien d'autre ne se produisit. Je commençai à douter de ce pouvoir de transformation hors des enfers. Peut-être en allait-il de lui comme de ma capacité à voir les âmes, à les toucher?

– Rien n'est pareil ici, à la surface du monde, pensai-je. Je ne serai jamais plus Bjorn le Géant, j'en ai peur.

Des grondements furieux surpassèrent tous les autres bruits. Hughinn décolla aussitôt, à la verticale, pour redescendre l'instant d'après.

– Gaefa! annonça-t-il. Elle attaque les Oursons.

– Raconte encore, je t'en prie!

Je crus qu'il allait rechigner, mais non. Il recommença son histoire en y ajoutant maints détails odieux. Mon nez coulait toujours; je ne m'en souciais plus. Tyrfing s'agitait dans ma main, impatiente. Une lueur vive et passagère – le feu de Gaefa – attira mon regard. Elle ne s'en tirerait pas toute seule contre trois. Je me concentrai sur les paroles de Hughinn.

Mon cou brûlait de douleur; je réalisai que le corbeau royal était en train de le labourer avec son bec.

– Arrête, dis-je, envahi par une inquiétante lassitude. Qu'est-ce que tu fiches?

– Je t'exaspère!

Les battements sourds se calmaient dans ma poitrine; la chaleur du combat me quittait. Cependant, Hughinn poursuivait sa litanie. Il triturait son récit, à la recherche d'éléments neufs et frappants. Et il en trouva un, qu'il n'avait pas mentionné jusque-là: Hur avait coupé les cheveux de Harald. Oui: Harald à la Belle Chevelure s'était retrouvé avec un crâne mité, ridicule. Le roi Hur et ses hommes avaient ri à s'en éclater la panse.

J'ignore pourquoi ce fait m'indigna plus que tous les autres. Ma haine pour Hur resurgit, violente. Je titubai, poussai un long râle.

– Ça y est! s'exclama Hughinn en battant des ailes.

Il me quitta – pour de bon, cette fois.

Je revois des visages, de braves visages de Fizzlandais, tournés vers moi. Il paraît que je hurlais à la mort. Le sol s'éloigne, ma vision vire au rouge. Tyrfing rétrécit dans ma main. Je ferme les yeux et des souvenirs d'enfance, des choses humiliantes du temps où je ne valais rien, traversent mon esprit. Comme je souffrais alors! Gunnar, mon frère, tu étais si méchant!

Lorsque j'ouvre les yeux à nouveau, je suis pieds nus. Mes chaussures ont éclaté. Devant moi, la mer des guerriers s'ouvre dans le silence. Je réalise que les combats ont cessé.

Une tranchée large se dessine, partant de moi. Au bout, apparaissent soudain deux silhouettes claires, cagoulées. L'une tient un corps entre les mains, qu'elle brise comme on ferait d'une bûchette.

Les Oursons suspendent leur action pour regarder dans ma direction. Où est le troisième ?

Je pense : « D'abord eux, Hur ensuite. »

Cent pas nous séparent et je sens d'ici leur odeur incommodante. Je les déteste de toute mon âme. La Fureur me tient ; je suis son esclave consentant.

Ils se mettent à courir, souples et puissants. Je vais à leur rencontre. Je me sens lourd, tout d'abord : jambes engourdies.

Je ne me souviens pas du choc, mais je revois leurs yeux noirs, opaques, près de mon visage. Leur haleine de feu est sur moi – ils en veulent à ma gorge !

Je les repousse ; ils reviennent à la charge. Leurs griffes, de vrais couteaux, fendent l'air en sifflant.

52
UNE TERRIBLE SAIGNÉE

– Oh ! oh ! Regarde, Stafn ! Voilà notre zarlal qui ouvre les zyeux.

Je me trouvais sous une tente ouverte, ou plutôt un dais royal, couché sur une peau d'ours. Au-dessus de mes pieds s'étendait un paysage brumeux. Je distinguais la mer, d'un vert sombre, et les maisons du port d'Oseborg. Les navires dans la rade se serraient les uns contre les autres, tels des canetons endormis.

Dizir, assis sur un coffre, arborait une mine joyeuse ; une cuisse de poulet dépassait de son poing énorme. Près de lui, le jeune Stafn, accroupi, le front bandé, semblait radieux.

Quelqu'un ronflait à ma gauche ; c'était Daphnir, dont la peau me parut terne. Il avait la cuisse entourée d'un pansement.

– Quel plaizir de te retrouver, mon Bjorn ? Comment te zens-tu, à z't'heure ?

J'essayai de parler, mais le seul son qui sortit de ma bouche fut un petit râle.

– Que dit-il ? demanda Stafn, étendant son maigre cou pour m'observer.

– Rien, ma foi. Pozitivement rien! La conzience lui est revenue, mais pas la parole. Ezpérons que za tête fonctionne… Est-ce que tu comprends ze qu'on dit, Bjorn?

Comme je restais muet, Dizir me dit de cligner les yeux si je comprenais, ce que je fis.

– À la bonne heure! se réjouit-il. Ouf! Z'ai eu chaud! Ze m'imazinais déjà que tu avais perdu l'uzaze de ton ziboulot. Après un tel combat, ze zerait possible.

Il mordit dans son poulet.

– Est-ze que tu as faim? s'enquit-il tout en mâchant.

Je secouai la tête.

– Il faut manger, pourtant, pour reprendre des forzes. Stafn, va lui chercher un peu de gruau. Allez, cours, mon garzon!

Le fils de Skeggo s'exécuta, plus rapide que le vent. J'avais mille questions à poser. Je tentai une nouvelle fois de prononcer des mots, sans succès. C'était abominablement frustrant.

Stafn avait dû annoncer mon réveil, car des cris de joie s'élevèrent autour de nous. Plusieurs hommes de la horde montrèrent leur face hirsute, souriant d'une oreille à l'autre.

Ghizur arriva au pas de course; il s'agenouilla et me prit la main. Ses lèvres effleurèrent l'anneau Lik.

– Je suis heureux, dit-il. Comme je suis heureux, ô mon jarlal!

– Il ne parle pas zencore, le prévint Dizir. Za va revenir bientôt, z'est zûr!

– Il faut appeler Einar.

– Il va venir de toute fazon. Z'est zon heure.

Stafn apporta le gruau, et Dizir entreprit de me nourrir à la cuiller. J'avalai ce que je pus, c'est-à-dire pas grand-chose.

Ghizur-Loup-Blanc me couvait d'un œil paternel, tendre et respectueux à la fois. Il vit mon agitation et en devina aisément la cause.

– Que sait notre jarlal, Dizir ? Que lui as-tu déjà révélé des événements ?

– Rien. Il émerge à peine, je te zignale.

Tenant toujours ma main, Ghizur commença par me dire que j'étais resté inconscient trois jours durant.

– Nous avions peur que tu ne nous reviennes jamais, ajouta-t-il. C'est pour ça qu'ils chantent.

Je tendis l'oreille. De la musique et des chants nous parvenaient en effet.

Dizir me fit boire une gorgée d'eau. Il tâta mon front.

– Froid comme un glazon. On dirait un mort.

– Un peu d'eau-de-vie, peut-être ? suggéra Ghizur.

– Attendons Einar pour zela.

Mon regard ne lâchait pas Ghizur ; j'étais dévoré de curiosité. Il le comprit et, serrant ma main, déclara que tout était pour le mieux, ou presque. Les pertes étaient importantes, bien sûr, mais nous avions eu raison du roi Hur Ier.

– Après la mort du roi Hur…

– Z'est moi qui l'ai eu ! lança fièrement Dizir. Avec l'épée que voilà !

Il sortit sa lame trollienne, brillante et courbe.

Ghizur eut un sourire indulgent.

– Après la mort de Hur et ton duel contre les Oursons, reprit-il, les Arlandais ont déposé les armes.

– Quel combat titanezque, mon Bjorn ! intervint Dizir. Tu as z'été formidable.

Ses traits changèrent à l'évocation de ce souvenir. Il se jeta à plat ventre, saisit ma main libre et l'embrassa goulûment. Je crus qu'il allait me la croquer.

– Comment est-ze possible, mon Bjorn ? Ze te connais depuis que tu es né, pas vrai, et pourtant ze ne zais pas qui tu es ! Quel est ton zecret ?

– C'est un morphir, rappela Ghizur.

– Ze le zais bien ! Z'étais prézent quand il l'est devenu. Mais les morphirs ne ze muent pas en… en zette choze monztrueuze que nous avons vue. Snorri n'a zamais chanzé d'apparenze ou de taille, que ze zache !… Quel est ton zecret, Bjorn ? Qui es-tu vraiment ?

Même si j'avais pu parler, je n'aurais su quoi dire. Je ne possédais pas de réponse. Personne n'en avait, sinon les dieux.

Einar, appuyé sur un bâton, pénétra sous le dais, suivi du prince Sven et de Jaglavok. Ces deux derniers me firent fête pendant que le médecin m'examinait.

– Il ne peut parler, dit Dizir. Et il est zelé. Est-ze que z'est grave ?

– Mmmh, se contenta de proférer Einar, concentré sur sa tâche.

Il tâta mon cou, vérifia la couleur de mes ongles, puis s'occupa de changer mes pansements.

– Tes blessures guérissent, c'est merveille ! Tu auras de belles cicatrices sur tout le corps, ô mon jarlal.

Jaglavok semblait réparé ; il m'adressa un clin d'œil amical.

Je me sentais las au-delà de toute expression. Sigrid… Où était Sigrid ? Je fermai les yeux en pensant à elle, l'amour de ma vie. La seconde suivante, je dormais.

Je m'éveillai dans une clarté sublime ; le ciel et les nuages se confondaient dans leur blancheur, et la mer ressemblait à une plaque d'argent. Les hommes de la horde étaient en faction tout autour du dais. À côté de moi, Jaglavok fumait sa pipe.

– Je te salue, ô mon jarlal. Comment te sens-tu aujourd'hui ?

– Bonjour, articulai-je.

– Tu parles, ça y est ! Zenzationnel, comme dirait l'ami Dizir, ha ! ha !

– Combien de morts, Jaglavok ?

Chaque mot me coûtait un gros effort ; ma langue, lourde et pâteuse, restait collée à mon palais.

– Beaucoup, répondit le demi-hirogwar, changeant de ton. Il ne doit pas rester cinq cents guerriers valides dans tout le royaume. Une terrible saignée. Une génération en grande partie décimée. Si la guerre avait dû se poursuivre, il aurait fallu engager des mercenaires, comme Harald le fit en son temps.

Ses yeux s'assombrirent ; il tira sur sa pipe avec violence.

J'étendis le bras pour caresser Daphnir, endormi sur un lit de feuilles. Sa peau était tiède, un bon signe.

Jaglavok m'apprit que j'avais dormi deux jours, d'un sommeil agité.

– Où est Sigrid ? demandai-je.

– Ta fiancée va bien. Elle est à Sigluvik. Sa sœur, j'oublie son nom…

– Lala.

– Elle est souffrante. C'est une devineresse, n'est-ce pas ?

– En quelque sorte.

– Elle a eu des visions effrayantes. Elle en perd la tête, à ce qu'il paraît.

– Quelles visions, tu le sais ?

– Pas exactement. Le proche avenir la terrifie, mais j'ignore s'il s'agit du sien ou de celui d'un autre. Tu auras bientôt des nouvelles.

Je fermai les yeux, déjà épuisé par ce court dialogue. La petite main de Jaglavok se posa sur mon front.

Le sol trembla peu après. Dizir entra, suivi de Stafn et – ô surprise ! – de Tétoune, la femme troll.

– Notre jarlal m'a parlé, les amis ! annonça Jaglavok.

– Que… Qu'est-ze que… Quoi ? balbutia Dizir.

– Bonjour à tous, murmurai-je.

– Za alors ! Za alors !

Il se jeta sur moi, m'embrassa sans façon, sur les joues et le front, avant de partir en trombe annoncer la grande nouvelle au camp.

Sons de trompe, exclamations, bruits de course… ce fut un grand remue-ménage !

J'interrogeai Tétoune sur la raison de sa présence. Dizir l'avait fait venir de Havërr pour soigner les dragons Gaefa et Daphnir le Noir, m'expliqua-t-elle. Tous deux souffraient de blessures profondes infligées par un homme-ours et avaient perdu énormément de sang.

– Ils ne zont pas tirés d'affaire.

Ayant dit, Tétoune s'approcha de mon dragon, qu'elle réveilla en douceur pour lui donner son repas.

– Les Oursons… que sont-ils devenus ?

– Quoi, tu l'ignores, toi ? s'étonna Dizir, qui revenait tout essoufflé.

– Je me revois aux prises avec deux d'entre eux, mais

mon souvenir tourne court. C'est toujours comme ça quand je…

– Nos dragons ont liquidé le premier triplé, et toi tu as eu les deux z'autres, Bjorn ! Ils t'ont tailladé, accablé de morzures, mais tu n'as pas fléchi – à aucun moment. Ils ont péri étouffés entre tes bras zéants.

– J'aurais voulu voir ça, dit Jaglavok.

– Bjorn le Géant ! lança Stafn, oubliant sa timidité naturelle.

– Gloire au Zéant ! Gloire à notre zauveur !

J'aurais voulu rentrer sous terre. Il en était ainsi après chacune de mes transformations monstrueuses : j'éprouvais une sorte de honte, un dégoût de moi-même et une envie furieuse de me fondre à jamais dans la masse anonyme des hommes.

– Et Svartog ? Où est-il donc ?

– À Koy, me dit Jaglavok avec un clin d'œil.

– L'amou-ou-our ! hurla Dizir.

53
LA GLOIRE DE DIZIR

Le matin, Dizir me lavait, me coiffait, m'habillait et me passait au cou mon pendangorgh. Il me forçait à avaler un bol de gruau et du petit-lait en chantant des comptines. Je me sentais comme un bambin sous l'emprise de sa nourrice.

Après mon petit déjeuner, des gens arrivaient pour me voir et me baiser la main. Mes exploits étaient déjà connus dans tout le pays et même au-delà, et j'étais l'objet d'une adoration des plus gênantes. Des anciens, des enfants, de jeunes vierges se jetaient à genoux en m'apercevant, avant de ramper jusqu'à moi pour effleurer l'anneau Lik de leurs lèvres tremblantes. Ils m'apportaient des victuailles, des pièces d'argent, des couvertures brodées... Bon Dieu, que tout cela était embarrassant!

Je me plaignais auprès de Dizir, demandant qu'on me laisse tranquille, mais le demi-troll ne l'entendait pas de cette oreille.

– Ils te conzidèrent comme un demi-dieu, Bjorn. T'approcher les rend heureux. Tu fais du bien au moral de notre peuple, qui a grand besoin de réconfort. Tous zes braves zens ont perdu quelqu'un durant zette courte guerre : un filz, un frère, un époux… Tu te dois de les accueillir.

Que répondre à cela ?

Le défilé de mes adorateurs s'interrompait à midi sonnant, heure à laquelle Dizir me gavait de poisson et de raves. On me permettait une courte sieste, puis mes amis arrivaient : le prince Sven, Ghizur, Jaglavok, Hughinn, l'armurier Benok, Gengizmir, Aymarok, Flossi… Agglutinés autour de ma couche, ils entraient dans des discussions animées sur l'avenir du royaume, la reconstruction d'Updala, le nécessaire remplacement des disparus au Conseil des sages…

La tête me tournait.

– Est-ce qu'on ne pourrait pas être un peu tranquille ? s'emporta Daphnir un jour, à la sidération générale.

Mon dragon, aussi mal en point que moi, partageait mon désir de quiétude.

Einar le Savant venait me palper dès les premières heures du jour et maintes fois ensuite. Il m'administrait des potions de sa composition et insistait pour que je boive beaucoup d'eau – des litres. Lorsque je m'inquiétais de ma faiblesse persistante – je ne pouvais toujours pas me lever sans aide –, il prenait un ton rassurant :

– Les métamorphoses coûtent cher à l'organisme. J'ai eu dans ma vie plusieurs patients qui étaient épuisés le lendemain d'un… épisode.

– Des loups-garous, je suppose.

– En effet.

– Aux enfers, après mes transformations, j'étais à peine un peu fatigué.

– Les enfers constituent un milieu différent du nôtre,

fondamentalement. Ce qui s'y passe ne peut se comparer avec ce que nous observons ici, à la surface du monde.

En fin d'après-midi, mes amis ayant quitté mon chevet, j'aurais pu espérer le repos. C'était compter sans Dizir, qui estimait que j'avais besoin de distraction.

– Zelui qui z'amuze guérit plus vite ! proclamait-il.

Sourd à mes protestations, il faisait venir des jongleurs, des acrobates, qui exécutaient leurs tours en musique. Ces artistes attiraient du monde, cela va sans dire, et je me retrouvais au centre de festivités intempestives.

– Je vais lui brûler la peau, grondait Daphnir.

Il parlait bien sûr de Dizir.

Un message m'arriva un soir de Morphirskali, signé de Sigrid. Elle m'apprenait que sa sœur ne dormait plus, harcelée qu'elle était par des images de catastrophes :

Tantôt notre royaume est recouvert par les projections de volcans furibonds, tantôt c'est la mer qui nous submerge entièrement. Le Fizzland va disparaître, Lala en est persuadée, et il n'y a rien à faire pour la raisonner. Elle pleure, elle se griffe les joues... Hier, elle est montée sur le toit pour hurler des prières bizarres.

Il paraît que tu vas déjà beaucoup mieux. Je n'ai jamais douté de ta guérison, mon morphir. Pas une seule seconde ! Dizir m'a envoyé une longue lettre pleine d'affection à ton endroit. Je sais qu'avec lui tu es en de bonnes mains. Je voudrais tant être auprès de toi, mon amour, mais je ne peux laisser Lala, tu le comprends.

Nous avons eu des nouvelles de ton père. Il attend tes ordres pour plier bagages avec sa fausse armée.

Ta mère et ta sœur t'envoient leur tendresse, ainsi que Hari.

Je t'aime,

S.

Dès que j'eus recouvré l'usage de mes jambes, je partis faire des promenades le long de la mer. Quel bonheur d'échapper à la sollicitude de Dizir ! Protégé de loin par les survivants de la horde, je ramassais des galets, observais les jeux des crabes sur la plage… Je devais souvent m'asseoir pour reprendre mon souffle. Les rares fois où je me trouvais seul, je me laissais aller à des pensées sans consistance. Mon esprit était fatigué tout autant que mon corps.

Souvent, Ghizur-Loup-Blanc m'accompagnait, et nous nous entretenions du royaume. Il m'observait, je le voyais bien. Quel était mon état d'esprit ? Mon prestige était tel que, si je l'avais voulu, j'aurais pu écarter Sven du pouvoir et fonder ma propre dynastie. Un autre que moi en aurait peut-être profité. Mais je n'étais pas ce genre d'homme. En fait, je ne demandais qu'à remettre ma tunique d'or et à rentrer à Morphirskali pour rendre les miens. Je dis à Ghizur qu'il nous fallait penser à organiser rapidement le couronnement de Sven fils de Harald.

– N'est-ce pas un peu tôt ? Tu pourrais rester en fonction quelques mois, le temps de remettre le pays d'aplomb.

– Un jarlal gouverne en temps de guerre. Quand sa mission est accomplie, il tire sa révérence.

– Sven est encore bien… candide.

– Tu seras là pour le conseiller. J'ai toute confiance en toi, Ghizur.

– Merci. Ta sagesse est infinie, Bjorn le Géant.

– Ne m'appelle pas ainsi. J'abhorre ce nom-là.

Daphnir récupérait encore plus lentement que moi, malgré les soins experts de Tétoune. Hughinn le corbeau passait beaucoup de temps auprès de lui. Ces deux-là s'appréciaient, peut-être parce qu'ils étaient les seuls animaux parlants du Nord, et, qui sait, de la terre entière.

Mon dragon subissait comme moi l'adoration populaire. Des Fizzlandais de tous âges marchaient des lieues pour venir jusqu'à nous. De petits temples en l'honneur de Bjorn le Géant et de Daphnir le Noir poussaient un peu partout dans le royaume.

– Je ne suis pas un dieu, grognait mon dragon à qui voulait l'entendre.

La moitié des hommes de la horde avait péri. Je chargeai Dizir, qui jouissait maintenant d'un énorme prestige dans l'armée, de trouver des remplaçants. Flatté, il revint bientôt avec une liste de guerriers jeunes et valeureux. Je choisis dix-huit noms.

– Il en manque deux, observa le demi-troll.

– Stafn fils de Skeggo fera le dix-neuvième, dis-je. Quant au dernier homme, il dirigera la horde en remplacement de Njall le Hardi.

– De qui z'agit-il ? Qui aura zet honneur ?

– Toi, mon ami.

– Mais… ze zuis bien vieux pour… pour…

– Ma décision est prise.

Il tomba à genoux et m'étreignit les jambes, transporté de joie. Il n'en revenait pas. Jamais dans l'histoire un non-humain n'avait intégré la horde. Et voilà que lui, Dizir, en devenait le chef !

La nouvelle fit sensation. L'apprenant, Benok et Gengizmir versèrent chacun une larme.

– C'est un précédent… Un précédent ! répéta l'armurier, incrédule.

Dès que les habitants de Koy surent qu'un des leurs commandait la horde royale, ils sonnèrent les cloches de la ville. Je mentirais en affirmant que tous les Fizzlandais prirent la nouvelle avec le même enthousiasme, mais les réactions furent bonnes, dans l'ensemble.

J'écrivis à mon père pour lui dire de quitter son poste et de libérer ses recrues. Le pauvre devait se morfondre à la frontière nord. J'espérais qu'il ne me tiendrait pas rigueur de cet éloignement inutile qui lui avait fait manquer deux grandes batailles. Alors que Dizir, son ancien serviteur, accédait à la gloire, lui n'avait combattu que le vent.

C'est du moins ce que je croyais, car la réalité, pour notre plus grand malheur, se révéla tout autre.

54
L'HOMME QUI PLEURE

Dizir avait dû m'aider à monter en selle ; j'avais chevauché avec une sensation désagréable de vertige. À présent, assis sur un tronc, je contemplais les ruines calcinées d'Updala, immense tas de cendres d'où émergeaient çà et là les pans noircis d'anciens bâtiments. Rien de l'ancienne capitale ne subsistait. Il faudrait tout déblayer, et ensuite tout reconstruire.

Ghizur et deux hommes âgés, membres du Conseil des sages, vinrent à moi en échangeant des paroles à voix basse. Nous murmurions tous, comme on le fait parfois devant un grand désastre.

– Nous devons travailler sans attendre, dit Ghizur. Faisons venir tous les artisans valides, battons le rappel dans le royaume entier. Il faut relever Updala. Un pays sans capitale est un pays sans cœur.

J'approuvai en proposant de recourir aux services et à la compétence des ouvriers de Koy.

– Svartog-Longs-Bras est fiancé à une fille des enfers, une bâtisseuse yus qui connaît des techniques formidables. Nous pourrions construire en pierre, du moins en partie… Des maisons à étages, pourquoi pas ? Maya, la fiancée de Svartog, sait la recette d'une matière durcissante, le betom, qui permet de monter des murs en un rien de temps.

Je vis bien que mes suggestions ne plaisaient guère à Ghizur et aux autres membres du Conseil. Updala, capitale viking, devait à leurs yeux être bâtie par des mains humaines, et selon les traditions de notre peuple. J'abandonnai la question. J'essaierais de les convaincre plus tard, et si l'opposition se révélait trop forte, je n'insisterais pas. Il est des cas où un chef se doit d'imposer ses vues, et d'autres où la sagesse veut qu'il tienne compte des réticences de ses conseillers, qui reflètent souvent celles d'une majorité de la population.

Dizir, vêtu de la tunique bleu et or des membres de la horde, m'apporta une boisson et un fruit épluché. Jaglavok, assis à mon côté, ses petites jambes pendant dans le vide, alluma sa pipe.

Nous respirions un air lourd et sec. Mon regard se porta une nouvelle fois sur les ruines gigantesques ; près de deux semaines après l'incendie, le feu couvait encore par endroits. Des papillons jaunes voletaient au-dessus des décombres, se posaient à même la cendre pour repartir aussitôt. Que venaient-ils chercher ici ? Mystère.

Je m'étais levé avec une petite boule dans l'estomac, signe d'une inquiétude que je m'efforçais de refouler. Un pressentiment ? Il serait facile aujourd'hui de l'affirmer. Une chose est sûre, je n'étais pas dans mon assiette.

– Rentrons au camp, dis-je en me levant

– Est-ze que za va, ô mon jarlal ? s'inquiéta Dizir.

– Je suis fatigué. J'ai besoin de m'allonger.

Je m'appuyai sur le bras puissant du demi-troll pour faire les vingt pas qui me séparaient de mon cheval. Il s'apprêtait à me soulever pour me mettre en selle quand un membre de la horde, homme nouvellement promu, signala l'arrivée d'un cavalier.

Un messager, sans doute. Je me retournai pour l'attendre. Il arrivait du nord sur un cheval boiteux. Son attitude étrange – il était penché en avant, presque couché – nous intrigua.

– Il doit être blessé, dit Jaglavok.

– C'est un chauve, un ancien, annonça quelqu'un.

Cette description me fit tressaillir. J'oubliai ma fatigue et allai à la rencontre du cavalier; Dizir et Jaglavok m'emboîtèrent le pas.

– Bon zang! s'exclama le demi-troll. Z'est… Z'est…

– Jokall le Chauve, dis-je.

Deux hommes de la horde l'aidèrent à descendre de cheval. Il pouvait marcher, bien qu'avec difficulté.

M'apercevant, Jokall poussa une exclamation, avant de venir à moi en titubant.

– Bjorn, prononça-t-il. Ô mon jarlal…

Il respirait avec peine. L'homme sûr de soi, altier, que j'avais connu trois semaines plus tôt ressemblait maintenant à une épave. Visage défait, hagard, habit crotté et déchiré, Jokall n'était plus que l'ombre de lui-même. Il paraissait avoir cent ans.

– Mon Dieu, prononça-t-il, le regard attiré par les ruines de notre capitale.

– Jokall, dis-je en le prenant par les épaules. Que s'est-il passé?

Il ne répondit pas; ses yeux immenses se figèrent. Des images l'assaillaient, effrayantes, à en juger par son expression.

Je lui laissai le temps de se reprendre, cela en dépit de mon impatience.

– Alors ? le pressa Dizir. Est-ce que tu vas parler, bourrique ?

Jokall parut sortir d'un rêve.

– Ils sont des milliers et des milliers. Rien, nous n'avons rien pu faire. Débordés en quelques minutes…

– Des milliers de guerriers, c'est cela ?

Il acquiesça.

– Qui sont-ils ? Jokall !

Une larme coula sur sa joue.

– Jokall ! m'énervai-je. Il faut que tu nous dises !

Jaglavok s'avança.

– Ce sont les Skudlandais, n'est-ce pas ? Ils envahissent le royaume.

– Il y a aussi des hommes venus des steppes, des Vorages. Le roi Karl s'est entendu avec eux. Ils balayent tout sur leur passage. Un ouragan, c'est un ouragan…

– Mon père ? demandai-je. Où est Érik en ce moment ?

Jokall tomba à genoux, comme frappé d'un coup sur la nuque. Il attrapa mes jambes et colla le visage contre mon pantalon. Ses épaules larges montaient et descendaient, secouées par l'émotion.

– Jokall ! soufflai-je, terrifié.

– Parle, ami ! gronda Dizir. Tu zoues avec nos nerfs.

Lorsque Jokall le Chauve releva la tête, ses joues parcheminées étaient baignées de larmes.

– Il est tombé, hoqueta-t-il. Tombé au champ d'honneur !

Je vacillai ; ma vue se troubla. Dizir fondit sur Jokall et, l'attrapant par le col, le mit debout.

– Ze n'est pas vrai!… Ze n'est pas vrai!

– Érik est mort, affirma le vieux guerrier d'une voix sans timbre. Il a expiré dans mes bras, transpercé par une lance vorage.

J'imaginai l'âme de mon père sur le drakkar sans rames, en route pour le royaume des enfers.

– Hakon est défait par nos soins, Hur également, et nos effectifs sont aujourd'hui dérisoires, dit Jaglavok. Le roi Karl a bien joué. Il a attendu tranquillement que tout le monde s'entre-tue, et maintenant il va rafler la mise à peu de frais. Je lui tire mon chapeau.

– On le décrivait comme un zouverain pazifique, une ezpèze de zaint, rappela Dizir.

– Cela faisait partie de sa stratégie. J'ose à peine vous l'avouer, mais l'idée m'est venue plusieurs fois qu'il pouvait y avoir une supercherie derrière cette image débonnaire du roi Karl. Une intuition vague et néanmoins persistante que je n'ai pas su entendre. Je m'en veux, si vous saviez!

J'écoutais à peine ces propos. Je songeais à mon père. C'est moi qui l'avais envoyé à la frontière, moi qui avais causé sa perte! Jamais je ne me pardonnerais.

– Érik, sanglota Dizir. Érik… Érik…

Il répétait ce prénom encore et encore, comme s'il avait pu ainsi rappeler mon père à la vie. Pauvre Dizir! Sa gloire récente et sa tunique bleu et or n'avaient soudain plus aucune valeur à ses yeux. Il avait perdu son bienfaiteur, son ami de toujours, l'homme qu'il respectait le plus dans cette vallée de larmes.

Nous regagnâmes la côte en toute hâte. J'étais comme un somnambule, ballotté par mon cheval au galop.

La mer en point de mire, je pensai à ma mère. Savait-elle déjà ? Sans doute que non.

– Il faut que je lui apprenne moi-même la nouvelle, décidai-je. C'est mon devoir de fils.

Nous trouvâmes un camp en effervescence. Hommes, femmes, blessés couraient en tous sens, dans un grand désordre. La nouvelle de l'invasion leur était parvenue pendant notre absence, et l'on venait d'apercevoir des voiles à l'horizon J'ordonnai à Ghizur de rétablir le calme et ensuite de me rejoindre sous le dais, où je me retirai.

Daphnir m'attendait, assis, ses cornes torsadées touchant presque le plafond de tissu.

– Hughinn est parti au nord pour évaluer la situation, m'annonça-t-il. Peut-être ne sont-ils pas si nombreux que ça. Peut-être.

Je me laissai tomber sur ma peau d'ours.

– Mon père. Il… il est mort, Daphnir !

– Est-ce chose certaine ? s'enquit mon dragon après un silence.

– Un de ses compagnons, Jokall le Chauve, me l'a annoncé tout à l'heure. Il se trouvait avec Érik quand… C'est une flèche vorage qui…

Daphnir se pencha pour me lécher le visage. La langue bleue, chaude et râpeuse, nettoya mes joues brûlantes de larmes.

55
LE DÉPART DU PRINCE

Les voiles jaune clair – le jaune est la couleur du Skudland – se comptaient par dizaines sur la mer. Près d'une centaine de bateaux, drakkars et cotres de guerre, convergeaient vers nous. Comment le roi Karl avait-il pu constituer une telle flotte sans attirer l'attention de nos espions, il y avait là une énigme.

J'avais revêtu ma cotte de mailles sur les instances de Dizir ; le vêtement de fer pesait lourd sur mes épaules. Ils étaient tous là, amis, conseillers, pour écouter Hughinn le corbeau. Ce dernier, rentrant à peine de son excursion, s'était posté sur un rocher moussu au milieu du camp. Il battait des ailes, claquait du bec, en proie à l'émotion la plus vive. Je demandai le silence, avant de lui donner la parole.

– Dix mille, vingt mille peut-être ! croassa-t-il. Ce sont des hordes entières, compagnons, qui déferlent sur notre malheureux pays. Les villages brûlent, les gens s'enfuient sans aucune chance d'échapper à l'envahisseur. Ils ont dépassé Hofn. La ville est en feu : j'ai vu la fumée de loin, toute noire !

À ces mots, Ghizur pâlit. Il dut se contenir, sans quoi il aurait enfourché le premier cheval venu et serait parti au secours de sa fille.

– Les tuniques jaunes des Skudlandais sont mêlées aux accoutrements crasseux des Vorages. Oui, des Vorages ! Le roi Karl s'est allié à ces pouilleux. Que la honte s'abatte sur lui !

Les Vorages, peuple nomade que j'ai maintes fois évoqué dans ces Mémoires, sont les ennemis héréditaires des Vikings. Que l'un de nos rois s'entende avec eux pour attaquer ses frères civilisés paraissait incroyable. C'était un sacrilège, ni plus ni moins, l'acte d'un homme sans foi ni loi.

– Comment font-ils pour avanzer zi vite ? interrogea Gengizmir, dont les éperons tintèrent.

– Aucun d'eux n'est à pied, voilà pourquoi ! révéla Hughinn. Tous à cheval ou, pour la moitié des Vorages, à renne !

– Za ne ze prézente pas bien. Mais bon, nous vendrons chèrement notre peau.

– Bien parlé, ami, approuva Dizir.

– Bjorn le Géant peut tout ! dit Stafn.

Coiffé d'un casque trop grand pour lui, le teint rosé, il donnait tous les signes de l'exaltation.

Je souris avec tristesse. J'étais trop conscient des limites de mon corps pour donner de faux espoirs à mes hommes.

– Notre jarlal est épuisé, soupira Einar le Savant, prenant la parole à ma place. Ce qu'il a réalisé l'autre jour, je doute qu'il soit en mesure de le refaire aujourd'hui, car il a perdu beaucoup de son fluide vital. Les métamorphoses se paient cher, ainsi en ont décidé les dieux.

Un lourd silence suivit cette déclaration.

– Si la victoire est impossible, une mort glorieuse est

toujours à la portée du guerrier digne de ce nom, prononçai-je.

Cette phrase, je l'avais entendue autrefois dans la bouche de mon père. Elle eut sur les braves qui m'entouraient l'effet escompté.

Dans l'heure qui suivit, des Updalois, des habitants d'Oseborg, ainsi que de nombreux blessés furent conduits au port et embarquèrent sur les drakkars les moins endommagés (la moitié d'entre eux n'auraient pu affronter les vagues). Je chargeai Ghizur-Loup-Blanc de désigner des guerriers valides, cinq par navire, pour diriger les manœuvres.

– J'ai choisi les hommes au hasard, et chaque fois ils me suppliaient de pouvoir rester à terre, me raconta Ghizur, sa mission terminée. Ils veulent tous se battre !

Les navires étaient prêts à appareiller ; il n'y avait pas de temps à perdre. J'appelai le prince Sven, qui arriva flanqué d'Einar le Savant.

– Mon prince ! dis-je en lui prenant les mains. Je ne me suis guère montré digne de la confiance que ton père avait placée en moi. Je n'aurai pas su protéger le royaume de l'avidité de nos voisins. Peut-être qu'un autre, à ma place…

– Non ! me coupa Sven. Tu as fait des miracles. Nos ennemis, ils étaient trop nombreux. Il y a des cas où même un guerrier tel que toi, un morphir, ne peut rien.

– Tu es bon. Tu es indulgent. Écoute-moi, à présent. Je veux que tu ôtes tes bagues et tes bracelets d'or, que tu revêtes une tunique rapiécée et que tu montes sur l'un de ces bateaux.

– Non ! protesta Sven. Tu m'as trop protégé, déjà. Je me suis terré dans une galerie de trolls pendant les combats.

Il parlait bien ; en quelques semaines, son vocabulaire s'était étendu de manière surprenante. La fréquentation d'Einar, le plus cultivé des hommes, avait porté ses fruits.

– Je n'ai pas vu le danger, même de loin, poursuivait Sven. C'en est assez ! Je veux ma part…

Une flamme habitait le prince. Ghizur, qui assistait à la scène, eut la même pensée que moi : le fils de Harald changeait, il commençait enfin à montrer du caractère.

Je pris Sven dans mes bras, pour une courte et virile étreinte.

– Tes paroles me remplissent de joie, ô mon prince. Je suis fier de toi. Mais tu partiras, car je l'ordonne ! Tu es l'avenir du royaume. Un jour, qui sait, tu pourras faire valoir tes droits au trône. Des hommes plus habiles que moi sauront peut-être t'aider à reconquérir nos terres, à rendre le Fizzland à ses enfants.

– Tu parles comme si tout espoir était perdu, dit Einar, levant un sourcil.

– C'est malheureusement le cas. Et c'est pourquoi Sven doit se mettre à l'abri.

– Je refuse ! se révolta le prince.

– Tu ne peux pas, dis-je avec douceur. Je suis encore le maître. L'anneau Lik est à mon doigt et non au tien. Je porte la tunique d'or. Tu pars dans l'instant, ainsi en ai-je décidé.

– Non !… Non !…

Je lui ôtai moi-même ses bijoux et ses habits chatoyants ; il n'osa pas résister. Ensuite, Ghizur et quelques autres l'escortèrent jusqu'au dernier drakkar encore à quai.

Sur le pont, Sven me fixait, les yeux pleins de reproche. Son bateau partit en grinçant de partout, propulsé par ses rames. J'adressai au prince un signe d'adieu auquel il ne répondit pas.

La petite flotte s'en allait vent de travers, en direction du sud. Quel serait le destin de ces hommes et de ces femmes, de leurs enfants ? Personne ne pouvait en présager. Car il n'existait alors aucune contrée où ils pourraient accoster avec la certitude de trouver un bon accueil.

56
LA PIPE DE CUIVRE

Nous restions largement au-dessus des nuages afin de ne pas être aperçus. Nous planions quelques instants, et puis Daphnir était forcé de battre des ailes, sans quoi nous commencions à descendre. Mon dragon n'avait pas encore l'habitude de voler en portant un lourd poids sur le dos. Il n'avait jamais transporté que moi, en de très rares occasions, et il m'avait fallu insister pour obtenir cette faveur, car il n'aimait pas jouer les montures.

– Tu es sur la bonne route ? demandai-je.

– Oui. Mais ce n'est pas raisonnable. Pas raisonnable.

– De toute façon, tu dois te reposer. Autant que ce soit là.

– Je pourrais tenir plus longtemps que tu ne le croies. Jusqu'aux Monts Coupés. Je m'en sens capable.

– Tu t'illusionnes. Tu respires comme un vieux dragon et tu perds déjà de la vitesse.

Entendant cela, Daphnir accéléra d'un coup ; la secousse me projeta en arrière.

– C'est malin ! m'exclamai-je. J'ai failli lâcher Hughinn.

Le corbeau dormait contre mon cœur ; la secousse ne l'avait pas réveillé

Daphnir ne dit rien. Fatigués, démoralisés, nous nous énervions l'un l'autre. Je n'avais rien pu faire, la résistance s'était révélée impossible face aux hordes déferlantes. Comme je m'en voulais d'avoir cédé aux autres ! J'avais déserté, bon sang ! Et toutes les bonnes raisons du monde ne pouvaient m'ôter le sentiment de honte résultant de cette fuite.

Penché sur Daphnir, je m'agrippais à son cou musclé. Ni selle ni rênes : je montais à cru, et les minuscules piquants qui hérissaient le dos de mon dragon m'entraient dans le postérieur.

– Nous arrivons, grogna Daphnir.

Dix pieds plus bas, un tapis de nuages nous cachait entièrement la terre.

– Tu en es sûr ? Comment fais-tu pour te repérer ?

– Je vois le pays dans ma tête, répondit mon dragon, laconique.

Il amorça notre descente. Celle-ci fut pratiquement verticale, afin de limiter au maximum sa durée et le risque d'être vus.

Mes entrailles remontèrent dans ma poitrine, mes yeux se mirent à pleurer à cause du vent...

– Accroche-toi !

– Tu es fou ! criai-je.

Le sol se rapprochait à grande allure. Je préférai ne pas regarder.

J'entendis un bruit de voile qui claque : Daphnir, qui avait replié ses ailes à moitié, venait de les déployer à nouveau. Nous nous posâmes dans un silence parfait, magique, et je pus reprendre haleine.

Je me laissai glisser à terre. Mes jambes flageolaient ;

j'eus quelque peine à rester debout. Un vieillard, je me sentais comme un vieillard ! Je déposai Hughinn, inconscient, dans un creux de rocher.

Nous nous trouvions sur la plus haute des Collines Grises, à quinze minutes à pied de Morphirskali, au bord de cette cuve naturelle que Daphnir affectionnait tant. Des vapeurs soufrées montaient de l'eau noire, formant un brouillard opportun autour de nous.

J'ôtai mes chaussures et m'assis sur le sol moussu, faisant fuir les crabes d'eau douce. Je mis les pieds dans l'eau chaude en broyant du noir.

Daphnir, lui, entra lourdement dans la cuve, dont il gagna le centre tout en s'abreuvant.

– Jamais eu aussi soif de ma vie.

Seule sa tête émergeait, une tête grisâtre, aux yeux cerclés de noir.

– Cesse de t'en vouloir, me dit-il en bâillant. Arrête de te torturer. Dors un peu, ô mon jarlal, c'est la meilleure chose à faire. La meilleure chose…

– D'abord un bain.

J'enlevai cotte de mailles et tunique d'or, et mon torse apparut dans la lumière vaporeuse.

– Mon Dieu ! fit Daphnir. On dirait des éclairs sur ta peau.

Mes blessures profondes s'étaient cicatrisées en un rien de temps, à la stupéfaction d'Einar, laissant sur ma peau un réseau de marques blanches, légèrement scintillantes, et qui semblaient vieilles de plusieurs années.

– Les Oursons ont bien travaillé. Tu es plus couturé que Ketill le Rouge. S'il pouvait te voir, il serait jaloux. Jaloux, il le serait !

Ma nudité complète révéla d'autres cicatrices sur mes jambes. Je fis rapidement mes ablutions, avant de m'étendre sur la mousse.

Daphnir dormait déjà au milieu de l'eau. Je restai couché quelques instants, avant de me relever prudemment. Je m'éloignai sans bruit ; chaque pas me coûtait un effort. Mon but était de fausser compagnie à Daphnir pour aller à Morphirskali. Mais je dus me rendre à l'évidence : mes jambes ne me porteraient pas jusque-là. J'avais d'abord besoin de repos. Je me rallongeai donc, fâché contre mon corps et ses faiblesses.

Un frisson me parcourut l'échine, m'incitant à me rapprocher de l'eau et de ses vapeurs tièdes. Mon dragon semblait parti pour un long sommeil. Tant mieux. Je me contenterais d'une petite sieste, et puis…

À peine avais-je fermé les yeux que des images surgirent dans mon esprit. J'eus beau essayer de les chasser, impossible. Je nous revis dans le bois d'Hallorm, attendant l'envahisseur abrités derrière les arbres. C'est Jaglavok qui nous avait emmenés là. Dans le bois, nous serions à couvert et la cavalerie ennemie perdrait l'essentiel de son impact, de sa force de pénétration.

– S'ils sont malins, ils mettront pied à terre et laisseront les chevaux en arrière, avait dit Jaglavok.

C'est en effet ce qui arriva. Mais les Skudlandais et les Vorages étaient si nombreux que, malgré l'avantage de notre position, nous ne tardâmes pas à être submergés. Les braves tombaient les uns après les autres, percés de flèches, de javelines…

La bataille venait à peine de commencer qu'elle était déjà perdue.

Quant à moi, je me battais surtout contre ma fatigue. Tyrfing dévia plusieurs projectiles qui, sans elle, m'auraient envoyé ad patres. Des hommes que j'aimais, membres de la horde, guerriers d'expérience, jeunes loups pleins de fougue, mouraient en criant mon nom ou celui du royaume. Mes doigts sans force finirent par lâcher mon épée. J'allais me baisser pour la ramasser quand je ressentis une vive douleur sur le front.

Une main puissante m'attira en arrière.

– Tyrfing ! criai-je.

Le sang coulait dans mes yeux ; je n'y voyais plus.

Ils étaient plusieurs à m'emporter de force. Je protestais, pensant à mon arme abandonnée sur le sol, mais ils ne m'écoutaient pas. Daphnir galopait derrière, j'entendais le bruit de sa course dragonnienne, reconnaissable entre tous.

À un moment donné, le cordon de mon pendangorgh se rompit ; les pièces dégringolèrent et personne ne se soucia de les ramasser.

– Lâchez-moi ! C'est un ordre !

– Pardon de te dézobéir, ô mon zarlal, mais z'il le faut.

– Dizir ? C'est toi ?

Nous sortîmes soudain de l'obscurité du bois ; ils me lâchèrent. Quelqu'un me passa un bout d'étoffe et je m'essuyai les yeux.

Dizir, Ghizur et Jaglavok se tenaient devant moi. Je déversai sur eux ma colère : j'avais perdu mon épée par leur faute.

– Les nôtres se battent encore ! Ils lutteront jusqu'à leur dernier souffle et moi… moi… Qu'est-ce que je fais ici, loin de mes hommes ? m'indignai-je. Dites-le-moi !

– À l'instar de Sven, tu dois vivre, déclara Ghizur-Loup-Blanc. Tu es notre jarlal, tu portes l'anneau Lik...

– Tu es l'âme de ze royaume, Bjorn. Zi tu meurs ou que tu tombes entre les griffes du roi Karl, tout est fini. Il n'y aura plus d'ezpoir.

Dizir tenait Hughinn dans sa large main ; je le remarquai seulement.

– Il est blessé ? m'inquiétai-je.

– Oui. Une flèche...

– Je m'en sortirai, va, articula le corbeau. Rien de très grave. Écoute, Bjorn, mon fils, mon ami... il faut que tu partes ! Daphnir vous emportera loin, toi, l'anneau sacré et la tunique d'or. Un jour, je le sais, je le vois, tu reviendras pour...

Il ne termina pas sa phrase. Pauvre Hughinn, il était à deux doigts de se pâmer.

– Vous voulez que je déserte. J'aurai honte ma vie entière, si je m'en vais maintenant.

Je me tournai vers le bois ; les bruits de la bataille se rapprochaient. Je fis mine de m'élancer dans les ténèbres, où le devoir m'appelait, mais Ghizur me barra la route de son corps massif.

– Quitte le royaume, Bjorn, je t'en supplie ! Le salut est ailleurs. Ici, tout est fini. Nous avons perdu la partie.

– Mais... où voulez-vous que j'aille, bon sang ? Et pour faire quoi ?

– Je ne sais pas. Je ne sais pas...

– Z'est à toi de découvrir la réponze, Bjorn le Zéant. Tu es le zeul à pouvoir nous zauver.

Jaglavok s'avança, minuscule entre Ghizur et le demi-troll Dizir.

– J'ai un ami puissant dans les steppes de l'Est. Un grand chef du peuple toundour. Va le trouver de ma part. Il te recevra bien.

Mon conseiller sortit sa pipe de cuivre et me la tendit.

– Ce chef s'appelle Tchortchi. Retiens bien ce nom, surtout. Quand tu seras devant lui, montre-lui cette pipe. Il me l'a offerte autrefois.

Comme je restais les bras ballants, Jaglavok me fourra l'objet dans la main.

– Admettons que je le trouve, ton Tchortchi. Que pourra-t-il pour nous ? Me donnera-t-il dix mille guerriers pour reconquérir notre terre ?

– J'ignore ce qu'il fera. Je sais seulement que c'est un ami et que sa puissance est grande.

Un hurlement tout proche me fit sursauter. Dizir me poussa vers Daphnir. Je montai avec difficulté sur le dos de mon dragon.

Une foule de sentiments se mêlaient en moi : accablement, colère, tristesse…

Je dévisageai mes amis l'un après l'autre, comme pour graver leur visage dans ma mémoire. Dizir et Ghizur affichaient une expression grave, martiale, qui contrastait avec l'air détendu de Jaglavok.

– Sacré petit bonhomme ! pensai-je.

Dizir me passa le corbeau blessé :

– Je te confie zelui-zi. Mets-le en zûreté quelque part, dans un trou d'arbre ou un vieux nid. Ne t'encombre pas de lui dans ton voyaze, hein ! Il guérira bien tout zeul.

Daphnir ouvrit ses ailes d'obsidienne. Les autres s'écartèrent en silence. Je ne prononçai aucune parole au moment de les quitter ; eux non plus.

Tandis que je m'élevais dans les airs, ils retournaient déjà au combat. Je les vis disparaître dans le bois l'arme à la main, et mon cœur se serra.

– Adieu, murmurai-je.

57
UNE ODEUR DE VARECH

– Ce n'est pas raisonnable.

Je sursautai.

– Tu ne dors pas ?

– Seulement d'un œil. D'un œil seulement. Je te surveillais.

Ayant dit, Daphnir marcha vers moi dans l'eau bouillonnante. Ses grands yeux orange avaient retrouvé un peu d'éclat.

– Il faut que je sache, plaidai-je.

– C'est trop dangereux, beaucoup trop. Et tu n'es pas en état. Tu n'es même pas armé.

– Si, fis-je en sortant mon poignard.

Il me connaissait assez pour savoir que je ne renoncerais pas.

– Bon. Alors je viens avec toi.

Il sortit de la cuve et se secoua, éclaboussant tout autour de lui. Hughinn, douché, demeura aussi inerte qu'un bout de bois.

– Pas question ! dis-je. Tu serais tout de suite repéré. Moi, je saurai me fondre dans le paysage et…

– Je viens avec toi !

– Je suis le jarlal du royaume. Tu me dois obéissance. Et j'ordonne que tu restes ici à m'attendre… Je serai prudent, Daphnir. Je te le jure !

– Laisse-le partir, intervint Hughinn.

Couché sur le flanc dans son creux de rocher, le corbeau parlait les paupières closes.

– C'est une folie, une bêtise, poursuivit-il, mais tant qu'à faire, il vaut mieux que Bjorn y aille seul.

– Tu vois, la raison est de mon côté.

– Tu fais une bêtise, grogna Daphnir.

Et il me tourna le dos pour rentrer dans l'eau chaude. Je lançai un regard reconnaissant à Hughinn et décampai aussi vite que mes faibles jambes le permettaient.

Je descendais vers la plaine, passant à côté des nombreux trous d'eau, tous vides et gargouillants. Je m'arrêtai au dernier bassin, le plus petit. Il était environné de joncs et de terre noire. J'étais torse nu, ayant laissé ma tunique auprès de Daphnir. J'entrepris alors de m'enduire le corps, ainsi que mon pantalon de feutre clair, de boue. Je noircis également mon visage et mes cheveux. Ensuite, j'arrachai des touffes d'herbe pour en faire un gros tas, dans lequel je me roulai comme une bête. Des milliers de brins verts restèrent collés à mes membres, ainsi que je l'espérais. Mon camouflage était achevé.

Je pris la direction de Morfirskali en évitant les chemins. Des moutons et des chèvres paissaient en liberté ; ils me virent, bien sûr, mais préférèrent garder leurs distances.

Les bâtiments de la ferme s'élevaient maintenant devant moi, à deux cents pas au-delà de notre petite rivière. Tout était silencieux. À la vue de trois rennes aux ramures coupées, montures de Vorages, en train de brouter près du grand entrepôt, mon sang se figea.

Je longeai la rivière vers la gauche, jusqu'au moulin, avant d'emprunter le pont de planches pour la traverser. C'est en rampant que je m'approchai de notre maison d'habitation. J'arrivais par le nord, c'est-à-dire par l'arrière, et je n'avais pas songé au problème des poules. Leur enclos se trouvait de ce côté, accolé à la maison – je risquais fort de réveiller ces dames et leur coq.

Je poursuivis tout de même mon chemin, aplati dans l'herbe clairsemée. Ma présence souleva quelques timides « cot-cot », rien de plus. Levant la tête, je constatai qu'il ne restait pas grand monde dans le poulailler. Le coq n'était plus là, ni ses plus belles compagnes. Les envahisseurs avaient dû faire un festin de nos volailles, pour sûr !

À son extrémité orientale, notre demeure était percée d'une porte basse destinée à Farga, la chienne de ma mère, et à Wulf, mon chat des enfers. C'est par là que je comptais entrer.

Un cheval ennemi, petite jument du Skudland, tourna le coin de la maison et me regarda d'un œil morne. Elle secoua sa longue crinière, puis se dirigea vers le bord de la rivière, où l'herbe est dense et les pissenlits, nombreux.

J'avais atteint le mur. Je m'octroyai un instant de répit, après quoi, d'un coup sec, je poussai l'unique battant de la « porte des animaux », ainsi que nous l'appelions. Je me glissai à l'intérieur en retenant mon souffle.

Dans la pénombre régnait une atmosphère surchauffée. La salle commune résonnait de ronflements, et cela sentait le bouc. Je me dressai avec lenteur et attendis que mes yeux s'habituent à l'obscurité, qui n'était que relative. Je fus rapidement capable de distinguer les choses et, d'un bond souple et silencieux, je me plaçai derrière un des larges piliers qui soutiennent la poutre faîtière. D'où j'étais, je pouvais embrasser toute la salle d'un regard.

Ils étaient une vingtaine à dormir dans tous les coins : sur les banquettes de pierre, sur les sièges de bois, sur la table et à même le sol de terre. Les Skudlandais, vêtus de jaune, avaient pris les meilleures places.

– Le feu est mort, pensai-je.

Laisser s'éteindre le feu d'une maison – qu'il s'agisse de la vôtre ou celle d'un autre – est une négligence coupable, très mal vue des dieux. J'espérais vivement que le courroux divin s'abattrait sur cette bande d'intrus.

Les chambres se trouvaient à l'autre bout du bâtiment. C'était pure folie que d'y aller voir, mais j'étais prêt à tout pour connaître le sort de ma famille. Je traversai donc la salle de séjour à quatre pattes, zigzaguant entre les dormeurs. Les Vorages – énorme tignasse, habits pouilleux – puaient la rage et l'eau-de-vie.

Des chambres, fermées par de simples rideaux de laine, me parvinrent des ronflements sonores, virils. J'écartai le premier rideau avec appréhension, le poignard à la main... Le lit de mes parents ployait sous le poids de trois Skudlandais dont les longues tresses blondes s'emmêlaient comme des serpents en rut. Je poursuivis mon chemin à pas de loup, découvrant dans chaque chambre un spectacle similaire.

Je respirais plus librement, tout à coup.

Je quittai les lieux en suivant le même chemin que précédemment. Et quel plaisir ce fut de retrouver l'air frais du dehors !

Il me fallait à présent visiter les autres bâtiments, grange, bergerie, étable… afin de voir si les miens n'y étaient pas relégués. Comme personne ne montait la garde nulle part, mon exploration se déroula sans difficulté.

Ma famille ne se trouvait pas dans les maisons d'animaux. Il ne me restait plus qu'à entrer dans l'entrepôt, le meilleur endroit, somme toute, où enfermer des prisonniers. Je traversai la cour d'est en ouest, me frayant un passage entre les rennes, qui m'accordèrent peu d'attention.

Je pressai le pas vers l'entrepôt, dont la porte était grande ouverte. Contre l'un des battants, une masse claire gisait : le corps d'une bête morte. Je crus d'abord qu'il s'agissait d'une chèvre à poil long, avant de reconnaître Farga. La pauvre chienne, animal dévoué, dans la force de l'âge, s'était fait tuer en défendant notre maison. Je lui donnai une caresse furtive et entrai dans le bâtiment.

Ce lieu où, grâce à ma sœur Ingë, régnait d'ordinaire l'ordre le plus impeccable ne ressemblait plus à rien. Peaux, grains, outils et ustensiles divers jonchaient le sol, parmi les planches d'étagères. La plupart des objets étaient brisés, piétinés.

Je m'assis par terre, découragé. J'ignore combien de temps je restai ainsi à me demander ce qu'il était advenu de ma famille. Un peigne en os qui avait appartenu à Sigrid traînait au milieu des débris ; il lui manquait deux dents. Je le ramassai.

Une bouffée de haine monta en moi. Ces étrangers, je les aurais bien égorgés tous sans la moindre pitié. Mon cœur se mit à tambouriner : « Boum… boum… » Au lieu de ranimer mes forces, ma fureur naissante augmenta ma fatigue. Ma tête était lourde ; j'avais l'impression d'un poids énorme sur mes épaules, qui m'enfonçait dans la terre.

Je rampai vers une cruche, taraudé par la soif: le récipient était vide. Avisant quelques grains d'orge répandus là, à portée de ma main tremblante, je les pris un à un et les fourrai dans ma bouche. Ils se révélèrent durs comme des cailloux, et c'est à peine si je fus capable de les mâcher.

Cette nourriture eut un effet apaisant plutôt que roboratif; je fermai les yeux.

Si j'attendais ici, je finirais par être découvert. On me tuerait peut-être, ou bien je serais emmené quelque part – là où se trouvaient les miens. J'entendis un bruit, comme un raclement de siège. Ça bougeait dans la maison. Partir ou rester? Je ne savais quel parti prendre. Je contemplai le peigne de Sigrid dans ma main. D'un jaune sale, il semblait terne à côté de l'anneau Lik, à la blancheur immaculée.

Un éboulement d'objets brisa le silence.

– Mââââw!

En trois bonds, Wulf me rejoignit; il s'installa sur ma poitrine nue et commença aussitôt à ronronner.

– Tu es là, toi! Te voilà, mon tout beau!

«Rrrrrh... Rrrrrh!... Rrrrrh!...»

Sa langue râpeuse me griffait le menton.

– Arrête, ça chatouille!

La présence amicale de Wulf me redonna du courage; mon humeur changea du tout au tout. J'en avais fini avec les hésitations!

Je piquai plusieurs baisers sur le front soyeux de mon chat, puis, m'appuyant sur un coffre éventré, je me mis debout.

Je sortis en tenant Wulf sous le bras, longeai les murs pour me retrouver face à la vaste plaine, pratiquement dénuée d'arbres, qui s'étendait jusqu'aux collines.

J'avançai courbé en deux, le cœur battant. Si un ennemi sortait de la maison, l'entrepôt me cachait à sa vue. J'entrai dans la rivière, sachant qu'à cet endroit, en aval du moulin, l'eau était profonde ; il faudrait nager.

Je lâchai Wulf, qui, en bon chat des enfers, gagna l'autre rive sans difficulté. Il flottait comme une loutre et avançait deux fois plus vite que moi, le bougre ! La fraîcheur de l'eau me rendit un semblant de vitalité.

– Ma-mââw ! m'appela Wulf du bord.

Je fus bientôt près de lui, et nous commençâmes à courir, lui avec insouciance et légèreté, moi en traînant la jambe. Nous étions maintenant à découvert. Mon passage dans la rivière avait fait fondre la boue sur mon corps. Je m'imaginais tel un point blanc dans le paysage, visible de très loin. À chaque instant, je croyais entendre des cris, des bruits de sabots. Je me retournai dix fois, vingt fois ! sûr de découvrir des rennes lancés à ma poursuite.

Je trébuchais sur les innombrables cailloux cachés dans l'herbe. Ahanant comme un homme aux poumons malades, je progressais tant bien que mal, beaucoup trop lentement au goût de Wulf. Mon chat prenait de l'avance, puis il se rendait compte de mon retard et revenait sur ses pas ; la perplexité se lisait dans ses grands yeux ronds.

– On s'arrête un moment, soufflai-je. Papa Bjorn est fatigué.

Il pencha la tête, poussa un miaulement bref, avant de s'asseoir et d'attendre sagement mon bon vouloir.

Un calme rassurant nous entourait. Du côté de la ferme,

rien ne bougeait, hormis les animaux. Nous avions parcouru une distance suffisante pour espérer nous en tirer. Rien n'était gagné cependant, car les Vorages ont la réputation de voir aussi bien que les aigles.

Un moustique me piquait le cou. Ma main claqua dans le silence.

– Raté, dis-je.

Je me sentais observé. Pourtant, j'avais beau scruter le paysage dans ses moindres recoins, il n'y avait personne. Mon instinct de morphir se trompait manifestement ; je ne pouvais plus compter sur lui.

– Allez, Wulf, on continue !

Il partit comme une flèche, bondissant au-dessus des touffes d'herbe et des taupinières. Je trottinais à sa suite, les narines titillées par un étrange parfum.

– Qu'est-ce que c'est ? pensai-je. Ça me rappelle quelque chose.

L'odeur incongrue, salée, disparaissait parfois, emportée par le vent – mais c'était pour resurgir l'instant d'après, plus insistante encore.

– Du varech… C'est bien cela !

Une sourde angoisse m'envahit ; je pressai le pas.

– Bonjour, Bjorn, dit une voix chuchotée, glaçante : une voix d'outre-tombe.

58
L'ÂME EN SURSIS

Il était là, telle une apparition diabolique, me toisant à travers les trous de son masque rouge sang. Sa longue robe noire ondulait doucement au vent, et il portait de drôles de bottes noires, luisantes. De petits coquillages clairs constellaient ses vêtements, son masque et jusqu'aux cornes de son galurvol.

– Que me veux-tu ? demandai-je à l'assassin de Harald. Pourquoi es-tu là ?

À trois pas de lui, sur une grosse pierre en forme d'œuf, figurait une inscription gravée. Cette pierre était une borne marquant la limite de mon domaine.

– Que lis-tu, là ? dit l'homme masqué dans un murmure.

– Morphirskali.

– Très juste. Et si l'on regarde bien, l'on distingue encore les traces d'une autre inscription, effacée celle-là. Qu'y avait-il d'écrit à cet endroit, Bjorn fils d'Érik ?

– Hafkellskali. L'ancien propriétaire se nommait Hafkell… Pourquoi ces questions ? Qui es-tu ?

– Ne le sais-tu pas ?

– Tu as tué notre roi d'ignoble manière. Tu es un assassin et un fou !

Il éclata d'un rire caverneux, dont l'écho résonna longtemps.

– Fou, je le suis assurément ! dit-il en ouvrant les bras.

Et il se mit à tourner sur lui-même, comme une toupie. Ce mouvement souleva sa robe, découvrant des jambes nues, blêmes et marbrées.

– Je suis le bras vengeur, l'âme en sursis, hi ! hi ! Des profondeurs j'ai émergé, les veines pleines d'eau, le cœur rempli de sel. Aux profondeurs je retournerai ! Le pacte a été conclu dans les formes, je suis en sursis, hi ! hi !

Il tournait de plus en plus vite. L'odeur d'algues devenait insupportable. Je cherchai Wulf des yeux ; il avait disparu.

L'homme masqué poursuivait son discours incohérent, agrémenté maintenant de phrases en langue ancienne – incompréhensibles pour l'ignorant que je suis.

– En moi est la force d'Ægir ! *Höd, höd ! Kakli badherr betill !* Le souverain injuste a payé, ha ! Il a souffert mille morts, ha ! ha ! L'innocent est vengé. Je suis l'Innocent ! *Höd bealdor Ægir ganemm !*

Il s'immobilisa brusquement ; son masque avait bougé et je pus voir, l'espace d'un instant, une figure boursouflée, humide – une tête de noyé.

– Tu es Hafkell ! m'exclamai-je.

– Tu comprends enfin, petit jarlal. Enfant sans défense que la guerre a épuisé. Ce domaine était à moi – Hafkell-skali ! – et tu l'as profané par ta présence.

– C'est donc que tu es un revenant...

– Revenu de l'eau, oui. Exécuté par noyade, entraîné par le fond, j'ai négocié avec les divinités marines. J'ai obtenu un an de sursis pour accomplir ma vengeance. En échange, j'ai offert...

– Ton âme aux dieux obscurs de l'océan !

– Ha ! ha !... Ha ! ha ! ha !

Il se remit à tourner, lentement cette fois. Ses bras ondulaient avec souplesse, comme des algues au fond de l'eau.

– Je suis le sel de la mer. À Ægir j'appartiendrai !

Ses manches noires glissèrent pendant la danse ; la lame d'un poignard apparut, plus fine qu'un bec d'espadon.

L'espèce de transe qui animait Hafkell ne semblait pas vouloir finir. Je me décidai à filer.

Tout le monde a fait ce rêve affreux où on n'arrive pas à courir pour échapper au danger. On se démène, on se débat, mais nos jambes sont prises dans une glaise invisible. Eh bien, ma fatigue me jouait un tour comparable. Malgré mes efforts et ma volonté de morphir, je n'avançais pas. Le temps qu'il me fallut pour gagner le pied des collines m'aurait suffi, normalement, à atteindre deux fois leur sommet.

– Où cours-tu donc, Bjorn ?

Je m'étais retourné un peu avant. Sa petite silhouette noire dansait toujours, loin derrière moi, et je m'étais senti rassuré. Et voilà qu'il m'avait rattrapé !

Vacillant comme un homme ivre, j'essuyai la sueur froide qui perlait sur mes tempes.

– Ce domaine, la terre de mes ancêtres, m'a été soustrait injustement, dit-il, le doigt pointé vers la ferme. Dans ton impudence, tu l'as investi avec ton odieuse famille ! Tu vas payer pour ça. Je vais t'étriper, mon pauvre... Vengeance ! Vengeance !

– Le roi t'a confisqué ces terres. Je n'y suis pour rien. Il me les a offertes en récompense… et à présent l'ennemi les a prises.

– Tu ne pourras rien pour ton maître, noiraud. Son destin est de crever ici et maintenant, par mes soins !

À qui parlait-il ? Je regardai vivement autour de moi. Daphnir descendait vers nous, le pas lourd, la mine farouche, accompagné de Wulf.

Tout se passa très vite. Hafkell se jeta sur moi, le couteau levé ; il fut repoussé par le feu bleu de Daphnir, qui lui traversa le corps. Il s'agitait, éructait, tandis que la flamme le maintenait à distance.

– Saute sur mon dos, qu'est-ce que tu attends ?

Attrapant Wulf par la peau du cou, j'obéis à mon dragon. Les pattes pliées pour me faciliter la tâche, il continuait de cracher son feu, qui ne tarderait pas à s'épuiser.

Wulf se tortillait, grondait, tandis que nous nous élevions dans les airs. « Flap, flap, flap » : en trois coups d'ailes nous étions hors de portée. C'est du moins ce que je croyais, car Hafkell effectua un bond prodigieux, tout aussi vertical que notre décollage. Sa lame toucha le ventre de Daphnir, qui poussa un cri.

– Rien de grave, me rassura aussitôt mon dragon. Il m'a à peine touché… Des cavaliers, regarde !

Sept ou huit Vorages, reconnaissables à leurs têtes monstrueuses, arrivaient au grand galop, poussant des cris d'oiseau.

– Je te retrouverai, Bjorn fils d'Érik. Où que tu ailles, je te dénicherai pour t'ôter la vie !

Ayant dit, Hafkell se tourna vers les Vorages et se porta à leur rencontre. Rapide comme le vent, il semblait glisser sur le sol. Sa vélocité et sa silhouette fantomatique, ondulante, intriguèrent les barbares, qui ralentirent leur allure. Deux d'entre eux amorcèrent même un demi-tour, mais il était déjà trop tard.

Hafkell fondit sur la bande pour accomplir son œuvre de mort. Daphnir m'emmenait, et je manquai le sinistre spectacle.

Je n'éprouvais aucune sympathie pour les Vorages, cela va sans dire. Je n'oubliais pas qu'une de leurs lances avait tué mon père. Pourtant, à l'idée de ce qu'allaient subir ces cavaliers, je ressentis de la pitié.

Daphnir se posa sur la plus haute colline ; il m'ordonna de faire vite.

Je m'habillai, ramassai Hughinn ainsi que la pipe de cuivre de Jaglavok. Daphnir, pendant ce temps, avalait des quantités d'eau.

– Est-ce que ça va ? Tu ne veux pas prendre un peu de repos avant de…

– Pas le temps. Tu as vu à quelle vitesse il se déplace. Allons, grimpe !

Je fis mine d'examiner son ventre

– La lame n'a pas pu pénétrer, gronda-t-il. Grimpe, je te dis !

Je me hissai sur son dos, calai Wulf et Hughinn entre mes cuisses…

– Prêt ?

– Oui, dis-je d'une voix sombre.

– Ne te décourage pas. Ne pense plus à la défaite. Oublie la famille pour le moment. Sigrid, Ingë, ta mère.. ce sont des personnes fortes, pleines de ressources. Elles sauront surmonter toutes les épreuves. Seuls comptent l'avenir et la reconquête. L'avenir, la reconquête, il n'y a que cela qui compte !

Ses battements d'ailes provoquèrent des remous à la surface de notre bain naturel ; de jolies rides argentées apparurent sur l'eau noire.

– Fizzland ! tonna Daphnir en montant dans les airs.

Je me sentis obligé de reprendre ce cri, mais le cœur n'y était pas.

59
AU MONT RAFNINN

Daphnir avait réussi à voler d'une traite jusqu'au Mont Rafninn, la plus haute montagne du royaume. Il s'était littéralement écrasé sur une petite esplanade semi-circulaire; nous avions été projetés sur le sol d'herbe rase, Wulf, Hughinn et moi. Je m'étais relevé indemne, et mon chat avait manifesté sa colère en soufflant et en gonflant ses poils bleus.

Je reconnus tout de suite l'endroit. Avec Sigrid, Ketill et Svartog, nous y avions accédé au moyen d'une corde, sous une pluie de pierres incandescentes, menacés de surcroît par une avalanche. Quel souvenir! Il remontait à un an et neuf mois.

La porte par laquelle nous étions entrés dans la montagne, au seuil de notre voyage vers les enfers, demeurait obstruée. C'est moi, aidé de mes compagnons, qui avais provoqué l'éboulement alors que nous étions à l'intérieur, cela pour nous protéger d'une neige supposée maléfique.

Il y avait là, derrière l'éboulement, un trésor qui m'appartenait: un rubis aussi grand qu'une tête de chien Je l'avais enfoui dans la terre avant de descendre aux enfers.

– Il me serait peut-être utile, pensai-je. Je pourrais obtenir beaucoup de choses des barbares avec une monnaie pareille.

Seulement, il me faudrait enlever toutes ces pierres pour accéder à la grotte, une tâche qui, dans mon état, prendrait des jours.

Tournant le dos à la porte, j'avançai vers le bord de l'esplanade. Le piton planté par Svartog et la corde qui avait servi à notre ascension étaient toujours là, après tant de mois – dans la précipitation, nous n'avions pas eu le temps de reprendre notre matériel.

Je revis avec précision notre course éperdue vers la grotte, le ciel enflammé, le toit blanc du Mont Rafninn s'écroulant pour nous engloutir…

Daphnir poussa un râle qui m'arracha à mes souvenirs Il saignait du ventre. Essuyant la blessure avec de l'herbe, je découvris une plaie mince comme un fil.

– Tu m'as menti. Il t'a bel et bien transpercé.

– Je l'avoue, souffla mon dragon.

Un examen rapide me révéla que la blessure était profonde.

– Mon Dieu, m'alarmai-je. Je ne sais pas quoi faire… Ah, si Svartog était là !

Je me souvins alors que des arfals poussaient sur les pentes du Mont Rafninn. L'arfal est un arbuste aux branches bleuâtres, dont les noix possèdent de nombreuses propriétés curatives. Je savais qu'il y en avait plus bas, accroché aux parois rocheuses, et je m'apprêtais à emprunter la corde pour descendre, lorsque j'aperçus une plante tordue et rabougrie non loin de l'ancienne porte.

– Un arfal ! m'écriai-je. Les dieux se souviennent de nous, on dirait !

Des noix pendaient aux branches. J'en cueillis trois, que j'ouvris avec les dents. Ensuite, je pilai l'intérieur à l'aide d'un galet, jusqu'à obtenir une poudre que je mêlai à ma salive.

Daphnir prit la mixture sans sourciller, mais je vis bien qu'il doutait de ses effets.

– Je ne pense pas pouvoir te conduire plus loin, mon Bjorn, se désola-t-il. Il faut que je refasse du sang, sans quoi…

– Mais…

– Il n'y a qu'une solution, une seule. Je dois me mettre en sommeil d'hiver.

Autrefois, dans les Temps obscurs, les dragons hibernaient comme les ours, une habitude qu'ils abandonnèrent plus tard, sans doute à cause des divers changements qui résultèrent de leur domestication par les hommes. Hiberner demeure cependant un moyen pour eux de guérir maladies et blessures graves. En sommeil profond, leur corps se reconstitue, retrouve son intégrité première. Le procédé a maintes fois prouvé son efficacité, même s'il n'est pas infaillible.

– Oui, approuvai-je. C'est cela que tu dois faire !

Je soulevai la tête de Daphnir pour la déposer sur mes genoux. Sa peau était glacée, et des taches claires commençaient à apparaître autour de sa bouche, signe de son dépérissement.

– Tu devras continuer seul, Bjorn.

– J'attendrai que tu te réveilles. Je resterai près de toi, à surveiller…

– Je dormirai un mois entier, deux peut-être. Il n'y a rien à manger ici pour toi. Et puis, tu as un devoir à accomplir. Le royaume à besoin de son héros.

– Je me sens si faible. Moi aussi, il me faut du repos.

– Tu n'as pas droit au repos, pas encore. Va dans les steppes trouver ce Tchortchi. Le salut est de ce côté... Fizzland... Fizzland...

– Daphnir!

– Je ne peux plus tenir. Je dois descendre maintenant dans les profondeurs du sommeil qui répare. À un de ces jours, ô mon jarlal. Je crois en toi. Tu es l'élu, notre espoir à tous.

– Daphnir...

– Va-t'en. Ton destin t'appelle... Et... prends garde à l'âme déchaînée... Gare à Hafkell!

Il sombra d'un coup. Sa tête devint plus lourde sur mes genoux. Je m'écartai, ému, désemparé.

En quelques minutes, le corps de Daphnir prit la rigidité de la pierre. Je caressai son front dur; il était si froid que je retirai ma main prestement, comme sous l'effet d'une brûlure.

Wulf avait trouvé une ouverture étroite dans la paroi de la montagne; c'était l'entrée d'une galerie où il disparut un moment. Il en ressortit avec une souris dans la gueule, tout fier. Pendant qu'il taquinait cruellement sa prise, je m'occupai de Hughinn. J'humectai son bec avec de l'eau de pluie prise dans un creux de rocher; il but sans ouvrir l'œil. Je nettoyai sa blessure à l'aile, avant d'y appliquer un peu de poudre d'arfal. Cela fait, je couchai le corbeau à proximité de Daphnir.

La Ranga, vallée de mon enfance, s'étalait en bas. Le lit

de la rivière, tel un grand serpent brunâtre, courait d'ouest en est. Des taches d'un vert profond, des arbres clairsemés, au tronc minuscule, attestaient du réveil de la nature en ces lieux que la Démone blanche avait dévastés.

Je fis un pas vers le précipice ; la corde pendait toute droite, liane solitaire – elle semblait m'attendre. Mais je ne pouvais me décider à partir. La pipe de cuivre, attachée à ma ceinture, brillait de reflets dorés. Je la pris et la retournai dans mes mains avec mauvaise humeur. Les steppes de l'Est... Ce Tchortchi et son aide hypothétique...

– Qui nous dit que ce chef est toujours vivant ? dis-je, m'adressant à Wulf. Et quand bien même... Tout cela est irréaliste, stupide. Je ferais bien mieux de...

Je fus à deux doigts de jeter la pipe au loin. Quelque chose me retint ; je pense que ce fut mon amitié pour Jaglavok.

Je m'accroupis. Wulf accourut, trimballant toujours sa souris.

« Rrrrrh ! Rrrrh !... »

– Écoute, mon mignon. Je m'en vais. Tu vas rester ici avec Daphnir, n'est-ce pas ! Tu sauras te débrouiller, j'en suis sûr.

– Rrrrââw !

– Je ne peux pas t'emmener avec moi, parce que... parce que le danger est partout dans le monde. Et toi, tu n'es qu'un petit fauve naïf et sans défense.

Je remontai la corde entièrement afin de vérifier son état pouce par pouce. Elle était recouverte d'une mince pellicule de mousse, mais sa solidité demeurait parfaite. Après avoir resserré le nœud qui l'attachait au piton, je la balançai dans le vide.

– Adieu, Daphnir! lançai-je. Adieu, maître Hughinn!… Adieu, Wulf!

Je commençai à descendre, non sans inquiétude, car mes muscles avaient fondu. Mon chat me regardait, stupéfait. Lorsque, soudain, il ne me vit plus, il s'approcha du bord; son adorable tête apparut au-dessus de moi.

– Au revoir, Wulf! Tu restes avec Daphnir. Je t'aime, mon chat… de tout mon cœur!

Une petite chose tomba et rebondit sur mon épaule: «pok». Je crus qu'il s'agissait d'un caillou, d'un peu de terre – c'était la souris morte. Wulf l'avait lâchée juste avant de suivre le même chemin qu'elle.

– Nononon!

Mon chat m'atterrit sur le crâne, où il planta ses griffes; de là, il glissa sur mon dos et s'agrippa à la tunique d'or, déchirant ce vêtement sacré et ma peau par la même occasion.

60
L'ERMITE

De corniches en chemins étroits et sinueux, j'arrivai à la Grande Bouche, ce gouffre qui, telle une cheminée vertigineuse, relie les enfers à la surface du monde. Wulf s'en approcha prudemment, avant de se raviser et de venir se blottir entre mes pieds.

– Tu te souviens de Ketill ? Il a inventé ici son plus beau poème.

De nouveau, les souvenirs affluaient. J'eus la nostalgie de ce temps où, malgré les incertitudes, je me sentais plein de force et de confiance. Ma fiancée et mes valeureux compagnons m'entouraient. Mon père vivait encore, et ma mère, ma sœur et les autres se trouvaient en sécurité à Havërr. Le royaume, gouverné par un roi légendaire, me paraissait éternel.

Je bus un peu d'eau au creux d'une roche. Le sol herbeux tremblait légèrement comme la peau d'un tambour. Je jetai un coup d'œil du côté du gouffre aux contours noircis ; aussitôt après, mon regard tomba sur les silhouettes des pétrifiés, ces malheureux qu'une éruption de lave avait surpris et recouverts à jamais. Je leur adressai un signe amical. Leur présence m'avait troublé la première fois que j'étais venu ici ; elle ne me dérangeait plus. Au contraire, elle m'apportait un certain réconfort.

– On continue.

– Mââw !

Après quelque deux heures d'une descente pénible sur des sentiers caillouteux, nous parvînmes dans la vallée. Ma tunique d'or, souillée de mousse et de terre, déchirée dans le dos, demeurait un vêtement capable d'attirer l'attention. Je la retournai donc. Les coutures, d'une finesse extrême, apparurent, ainsi que des dessins et des caractères elfiques. Quant à l'or de l'étoffe, il était encore plus brillant de ce côté. Soit je trempais la tunique carrément dans la boue, soit je l'abandonnais.

Je choisis la seconde solution. Tandis que Wulf se roulait dans une flaque d'eau brune, je pliai l'habit sacré et le cachai dans un trou de rocher que je refermai ensuite avec une grosse pierre.

– On continue.

– Ma-ââw !

C'est torse nu, vêtu d'un pantalon crotté, que je foulai le sol de ma vallée natale. Moi, jarlal du royaume, je devais ressembler au dernier des vagabonds.

Herbe jaune, lichens, arbustes – la Ranga, autrefois boisée et riante, était comme un avant-goût des pays dénudés où j'allais bientôt me rendre.

Je pris à gauche afin de contourner par l'ouest la chaîne de montagnes qui sépare ma vallée de l'Aggafjord, province où naquit Sigrid. C'était un détour, mais il était mille fois plus sûr d'éviter la frontière skudlandaise. Et puis, soyons franc, je désirais passer par l'ancien domaine d'Érik, cette terre de mon enfance demeurée si chère à mon cœur. La maison, ses dépendances et jusqu'à la derniere clôture avaient été rasées par la neige ; il ne restait rien des ormes boréals et du tilleul centenaire. Cependant, les courbes du terrain et les rochers subsistaient, immuables, ainsi que les dalles du foyer. Je pourrais donc retrouver les lieux exacts où j'avais vécu. Murs, meubles, tapisseries et objets sortiraient de terre par la grâce de l'imagination. J'installerais mon père sur son haut siège, je reverrais ma mère, active et douce ; Sigrid m'apparaîtrait dans la fleur de sa jeunesse, à l'aube de notre amour…

J'avais sorti de ma chaussure le peigne de ma fiancée ; je le serrais dans ma main tout en marchant. Nous croisâmes des moutons en liberté ; parmi eux, une jeune chèvre pleurait sans relâche. Un peu plus loin, je tombai sur un abri de berger en terre, collé à un rocher cubique. Je connaissais l'endroit ; une vaste ferme avait existé ici, habitée par un certain Gudbrand Barbe-de-Lance, ami de mon père.

– Il y a quelqu'un ? appelai-je. Ohé !

J'entrai dans le refuge ; il était vide. J'espérais vaguement y trouver un casse-croûte – une galette, un fruit oublié… Il n'y avait rien.

Le lit profond de la Ranga demeurait sec, sauf en son milieu, où coulait un ruisseau boueux. Wulf ne put se retenir d'y aller faire trempette. Je le suivis de bon gré, curieux d'inspecter ce malheureux cours d'eau. Les crabes gris y pullulaient, de même que les poissons de vase, reconnaissables à leurs barbillons. J'avais un peu faim ; pas assez, cependant, pour m'intéresser à ces créatures.

– On continue.

Wulf, noir de boue, pataugea jusqu'à moi. Il déposa un

crabe à demi croqué devant mes chaussures. Alors que je me baissais pour ramasser le cadeau, il le reprit et le porta un peu plus loin, par jeu.

– Tu ferais bien de te nettoyer, au lieu de t'amuser comme un chaton, dis-je. Tu ressembles à un rat de marécage.

Le ciel était caché derrière un écran nuageux, uniforme. Je n'avais aucune notion de l'heure. Perdu dans mes pensées, j'avais cessé de prêter attention aux détails du paysage. J'étais passé sans la voir à côté d'une borne de pierre où figurait le nom de mon père. Je sortis de ma rêverie en apercevant la tombe du grand-père Sigur, un tertre recouvert de galets nobles qu'Érik avait érigé à quelque cent pas de notre maison d'habitation.

Je ne m'attardai qu'un instant près de la sépulture, car mes yeux incrédules contemplaient une cabane – une construction d'aspect minable qui occupait précisément la place de notre ancienne demeure. M'approchant, je vis que ses murs branlants, mal rejointoyés, étaient faits d'un assemblage disparate de branches tordues et de planchettes.

Wulf courait entre mes jambes ; il faillit me faire tomber. J'approchai lentement de la cahute.

– Miâââw !

– Chut !

Je tressaillis en découvrant une fumée pâle, quasi transparente, qui s'échappait du toit.

– Il y a quelqu'un ?

Pas de réponse. Il m'avait pourtant semblé entendre du bruit. Oui, ça bougeait à l'intérieur ! J'attendis. Mon cœur battait la chamade, sous l'effet d'une curiosité que j'oserais appeler prémonitoire.

L'espèce de battant qui servait de porte s'ouvrit d'un coup. Une silhouette hirsute apparut, courbée, vêtue de haillons.

L'homme se redressa dans la lumière, armé d'une épée rouillée. Il cligna des yeux. Je crus d'abord qu'il s'agissait d'un vieillard, mais sa chevelure de jais, son maintien vigoureux et sa peau lisse, sous la crasse, me détrompèrent.

Son regard éteint divagua un instant, avant de se poser sur moi. L'inconnu eut un haut-le-corps ; je vis la colère – une colère féroce – se peindre sur son visage.

– Gunnar, prononçai-je. C'est toi, mon frère ?

Vous lirez la suite de cette histoire dans le tome II
des aventures de Bjorn aux armées :

Les mille bannières